鷲と蛇の闘い

シェリー中期散文集

上野和廣 訳
シェリー研究会 編

南雲堂

鷲と蛇の闘い　シェリー中期散文集　目次

凡例

一、本書に使用したテキストは、次のものである。

Clark, David Lee. ed. *Shelley's Prose: or The Trumpet of a Prophecy*. Albuquerque: The U of New Mexico P, 1954. クラーク編と省略する。

Ingpen, Roger, and Walter E. Peck, eds. *The Complete Works of Percy Bysshe Shelley*. 10 vols. (Julian Edition). 1926-1930. New York: Gordian, 1965. ジュリアン版と省略する。

Murray, E. B., ed. *The Prose Works of Percy Bysshe Shelley*. Vol. 1. Oxford: Clarendon, 1993. マレー編と省略する。

最新のマレー編を主に使用した。マレー編に掲載されていない作品はクラーク編を使用し、いずれにも掲載されていない作品はジュリアン版を使用した。

尚、次のテキストも参考にした。

Leader, Zachary, and Michael O'Neill, eds. *Percy Bysshe Shelley: The Major Works*. Oxford: Oxford UP, 2003. オックスフォード版と省略する。

Reiman, Donald H., and Neil Fraistat, eds. *Shelley's Poetry and Prose*. Norton Critical Edition, 2nd ed. New York: Norton, 2002.　ノートン版と省略する。

Moskal, Jeanne, ed. *Travel Writing*. London: William Pickering, 1996. Vol. 8 of *The Novels and Selected Works of Mary Shelley*. Nora Crook, gen. ed. 9 vols. モスカルと省略する。

二、訳注の中で、（マレー）はマレーが付けた注を、（クラーク）はクラークが付けた注を、（モスカル）はモスカルが付けた注を参考にしたこと示す。

三、原文中のイタリック体の部分は〈 〉で示した。

四、原注は、一、二と表記し、訳者による注は1、2と表記した。

五、聖書からの引用は、日本聖書協会の『新共同訳聖書』を用いた。但し、シェリー自身による引用の場合は、この限りではない。

六、人名について必要と思える場合は、初出のところで原名と生没年を（ ）内で示し、作品名については初出のところで原名と執筆年または出版年を（ ）内で示した。

七、解題と訳注の作成には、以下の文献を用いた。

Bieri, James. *Percy Bysshe Shelley: A Biography*. Baltimore: The Johns Hopkins UP, 2008.

Byron, George Gordon. *Byron Poetical Works*. Ed. Frederick Page. Corr. John Jump. Oxford: Oxford UP, 1970.

Cameron, Kenneth Neil. *Shelley: The Golden Years*. Cambridge, MA: Harvard UP, 1974.

Cameron, Kenneth Neill, and Donald H. Reiman, eds. *Shelley and His Circle, 1773-1822*. 10 Vols. to date. Cambridge, MA: Harvard UP, 1961-. *SC* と省略する。

Cannon, John, and Ralph Griffiths. *The Oxford Illustrated History of the British Monarchy*. Oxford: Oxford UP, 1988.

Clairmont, Claire. *The Journals of Claire Clairmont*. Ed. Marion Kingston Stocking. Cambridge, MA: Harvard UP, 1968.『クレアの日記』と省略する。

——. *The Clairmont Correspondence*：*Letters of Claire Clairmont, Charles Clairmont, and Fanny Imlay Godwin*. 2 vols. Ed. Marion Kingston Stocking. Baltimore: The Johns Hopkins UP, 1995.

Colbert, Benjamin. *Shelley's Eye: Travel Writing and Aesthetic Vision*. Aldershot: Ashgate, 2005.

Crompton, Louis. *Byron and Greek Love: Homophobia in Nineteenth-Century England*. Berkeley: U of California P, 1985,

Dawson, P.M.S. *The Unacknowledged Legislator: Shelley and Politics*. Oxford: Clarendon, 1980.

Garnett, Richard. *Relics of Shelley*. London: Moxon, 1862.

Gilpin, William. *Three Essays: On Picturesque Beauty; Picturesque Travel; and on Sketching Landscape*. 2nd ed. Westmead: Gregg, 1972.

Gitting, Robert, and Jo Manton. *Claire Clairmont and the Shelleys*. Oxford: Oxford UP, 1992.

Godwin, William. *Collected Novels and Memoirs of William Godwin*. Ed. Pamela Clemit. London: William Pickering, 1992.

Hussey, Christopher. *The Picturesque — Studies in a Point of View*. London: Frank Cass Company Ltd, 1967.

McNiece, Gerald. *Shelley and the Revolutionary Idea*. Cambridge, MA: Harvard UP, 1969.

Medwin, Thomas. *The Life of Percy Bysshe Shelley: A New Edition*. Ed. H. Buxton Forman. London: Oxford UP, 1913.

Montagu, Mary Wortley. *The Complete Letters of Lady Mary Wortley Montagu*. Ed. Robert Halsband. Vol. I. Oxford: Clarendon, 1965.

Parissien, Steven. *George IV: Inspiration of the Regency*. New York: St. Martin's, 2001.

Roberts, Hugh. *Shelley and the Chaos of History: A New Politics of Poetry*. University Park, PA: the Pennsylvania State UP, 1997.

Shelley, Bryan. *Shelley and Scripture*. Oxford: Clarendon, 1994.

Shelley, Mary W. *The Journals of Mary Shelley, 1814-1844*. Ed. Paula R. Feldman and Diana Scott-Kilvert. 2 vols. Oxford: Clarendon, 1987.『メアリの日記』と省略する。

———. *The Letters of Mary Wollstonecraft Shelley*. 3 vols. Ed. Betty T. Bennett. Baltimore: U of Nebraska P, 1980, 1983, 1988.

———. *Frankenstein or The Modern Prometheus*. Ed. Nora Crook. London: William Pickering, 1996. Vol. 1 of *The Novels and Selected Works of Mary Shelley*. Nora Crook, gen. ed. 9 vols.

Shelley, Percy Bysshe. *The Letters of Percy Bysshe Shelley*. 2 vols. Ed. Frederick L. Jones. Oxford: Clarendon, 1964.『シェリー書簡集』と省略する。

———. *Shelley Poetical Works*. Ed. Thomas Hutchinson. Corr. G. M. Matthews. London: Oxford UP, 1973.

———. *Zastrozzi and St. Irvyne*. Ed. Stephen C. Behrendt. Peterborough: Broadview, 2002.

Thompson, Edward Palmer, *The Making of the English Working Class*. London: Penguin Books, 1968.

Wasserman, Earl R. *Shelley: A Critical Reading*. Baltimore: The Johns Hopkins UP, 1971.

White, Newman Ivey. *Shelley*. 2vols. New York: Alfred A. Knopf, 1940.

Wollstonecraft, Mary. *The Works of Mary Wollstonecraft*. Vol.7 *Letters Written during a Short Residence in Sweden, Norway, and Denmark*. Eds. Janet Todd and Marilyn Butler. London: William Pickering, 1989.

飯田鼎『イギリス労働運動の生成』有斐閣　一九六二年。

エドワード・P・トムスン、市橋秀夫・芳賀健一訳『イングランド労働者階級の形成』青弓社　二〇〇三年。

エドワード・リグビー、川分圭子訳『フランス革命を旅したイギリス人』春風社　二〇〇九年。

鹿島茂『馬車が買いたい』白水社　二〇〇九年。

加藤雅彦『ライン河　ヨーロッパ史の動脈』岩波書店　一九九九年。

河村英和『観光大国スイスの誕生―「辺境」から「崇高なる美の国」へ』平凡社　二〇一三年。

木下卓『旅と大英帝国の文化』ミネルヴァ書房　二〇一一年。

下中直也編『哲学事典』平凡社　一九七一年。

ジャン・ジャック・ルソー、安士正夫訳『新エロイーズ』全四冊　岩波書店　一九九七年。

トーマス・ペイン、小松春雄訳『コモン・センス』岩波書店　一九七六年。

トマス・ペイン　西川正身訳『人間の権利』岩波文庫　一九七一、一九九一年。

ドルバック、高橋安光・鶴野陵訳『自然の体系』全二巻　法政大学出版局　一九九九年。

浜村正夫『イギリス労働運動史』学習の友社　二〇〇九年。

廣松渉他編『岩波哲学・思想事典』岩波書店　一九九八年。

P・B・シェリー、石川重俊訳『鎖を解かれたプロメテウス』岩波書店　二〇〇三年。

――・田中宏・古我正和訳『解き放たれたプロミーシュース』大阪教育図書　二〇〇〇年。

宮下啓三『スイス・アルプス風土記』白水社　一九七七年。

メアリ・ウルストンクラフト、石幡直樹訳『ウルストンクラフトの北欧からの手紙』法政大学出版局　二〇一二年。

ルーカーヌス、大西英文訳『内乱　パルサリア』上下巻　岩波書店　二〇一二年。

ローレンス・スターン、松村達雄訳『センチメンタル・ジャーニー』岩波書店　一九八七年。

鷲と蛇の闘い

シェリー中期散文集

理神論への反論　ある対話

聡明なる人々へ

田久保浩・新名ますみ訳

ロンドン
ポーランド・ストリート一三番地
シュルツェ&ディーンにより印刷
一八一四年

まえがき

これから行う「対話」の目的は、理神論の体系が論理的に成り立たないことを証明することである。無神論をとるかキリスト教をとるか以外に選択の余地はなく、神が存在する証拠は神の啓示でしか導き出せないことを示す試みである。

神智学的なキリスト教徒[1]による弁護のやり方によって、どれほど自然宗教や啓示宗教の意義が損なわれてきたかを、著者は示すつもりである。この「対話」の中で、筆者の意図することをどの程度まで達成できたかは、世の人々が最終的に決めることであろう。

この小品の出版形態は、内容や分量から考えて高価すぎるように思えるかもしれない。確かに、一般的な知識を伝えるには不適切であることは認めるが、今回このような出版形態を選んだのは、新奇さのために誤解されがちなこの作品の論法が、一般大衆に弊害をもたらさないようにするためである。

ユーシビーズとシオソファス

ユーシビーズ

シオソファス君、私は以前から君が不自然な考えに夢中になり、君の理解が曇らされてきたことを長い間残念に思い、気にしていたのだ。君が無謀にも懐疑論に傾倒し、私たちの先祖が築き上げた最も敬うべき制度を踏みにじり、最後には、罪深く不信心な世人のために神の独り子が自ら与えてくださった救いまで否定するのを目にして、とても不安に感じているのだ。人の理性の傲慢さはついにはこれほどまでになるのだろうか。自らを「全知」と比較し、「不可知」の意図を細かく調べようとするとは。

この畏れ多い重大な問題を、君はまだ表面的にしか考えていないのではないだろうか。逆説好きで、奇異を気取りたい気持ち、あるいは理性の驕りのせいで、君は不信仰という不毛で暗い道に迷い込んでしまっている。きっと君は冷淡な屁理屈で頑なになっているために、真実が見えなくなっているのだ。

これまで神がそのみ旨を明らかにするために示された度重なる証拠に対し、君は何の注意も払わなかったのだろうか。メシアのご降誕が予言された古来の書物、[2] 神の真実がこんなにも明らかに立証されている奇跡の数々、あらゆる苦難に耐えて神の正しさを証明した殉教者たちに君は注意を払わなかったのだろうか。あり得ると強く信じるしかない問題に対して、君は数学的な証明を求めているようだ。そんなことをすれば、贖い主に対して私たちが持たなくてはならない信仰の価値が、完全になくなってしまうだろう。まったくもって明白なものを信頼することのどこが困難だと言うのか。疑念の余地のないものだけを信じる者が、どうやって償いを受けられると言うのか。

キリスト教の奇跡の証言者たちが自らの証言の真実性を示すために、苦難と危険と苦しみの中で生き、何人もが拷問にあい、火炙りの刑、絞首刑になることを選んだという十分な証拠があるにもかかわらず、単に他人を欺きたいという思いから彼らが行動したと言い張るつもりなのか。キリスト教徒はこの世を啓発した純粋な教義を教えることだけを目論む偽善者であり、何の報酬も名声も見込めない殉教者だと言うのか。このような馬鹿げた意見を真剣に主張する詭弁家は、自分勝手で弁護のしようのない頑固さで間違いなく罪を犯している。

キリスト教は数々の奇跡によって誕生し世に認められた。その歴史そのものが奇跡の議論の余地のない証左である。キリスト教の歴史はそれ自体一つの偉大な奇跡なのである。少数の謙虚な人たちが、敵対する世界に立ち向かってキリスト教を作り上げた。五〇年足らずのうちに、スエトニウス、[一]プリニウス、[二]タキトゥス、[三]ルキアノスらが証言するように、驚くほど多くの人がキリスト教に帰依した。その後間もなくして、何千ものキリスト教徒が果敢にも異教の祭壇を倒し、祭司を殺害し、寺院を焼き払い、怒りに震える邪教徒たちに殉教の償いを声高に要求した。メシアの到来から三世紀経つまでは、メシアの聖なる宗教はローマ帝国の諸制度の中に組み込まれることもなく、生身の人たちの手から支援を得ることもなかった。長い間、全能の主以外の助けがないまま、キリスト教は信じがたい弾圧にも屈せず、広まり、絶望的で見込みのない最悪の状況からも新たな力を見出した。人間の経験領域においてまったく比類のない出来事と言える初期の広まりをみせた宗教を、理性的な人間が一体どんな詭弁を用いて否定できると言うのか。

　キリスト教の道徳性は独特で崇高である。同時に、その奇跡や秘儀は他のどんな予兆とも異なっている。不当な扱いや暴力に対する辛抱強い黙従、君主たちの意思に対する無抵抗な服従、この取るに足らない世界に対して人類を情緒的につないできた絆への無関心、そして謙遜と信仰は、他のどんな宗教制度と比べても独特の教義である。[四]友情、愛国心、寛大さ、他者の気持ちをすばやく読み取る心、断固とした実行力のある手、天賦の才、学識、勇気は、人類に尊敬の念を抱かせてきた特質であるが、キリスト教では、そうしたものはきらびやかで人を迷わす悪徳であると教えている。

有神論者が[3]、なぜアレクサンダー大王の歴史的記述よりもイエス・キリストの歴史的記述について不審を抱くのか、私には分からない。贖いの福音のどこが特に醜悪で疑わしいと言うのか。神のみ心の啓示が人類に有益なことに議論の余地はないだろう。[五]キリスト教の啓示のもとであっても、宇宙の大いなる謎に関する明快な説明や、神の属性に関する満足のいく説明が、十分にできるとは言い難いだろう。ユダヤ人を除いて古代の哲学者たちが深い無知に陥ったことを思い出してくれ。また、エピキュリウス、デモクリトス、プリニウス、ルクレティウス、ユーリピデス[六]やその他数多くの輝かしい才能や偽りの美徳で知られる者たちが、不遜にも無神論への信頼を敢えて公言したことを思い出してくれ。そして、アナクサゴラス、ピタゴラスやプラトンのような有神論者たちが、世界の創造者であり守護者である全能の神の存在を哲学者たちに信じさせようと、そんな大それた目的にはまったく不相応な人間の理性を使って無謀な試みをしたことを思い出してくれ。大衆が実に馬鹿馬鹿しいほど偶像崇拝的であることや、治世者たちが無神論者でないとしても、神の存在を難解で興味の持てない空論と見なしていたことを思い出してくれ。[七]さらに、メシア降臨の頃に人類を荒廃させていた数々の戦争や圧制のことも思い出すなら、神は見かけ倒しの有害なペテンによって人類をさらに恐ろしい迷信の迷路に誘い込んだというより、神は人類の急速な堕落の進行を止めるために介在したという方が、信頼できるのではないだろうか。確かに、神は人間を不死身に創らなかったし、神の輝かしい目的地を永遠に伏せたままにもされなかった。もしキリスト教が偽りということになると、宇宙の倫理的統治者への信仰や私たちの不死への希望を、どのような基盤の上に捉えたらいいのか分からなくなってしまう。

このように、この問題の明白な根拠と文明世界の賛成意見が合わさり、さらには議論の余地のない信仰の勧めもあり、これまでむなしく不当に攻撃されてきたあの体系を確固としたものにすることができる。しかし、人間理性の結論や世間の道徳的教訓が、細かい点で神の啓示と矛盾していることが判明したとき、我々はどちらに従えばよいのだろう。用いられるたびに過ちを犯す人間理性の方ではなく、間違いを犯しえない神の啓示の方であろう。無為な哲学の短命な体系ではなく、永遠に残る神の言葉であろう。

シオソファス君、君が否定する宗教が真実だと考えてみなさい、君はその救いの力を信じることで得られる恩恵を逃していることになるのだ。だから、神のみ心が注ぎ込まれた教会がとりわけ不信心者たちにかける呪いに無頓着であってはいけない。その呪いは決して消えない業火であり、決して死なない蛆虫なのだ。私が救ってくださると信頼する神が、そのつもりもない刑罰で、自分の創ったものを怖がらせるとは思えない。しかし、おそらく不信という忘恩は、全能なる神であっても自らの正義を曲げないで恩寵を施すことのできない唯一の罪なのだ。疑うという恐ろしい考えに、一体どうやって人間の心は絶望することなく耐えられるのか。お願いだから、人々の意見がぶつかりあう混沌状態を安心して見下ろせるあの強固な塔[4]へ戻ってもらいたい。君の創り主であり守護者である神のもとに戻るのだ。神のみが君の永遠の敵の不断の悪巧みから君を守ることができるのだ。人間の作った制度というのは、その基本となる原理が神の声と競えるほど頼もしいものだろうか。信仰は理性に勝っている。創造主が被造物に勝るのと同様に。両者が一致しないときは、信仰ではなく、理性が勧める考えを疑ってみるべきだ。

君を破滅へと誘惑する過ちの本当の醜さを、私に明らかにさせてほしい。正直に話してくれ。悪の霊が君の理解をたぶらかせた一連の詭弁を話してみてくれ。君の不信の根底にある思いを打ち明けてくれ。君の知的な病の治療薬を私に処方させてほしい。そのような厭うべき考えが私に感染することを恐れない。君が思いあがって軽率にも信じた経緯を詳細に話し終えるまで、私の辛抱が続くかどうかだけが心配なのだ。

シオソファス

私の考えを打ち明けるだけでなく、証明して見せましょう。しかし私はこの論争において、あなたと違って不利な条件で戦わなくてはならないと、前もって言わせていただきたい。あなたは疑うことは不道徳だと信じ、あなた自身の信条と一致しない者を疑惑と不信の対象として見ています。しかし、大事なことは、意見の一致不一致に関する認識の問題なのです。物理的に不可能なことは克服できないように、意見の不一致に気づいている者を説得して一致していると思わせることはできません。そのため、私たちの信条の様々な項目が理にかなっているか愚かな考えかを判断することは、利点か欠点かを論理的に判断することとは異なります。意見というものは、意志ではなく理解に基づいて持つものです。

もし私が間違っているなら（私たちの中で最も賢明な者なら、自分も思い違いをすると考えるでしょうが）、その間違いは、私が問題を正しく考察するのを妨げる偏見あるいは無知によるのです。こうした偏見を取り除き、無知をなくし、真実を明らかにし、これから立ち向かうべき障害を恐れないようにしなくてはなりません。でも、あの恐ろしい呪いの言葉を何度も繰り返し、私に言わないでください。あなたの聖典を読むたびに、その不寛容さや残酷さにうんざりさせられます。理性が導く結論のせいで、「恵みに満ち給うお方」が私を罰するなどと言わないでください。そのお方は理性によって滅びる運命の獣たちと私を区別することが適切だと考えたのではないですか。とりわけ、私たちの論争の最終判定者と認定している理性を辱めるために、理性が導き出した考えを利用することは慎んでもらいたい。論点ごとに、言葉ごとに私があなたの主張に答えるように、あなたも私の反論に答えてほしい。

唯一かつ永遠に存在する神が、[5]息子を生み、この世界を改革させるために送り、その罪を償わせたとあなたは信じておられる。聖書と呼ばれる本には、この出来事が本当の話であると、世界の創造からその出来事が起こるまでの無数の奇跡や預言とともに書かれていると、あなたは信じておられる。こうした出来事が実際に起こったというあなたの意見は、私がこれから述べる理由から、論理的根拠を欠いているように思えるのです。

私が聖書の中で見つけたすべての矛盾、不道徳、および誤った主張を明らかにするためには、少なくとも、元の本と同じくらいの分量の詳細な検討を必要とします。そこで、ここでは、すべての道徳的論理の基礎となっている根源的で一般的な原理に関するあなたの考え方についてだけ論じてみます。

宇宙の創造にあたって、神は確かに被造物の幸福を願いました。ですから、神はこの意図を実現するために可能な手段はすべて用いたと結論づけることは正しいでしょう。神自身の荘厳な似姿である人[6]の住まいを定める際に、神は損失を被るすべての機会、悪が入り込むすべての可能性を取り除くよう細心の注意を払ったはずです。神は自らの力が及ぶ範囲を知っており、自らの行動の結果を予見していました。そして間違いなく、暮らすことになる世界や取り巻く状況に適合するように人間を造ったはずです。

聖書の記述にも、この出来事について論理的な推論と少しだけ合致するところがあります。

聖書によると、神はサタンを造り、サタンはその生まれ持った衝動に突き動かされて全能者と天の王座をかけて争いました。全領域をかけた抗争の結果、神が勝利し、サタンは燃え盛る硫黄の深淵へと突き落とされました。人間の創造に際しては、神は人の手の届くところに一本の木を植え、その実を食べると死ぬと言って禁じました。同時に、サタンにはこの無垢でいぶかしげな表情を浮かべた人間をあらゆる策略を用いて説き伏せ、命にかかわる戒めを破らせることを許しました。

最初の人間はこの誘惑に負けました。そして、世界が創造される前に救いが予知され決定していた少数者を救うために、神が自分の独り子を地上に送られなかったら、神の正義を果たすため、人類のすべての子孫は永遠に地獄の業火で燃やされていたに違いありません。

　ここで描かれているのは、神がある種の情熱と能力を持つ者として人間を造り、ある状況下に置き、そして全知の神が予測した通りに人間が行動し、全能が創った通りの人間であったために、人間は永劫の苦しみの罰を受ける羽目になったということです。創造者はすべての善の源であり、被造物はすべての悪の源であると主張することは、一人の人が直線と曲線を引き、別の人がその不一致を作ったと主張するのと同じことです。[八]

　野蛮で文明化されていない国民たちは等しく、様々な名のもとに、自分たち自身に似せて執念深く、残忍で、つまらない、気まぐれな神を作って崇拝してきました。野蛮人の偶像は、人殺しを喜ぶ悪魔です。殺戮の血煙、響き渡るうめき声、焼かれた土地の炎は、偶像の好む捧げものです。そして、世界中の無数の信奉者たちは偶像の望むように拝むことを義務付けられました。[九] フェニキア人、ドルイド、メキシコ人たちは、彼らの神の神殿で、何百人も殺害してきました。そして神という高貴で神聖な名こそが、あらゆる時代において、最も容赦のない虐殺、最も恐ろしい裏切りにお墨付きを与える合言葉になりました。

　だが、ユーシビーズさん、正直に言ってください。ユダヤ人の聖典に書かれているような悪魔的特徴を持つ神の描写、卑しく馬鹿げたことや極悪非道な出来事の記録などは、他にも存在するのですか。あなたは良心的な有神論者として、ユダヤの神が行ったとされる行為と、あなたが思い描く純粋で慈愛に満ちた神の概念との間に矛盾を感じないのですか。

霊感を受けたという作家たちがいつも持ち出す忌まわしくつまらない猥雑な話、神が自ら定めたとされる穢れた儀式[十7]、天に選ばれたお気に入りの人たちが公衆の面前で見せる完全なる真理の無視と道徳の主要原理に対する軽蔑、こうしたことは破廉恥で嫌悪すべきものでなくても、人を堕落に導くものです。

この素性のはっきりしない残虐な殺人者たち一味の首領[8]が、宇宙の神を[十一]「縦六〇センチ、幅九〇センチ」[十二]のアカシア材の箱に納め、新しい引き車で持ち帰った[9]と主張する時、私はそんな浅はかで厚かましいペテンに苦笑するしかありません。しかし、さらに極悪非道で前例を見ない神への冒涜と言えることは、全能なる神がわざわざモーセに、罪のない国民を侵略せよ、そして宗教の違いを理由にその国のすべての人を殺し、すべての子供、無防備な男たちを冷酷に殺し、捕虜たちを虐殺し、婦人たちを殺害し、乙女たちは犯して妾にするために生かせと、命じたという主張です[十三]。ギリシャにおいては、意欲的で慈愛に満ちた哲学者たちが、世界が感嘆し模範とするような制度を築いたのと同じ時代に、ひ弱で邪悪な王が怪しげで野蛮な国にいて、そいつは殺人者、裏切り者、暴君というだけでなく、神のみ心に従う男でもあったと信じなくてはいけないのですか。その卑劣漢の比類なき極悪非道の数々を思うと、どれほど冷静沈着な人でも狼狽して気分が悪くなります。自分とは違い流血を好まない偶像の前にひざまずいたという理由で、自分と同じ人間をのこぎりでひき裂き、鉄の鍬でばらばらに鋤きこみ、斧でぶっ切りにしてレンガの焼き釜で燃やしてしまうのですから、不自然な怪物です。ユダヤ人の神がこの美しい世界の善良な造り手でないと見なすことは、判断力を失った者の見当違いな結論などではありません。

　福音を広めるために神が行った事は、理性の目から見ると、神の普遍性や全能であることと一致しません。また、神が自らの律法のもとで行った数々の話も神の慈悲深さと一致しません。

　人類は共通の父祖が神の命令に背いたために永遠の罰を受けており、神の独り子が十字架にかかることが永遠の正義に叶う唯一の犠牲だとあなたは主張します。しかし、何百万人もが何の係わりもない犯罪の責任を取らされたり、人々が本当に犯罪を行ったとしても、無実の人間を十字架にかけることで道徳上の失態が許されたりすれば、正義に矛盾し道徳に背くことになります。〈父親や祖父が行った犯罪のために、その息子や孫が刑罰を受けるべきという立法者を、どんな国家が認めるでしょうか〉[10]。これは間違いなく野蛮かつ無法な国家に顕著な法律制度であり、暴政とごまかしの論理であることは否定できません。

　人類創造の時以外、神がみ旨を人間に超自然的に啓示することが一度もなかったなら、神の善意は中途半端ということになります。それは、神が与えられる恩恵を人類に与えなかったことを意味します。神の被造物が幸福と救いに必要な真実を知らせないでいたことになります。数えきれない時代の移り変わりの中で、人類共通の穢れから贖いを受けることなく皆死んでしまった後に、神が自ら降りてきて穢れを拭い去ることになります。あらゆる時代の善良で賢い人たちが、無知で邪悪な人たちと同じ運命を背負わされ、不本意で避けがたい過ちに汚され、永劫の苦痛をもってしても償えないことになります。

神の憐れみは慎み深いものに及び、悪しき者だけが罰を受けるのだと、あなたが愛想笑いを浮かべ矛盾したことを説いても無駄です。この種の譲歩を行う妥協の上にキリスト教が成立しているることは明らかです。見え透いたごまかしによって、人類の贖いのために神が人間の姿をして世に下る必要性が消え去り、メシアの降臨も単に人類を困惑させ、恐れさせ、騒がせるだけの根拠のない見世物になってしまいます。

全知なる存在が、キリスト教によって世界を改革しようと考えなかったことは十分明らかです。全知なる者なら、この宗教の制度が不適切であることを分かっていたでしょう。キリスト教が人々の悪い性向を抑えるにはまったく役に立たないだけでなく、むしろ増長させることが、経験によって証明されています。紀元三二八年にローマ帝国が首都をコンスタンチノープルに移してから一四五三年にトルコ軍に占領されるまでの間、キリスト教が教え導こうとした世界に、どのような好ましい影響がもたらされたでしょうか。キリスト教以前のヨーロッパは血みどろの戦争が繰り返される舞台では決してありませんし、人々が無知で野蛮で、奴隷状態に貶められてもいませんでした。

イエス・キリストの予言の中の一つが間違いなく実現されたことは認めます。〈私が来たのは、地上に平和をもたらすためだと思ってはならない。平和ではなく、剣をもたらすために来たのだ〉[11]。キリスト教は残虐さにおいて実際ユダヤ教に匹敵し、破壊の規模においては凌いでいます。千百万人もの男女や子供たちが、戦場で殺され、寝ているところを惨殺され、公開の生贄の祭りで火炙りにされ、毒殺され、拷問にかけられ、暗殺され、そして略奪されました。すべて平和の宗教の精神において、そして最も慈しみ深い神の栄光の名のもとに行われたのです。

こうした恐ろしい結果はキリスト教によるものではなく、それを誤用したためだと言ってみても無駄です。神聖さを装う宗教の残虐非道行為を、そのような言い訳でごまかすことはできません。限られた知性しか持っていなければ、予見できる範囲の結果にだけ責任を負うことになりますが、全知となると、その行為のすべての結果に責めを負って当然です。キリスト教自体が、木の価値はその実によって決まると言明しています[12]。不信心者を抹殺したこと、対立する宗派間で迫害があったこと、信条が正統な基準から少しずれているという理由で何万人も闇夜の虐殺や火炙りの刑にしたこと、いずれもキリスト教が直接の原因であること。哲学は常に啓示宗教の精神と対立してきたこと。こうしたことから明らかなのは、有神論者たちがもう少し聡明であれば、不可解にも執着している信仰の利点を、正しく評価できるということです。

あなたはキリスト教の道徳規範の独創性をとても強調します。もしその主張が正しいとすれば、あなたの宗教が間違っているか、それとも同じ状況でも時代が違えば正反対の行動をとることを神が人類に望んでいることになります。これは馬鹿げたことです。

傲慢極まりない独裁政治に黙って従うべきという教義、敵のために祈り敵を愛すという教義、信じて謙虚であるべきという教義などは、あらゆる時代の聖職者や暴君たちが自分たちの目的に都合のよい卑屈さと軽信を、理想的人格に含めるための教義のように思えます。すべてのキリスト教信者は（もしそのような異常な状態が一日でも続けば）家畜のように最初の所有者の所有物になってしまうことは明らかです。圧政に反抗しようとしない奴隷だけがこの世界に残れば、十人の盗賊だけで世界を征服できることになります。

恋愛や友情に無関心になることをあなたの信条は勧めていますが、もしそれが実現すれば、大変有害なものになります。この反社会的な人間嫌いの情熱が、少数の興味を持つ者の空論ではなく、実際の行動規範になってしまえば、直ちに人類を滅ぼすことになります。一切の性的な交わりを絶つことまで命じていないとしても、強く推奨されており[十四]、実際に初期のキリスト教徒たちの間では、恐ろしい程に実行されていました[十五]。

最初のキリスト教徒の皇帝、あの怪物コンスタンティヌスによって、禁断の愛の歓びに科せられた罰則は不当に厳しいものでしたが、近代の立法者は誰も禁断の愛を残忍極まりない犯罪と見なしていません[十六]。この冷血で偽善的な悪党は、息子の首をかき切り、妻を絞め殺し、義理の父と義理の兄を惨殺しました。宮廷には血に飢えて偏見に凝り固まった司祭の一味がいて、世界の半分の人に残りの半分の人を虐殺するよう仕向けることが、一人の司祭だけで十分できました。

キリスト教がギリシャやインドの哲学者から借用したいくつかの道徳原理は、注目に値する行動の規則であることは認めましょう。しかし啓示宗教の本質となる教義がほんの少しでもそこに加わると、純粋かつ崇高であった道徳の教えも価値をなくし、徳へと確実に導く力も失ってしまうのです。

信仰が功罪の判断基準になっています。人は意図の純粋さではなく、信仰の正統性によって判断されています。いくつかの信条に賛同することが、キリスト教では、最も寛大で崇高な美徳より重視されています。

しかし信仰の強さは、他のすべての感情と同じように、その高まりに応じて強くなるものです。感覚の高まりを調べる目盛のついた秤で、様々な命題の信憑性もはかることができれば、ある命題がどれだけ信じられるのか正確に計ることができるでしょう。偏見や無知の影響がなければ、これが常に信仰の尺度になります。真実と認識できるものが信じられるのです。精神は、圧倒的な証拠を持つ意見に対して、それを信じないように努力しても無視できるようになりません。信仰は意志による行為ではありませんし、精神によって制御できるものでもありません。従って、信仰は功徳や犯罪とは明らかに無関係です。このような道徳性に関して誤った判断基準を持つ思想体系は、馬鹿げているだけでなく有害でもあります。とりわけ、そのようなものが神聖だとは言えません。人間の精神の作り主がその主要な能力のことを知らなかったはずはないのです。

最後に、キリスト教を支えるために奇跡や預言が証拠となっている問題について考察しなくてはなりません。

どんな出来事にせよ、私たちの経験とかけ離れていればいるほど、反論しがたい証拠や説得力が必要となります。どの奇跡においても、信じがたい事が対立しています。奇跡が本当にあったのか、それとも奇跡があったとする物語そのものが嘘なのか。つまり、この世界の調和を保つ普遍の法則が破られたのか、それとも、どこかの怪しげなギリシャ人やユダヤ人たちが驚くべき話をでっち上げたのか。私たちの経験上あり得ないのはどちらなのでしょうか。

死者の魂が実際に出現したという話は、誠に不思議で驚くべき事件ですが、出現した魂を見たと十二人の老女が次々と証言することは、これまでもあり、奇跡的ではありません。

途方もなく巨大な神が大工の妻と不倫関係を持ったという話より、どこかの厚かましい連中やいかれた者たちがお人よしの大衆をだましたという話の方が信用できます[十七]。残念ながら私たちの経験では後者の例が常にあり、前者については議論の余地があります。歴史には後者の可能性を示す数知れない例がありますが、前者については、いつの時代の哲学もその可能性に異議を唱えています。

迷信は、騙されやすい人や、奇跡や神秘を作り出します。つまり、迷信と同じ数だけの予兆、預言、殉教者を集めて、それぞれの奇妙な教義を正当化します。

預言は、どんなに詳細なものでも奇跡とまったく同じ反論を招きます。経験上あり得るのは、予言されたと言われる出来事が起こる前に、本当にその予言がなされたという歴史的証拠が誤りであったということです。または、様々な出来事が偶然重なりあって預言者の推測を正当化したということです。どちらも、未来に起こることを神が一人の人間に伝えたとするよりあり得ることです[十八]。聖霊に導かれた聖書の書き手が分かりやすく話したおかげで、預言が難解でも曖昧でもなく、キリスト教徒の間で議論の的にならなかった例を、複数挙げられるでしょうか。
私が唯一例外と思う予言は、確かにとても明確で詳細なものです。それは聖書の中に他に似たものがありません。イエス自身が目の前にいる人々の世代がいなくなる前に雲の中から現れて、超自然的荒廃の時代を締めくくるという予言です[十九]。その予言から一八〇〇年が過ぎました。しかし、そのような出来事が起こった様子はいまだにありません。この一つの明確な預言ですら明らかな誤りです。このことから判断して、他のもっと曖昧で間接的な預言は、百の出来事に対して百の意味に解釈できる類のものだと言えます。

聖書の予言は人々が理解できるように書かれているのでしょうか、それとも反対でしょうか。もし理解できるものなら、なぜ議論が起こるのでしょうか。理解できなくていいのなら、そもそもなぜそんな予言が書かれたのでしょうか。キリスト教の神は、見ても分からない、聞いても理解できないような譬え話を人類にしただけのことになります。

福音書に記録されている出来事は、目撃者と言われる者が書いたのでないことを示す内部証拠があります。「マタイによる福音書」が書かれたのは、明らかにエルサレム占領の後です。つまり、イエス・キリストの処刑から四〇年以上も後のことです。と言うのは、筆者がイエスにこう言わせているからです。〈正しい人アベルの血から、あなたたちが聖所と祭壇の間で殺したバラキアの子ゼカルヤの血に至るまで、地上に流された正しい人の血はすべて、あなたたちにふりかかってくる〉[二〇]。バラキアの子ゼカルヤが熱心党の一派によって祭壇と神殿との間で暗殺されたのは、エルサレム包囲の時だったのです[二二]。

超自然的な介入の事例を福音書に書いた意図は、イエス・キリストこそが真に待望された贖い主だということを人類に納得させるためだとあなたは主張します。しかし、人間の詭弁が全能の存在の顕示を邪魔できないのと同様に、全能の存在がその意図を最も効果的に達成する手段を選び損ねるとは考えられないのです。一八世紀の時が過ぎても、人類の十分の一は、贖い主に対して盲目的で機械的な信仰を抱いていますが、その方の能力に完全に頼ることもできず、人類は永遠に悲惨な状態に置かれています。キリスト教の体系が本当に重要であるなら、全能の作者は、人間の作った制度が浴びるような批判にさらされない体系を作ったはずです。そして、キリスト教の体系が、多くの人類によって絶えず言いがかりをつけられたり、完全に無視されたりすることのないようにしたはずです。その体系の正当性をはっきり証明するために、悪魔を追い出したり、豚をおぼれさせたり、盲人を癒したり、死者を生き返らせたり、水をワインに変えたりする以上の証拠を示したはずです。このような超越的な出来事のためには、ユダヤなどではなく、もっと適切な舞台を選んだはずです。不変の神の蘇りを記録するなら、才能や能力の面でもっと優れた歴史家を選んだはずです。人道的な社会はおぼれた者を救います。どんな医者でも病気を治します。豚をおぼれさすのは別に難しいことではありませんし、悪魔祓いは、ユダヤにあっては特に独自なことでも珍しい仕事でもありません。キリスト教の天与の起源の証拠として、こんなつまらない馬鹿げた話を並べ立てないでいただきたい。

もし全能者が語ったのなら、全宇宙が納得したはずではないでしょうか。神の意思を知ることが人類にとって他のどんな科学より重要だと判断したなら、神はそのことをもっと明晰に、もっと明瞭に話したのではないでしょうか。

さて、ユーシビーズよ、私はキリスト教を信じない一般的な根拠を述べてきました。私はキリスト教の聖典を世界の太古のブラフマン[13]の記録と照らし合わせて、古代の太陽信仰と同じ制度を持つことも指摘できました。一つの出来事をめぐる霊感的歴史学者たちの無数の矛盾点を入念に比較することもできました。しかし、私が根拠のない夢想的な懐疑主義者だという非難を退けるためには、十分な弁論はすませたはずです。それで、私の主張の検討はあなたの誠実さに、反論についてはあなたの論理に任せることにします。

ユーシビーズ

シオソファス君、君のキリスト教全体を批判する立場を、人間の理性という点から覆そうとしても、そう簡単にできるとは私も思っていない。神がその慈悲を人間にまで与えようと決めた会議に私も列席していたわけではないし、神がみ心をもっと明確にもっと広く伝えなかったのは、神の力不足のためなどと、あえて主張しようとも思わない。

しかし、これは、神の存在とその属性を信じるか否かと同様に、キリスト教に付随する難しい問題なのだ。この世のすべてのものは、偏った見方しかできない私たちから見て、今より遙かに素晴らしく完璧なものであったかもしれない。害毒、地震、疾病、戦争、飢饉、毒蛇、さらに奴隷制や迫害といったものにも何らかの原因があるので、人間の判断力に従って地球の在り方を変更すれば、なくすことができたかもしれない。

これは有神論者が好んで使う論法なのですか。心から崇拝していると告白しておきながら、その神にも限界があると言うのですか。自分の尊敬する神を論理的に矛盾する立場に追いやるのですか。そんなことをすれば神の力や恵みが完全でなくなってしまう。

もちろんそんな有神論者も、キリスト教への反対意見を作り出す論法を突き詰めると、冷酷で殺伐とした無神論に行き着いてしまうと知れば、反対意見を取り下げることでしょう。

キリスト教の神秘を理性のみで理解しようとしても、簡単にはいかないことは分かっている。君が今言ったことを聞けば、理性でキリスト教を理解しようとする人は誰でもその素直な心を動揺させるでしょう。この世の子らは、光の子らよりも賢くふるまっている。[14]

しかし、理性を導き手にすると、道徳も幸福も将来への希望も破壊され、人間社会そのものと相容れない結論に至る。このことを君に納得させることができれば、とても危険で信用できない理性という指導者を、君はもはや信じなくなってくれるだろう。

シオソファス君、はっきり言って欲しいのだ。他の宗教についてはわざわざ考慮する価値もないと言うなら、君が選ぶのはキリスト教なのか、それとも無神論なのか、どちらなのだ。

シオソファス

無神論を選ぶくらいなら、私はキリスト教―でなければ、とにかく宗教というものを、どんなに未熟で粗野なものでも、私はためらわずに選びます。このことでは、あなたと私の意見は一致します。けれども、陰鬱な信仰から逃れたいあまりに、最も汚らわしい迷信にとらわれてしまう人がいたとしても、憐れみを感じることはあっても、責める気にはなれません。

無神論者というのは、人間の中に紛れ込んだ怪物です[15]。他の者の行動に絶対的な影響力を持つものに対して、彼はまったく心動かされないのです。自分自身の判断だけが善悪を決める基準なのです。自分の良心以外のものは何も恐れず、自信を失うことだけが生き地獄になるという具合です。死を恐れることがないために、処罰されないようにと行動を控えることもなく、心に浮かんだことは何でもためらわずに実行しようとします。つまり、〈彼は、お節介な神が何でもお見通しで、何にでも考えをめぐらせ、何でも気づき、何にでも首をつっこんでくるというのに、まったく恐れることがない[16]〉というわけです。

無神論者の恐ろしく暗愚な理論は、人の妄信的な面が奇形化したものです。知性が奇妙で醜い形にねじ曲がり、理性がひどく歪んでしまったものです。どんな思想家でも、彼らほど自分の主義に目が眩む者はいません。なぜなら、彼らはこの調和のとれた世界を見て、それを作った知性の必要性を疑うのですから。意匠を見て、それを考えた者の存在を否定するのですから。この世の美しい景色を楽しんでも、思わず感謝する気にも感嘆する気にもならないというのです。野蛮人の本能からも、賢者の理性からも拒否されている理論など、理にかなった議論が少しでもできる人なら、支持することはないでしょう。

理性は人を無神論に導くとあなたが証明できるなら、信頼できない案内人としての理性を、今すぐ共に拒否しようではありませんか。しかし、私は神という存在を証明する理性の力を信じているので、万が一あなたの主張が勝つことになれば、その時にはあなたが思いつく最も突拍子もない奇っ怪な信条でも信じることにします。すぐに信じ込むような単純さを信仰と呼び、理性を不信心と呼ぶことにします。そして、知性の命令を悪魔の誘惑と見なし、馬鹿げた妄想であっても神からの完璧な霊感と見なします。

ユーシビーズ

それでは、君が神の存在を信じる根拠を詳しく述べてくれ。それに対して、私も君の論を覆すために努力し、反論の途中で口にしそうな不敬な言葉もキリスト教への信心をもって慎むことにしよう。

シオソファス

私がなぜ神の存在を信じるかという根拠であれば、喜んでお話ししましょう。あなたはこの重要な真実について明白な証拠があるというのに、啓示宗教が示す証拠にのみ目が眩んで、気がつかなかっただけなのです。その証拠はあなたのすぐそばにあります。〈人を向上させたり幸せにするようなものであれば、自然はそれを目に見える所か、身近なところに置いた。〉[17]というわけです。

設計された物を見ると、それを設計した者がいると分かります。時計の構造を見れば、すぐに時計職人が作ったことが分かります。人の作った物で、無窮の昔から存在していたものなどありません。人の手による物を見れば、その部品を組み立てた技術者がいると分かります。それと同じで、意匠や工夫の跡が宇宙にありありと残っているのを見れば、それを考えた人や工夫した人がいると否応なく分かるはずです。従って、宇宙のどこかが設計され、工夫され、調整され、改造されたのであれば、神の存在は疑いようもないはずです。

しかし、そんな仮定に頼らなくても、神の意匠は身近な物だけでも分かります。ある物とそれを受け取る物とがぴったり適合する様などは、まさしくそうです。眼は光を受け入れるように、光は眼に受け入れられるようにできています。耳は音が入るように、音は耳に入るようにできています。感知されるすべての事物がそれを感知する器官に適合する様を見れば、そのような関係ができたのは、ただ盲滅法の偶然の産物でも、どんな組み合わせでも構わずに、とにかく適合させたからでないことは明らかです。ある動物がある環境に適合していること、動物と植物の相互関係、異なった動物同士の相互関係、そして人間とその周囲の環境との関係を見れば、いずれも神の存在を証明しています。

様々な事物の性質を見る限り、すべてに秩序があり、意匠があり、調和があります。私たちが日々新たなことを知り、この世の新たな一面を発見するたびに、神の力や知恵や恩恵がまた新しい形で表されていることが分かります。

神の存在に関する話題が、一般の人々の間であがることはありません。ただひたすら信じ、超自然的な助けにすがりたいという渇望が人々の心には本来あるのです。たとえ野蛮人でも、自分が体験した自然の出来事に超自然の力が働いていると思って、崇敬と畏怖の念を抱かない者はいません。確かに、野蛮な連中はいかがわしいものや生命のないものを崇めるかも知れません。しかし、その崇拝物の聖性や力は固く信じていて、信じることで目に見えず知覚することもできない力とのつながりを持てているのです。

宇宙に運動があるのなら、即ち神がいることになります。[二三] 運動を始める力は、感覚や思考と同じく、精神が持つ力です。運動が行われていれば、そこに精神が働いていることは明らかです。宇宙の現象を見れば、無生物に宿るはずのない力が働いていることが分かります。

この世に生まれるものにはすべて原因があります。すべてがつながり合って一つの目的に向かい、そこに知性が現れるのです。

ユーシビーズ

意匠を考えた者を推測するより、意匠自体を証明する方が先だ。論ずべきは、宇宙に意匠が存在するかどうかだ。疑わしいにもかかわらずそれを当然の根拠として、そこから議論すべき問題を推論することはもってのほかだ。工夫や意匠、適合といったことが宇宙の中でどんな風に現れているかはっきりと分かっていないのに、そうした単語のみをこっそり使い、その結果、工夫や意匠を考えた者が存在すると、如何にも正しいかのように言うことはよくある詭弁であり、これには用心する必要がある。

同様に、あらゆる動きが精神によるものであり、物質には意志がなく、すべての調和が知性から生まれたという主張も、論題を勝手に憶測したものに過ぎない。

なぜ私たちは、人が工夫した機械を誰かが設計したものだと思うのか。それはただ、人の技が生み出した無数の機械を覚えているからであり、そのような機械を作れる人々を知っているからではないのか。しかし、もしそのような技を前もって知ることもなく、偶然時計が地面に落ちているのを見つけたら、それは自然にできたものだと思って当然だろう。これは、私たちがあずかり知らぬところでできたものが組み合わさった結果であると思い、どんな風にその出自を説明しようとも、推測の域を出ず、納得できないものになるだろう。

君は人の技で工夫された物と宇宙の様々な事物が似通っていると言うつもりらしいが、それは受け入れられない。このような工夫が間違いなく人間の知性によるものだと言えるのは、人間にはその能力があることを元々知っているからなのだ。もし知らなければ、この論自体が成り立たなくなる。従って、私たちが神の性質を何も知らないことを考えると、人の技と神の創造物を同一線上に並べようとしても、肝心な点に無理があることが分かるだろう。

宇宙の創造は神の手によると主張するために、他にどんな理屈が残っているのか。君が挙げたのは、寸分の狂いもなく様々な現象を生み出す見事さ、すべての要素が完全に調和する様、不変の法則がもたらす全世界にわたる調和、つまりあらゆる世界の仕組みがあらかじめ決められたように循環し、朽ち果てる虫のリンパ液の中でうごめく微生物の血管にも血を流す法則がもたらす調和である。このような事柄から、宇宙には知性を持つ創造主がいると君は主張した。なぜなら、宇宙は様々な作用をもたらしながら存在しており、そうした作用を生み出すのに実にふさわしく作られているので、宇宙には知性を持った創造主がいるという理屈だ。

さて、これで、君の主張の核心に辿り着いたことになる。つまりこういうことだ。「何らかの作用を及ぼしながら存在するものは何であれ、創造主がいるはずであり、その作用を生み出すのにふさわしいことが明らかであるほど、それが永遠に存在するのではなく、知性を持った創造主が作り出したことになるはずだ」と、君は言いたいわけだ。

だが、この主張が宇宙について当てはまるのに、神については当てはまらないというのはどういう訳だろうか。宇宙がその目的に適っているという理由から、君は知性ある創造主がいることを必然としているが、もしそれほど明白に宇宙がある作用を生み出すのに適合しているとしても、その宇宙を作った創造主自身に、宇宙を生み出す素晴らしい適合性があることを示す必要があるのではないか。宇宙の素晴らしい仕組みを見て、それが永遠に存在していると考えるのは難しいので、その難問を解決するために創造主という存在を考え出したとしよう。そうすると、この創造主を存在させるためには、創造主の完璧さを遥かに凌ぐ綿密さと正確さでもって、その創造主を創出しなければならなくなるのだ。

創造する神が、同時に他の者に創造されると考えると、一人の知性ある神を創り出すには、その神自身よりも更に知性ある神が必要になり、そのような神が限りなく無数に存在することになる。これが、君の言った前提から直接導き出される結論なのだ。宇宙が意匠によるものだとすれば、神を創造でき、又自分も創造される神がいくらでも存在することになり、それはあまりにも馬鹿げている。哲学は経験や感情よりも思索を優先させるので、学問的な誤りに手心を加えることなど到底できない。

宇宙は誰かが創ったとはっきり証明できない限り、永遠に存在していると考える方が理にかなっている。二つの仮定が正反対であるときには、人は分かりやすい方を選ぶ。宇宙は永遠に存在していると考える方が、永遠の存在である誰かが作ったと考えるより容易である。一つの考えが重くて精神が沈み込んでいるというのに、その重さを更に増すことで、重荷を軽減できると言うのか。

人は自分が今存在していることだけでなく、自分が存在していなかった時もあることを知っている。だから、存在するには何らかの原因があるはずだ。しかし、私たちは結果を見て、その結果にふさわしい原因を推測するだけである。ある力が存在し、それが特殊な道具を使って物を生み出したことは確かである。しかし、その力が道具そのものに元から備わることを私たちには証明できないし、その反対の仮説を立ててもやはり証明できない。物を生み出す力が私たちの理解の及ぶものではないことは認めよう。しかし、同じ結果が永遠なる全知全能の存在によって創り出されたと言ってしまうと、やはり原因はぼやけてしまい、もっと理解できないものになってしまう。

私たちは結果を見て、その結果にふさわしい原因を推測できるだけである。―ということは、つまり、無数の様々な結果には、無数の様々な原因が考えられるが、哲学者が、結果から推測できる以上の結びつきや一致を原因に求めることは過ちである。ヘビを生み出す力と羊を生み出す力が、同じであるはずがない。穀物を枯らす疫病と、穀物を実らせる日光が同じ力によって生み出されるはずがない。人が自らを滅ぼす暴力と、自分の慣習を改善する正しい判断力とが、同じ力によるはずがない。こんなあからさまに矛盾した結論が示されると、私たちの正確無比な哲学精神が侮辱されたことになってしまう。

宇宙の最大の動きは、最小の動きと同じく、必然という厳格にして不可避の法則に従っている。この法則とは、宇宙の中で私たちの目に見える結果に導く、目に見えない原因である。目に見える結果が、私たちの知識の及ぶ境界線であり、その境界線という呼称で私たちの無知が理解しようとするものである。境界線の向こうに、または上方に何らかの存在を考えようとすると、既に運動の法則や物質の属性で説明されているものに対して、改めて余計な説明をすることになる。このような法則の本質にしても理解しがたいことは認めよう。しかしながら、神の存在という仮説を立てると、話を余計に難しくするだけである。なぜなら、仮説は不可解なものを解き明かすために立てられるべきなのに、解き明かすどころか、仮説自体が矛盾していて、その説明のために、さらに新たな仮説が必要になってくるからだ。

引力と斥力の法則、欲するか避けるかに関する法則で、精神世界と物質世界のすべての現象が説明できる。どんな物についてもその性質を正確に知るだけで、行動の様式が分かるようになる。数学者に砲弾の重量と体積、打ち出すときの速度と方向を添えて頼んでみるといい。彼は正確に砲弾のたどる弾道を言い当てるだろうし、それがどんな勢いでその先にある物体にぶつかるかを計算するだろう。誰にでもいいから心を動かす動機を与えてみなさい。そうすると、その動機に応じた行動が見られるだろう。天文学者に彗星の体積と速度を教えてみなさい。そうすれば、天文学者は求心力と遠心力が互いに引き合ったり反発したりする力を正確に計算して、彗星が再び戻ってくる時を正確に言い当てるだろう。

天体は変則的な運動、つまり速度が一定でなく、たびたび軌道を外れるという運動をするが、それを起こすのも引力ならば、それを修正するのもやはり引力である。あの有名なラプラス[18]も言っているように、月が地球に、地球が太陽に近づくということも、最も離れる時と最も近づく時があるだけで、非常に長い時間の間に起こる差に過ぎない。つまり、この宇宙全体は、ただ物理的な力で動いているだけである。物事の必然性が世界を支配しているのだ。物事の現象を解き明かすのに最適な説明があるというのに、その他に別の原因をまだ探そうというのは、くだらぬ哲学である。〈私は仮説を立てたりしない。この世の現象に基づかないものはすべて仮説になるからだ。形而上学であろうと物理学であろうと、または超常的なものでも力学の分野でも、仮説は哲学にとって語る価値のないものである。[19]〉

君の主張によると、動物の体の構造や、ある種の動物がある環境に適合していること、何かを知覚する器官とその知覚されるものとの関係、生きているすべての物とそれを生かしていこうとするものとの関係、こうしたものを見ればこの世には意匠があることが分かるということだった。確かに、もし目が見えず、胃が食べ物を消化しなければ、人間の体はそのままの姿で生きていくことはできない。しかし、同時に、体を作り上げている各部分は、今の形では生きていけなくても、他の形では生きていける。そして、新たに組み合わさって出来上がるものは、生きられる限り、環境に順応することで、それに適した方法で生きていくことになるのだ。

だから、ある生物がある機能を果たしつつ存在しているからといって、他の誰かが、その機能を果たすのにふさわしくそれを創ったということにはならない。前にも言ったように、このような短絡的な結論は不条理に行き着くだけであり、次の論と比べてみればますます疑わしくなってくるはずである。つまり、倫理学と物理学とが未だ不完全であっても、現在知られている物質と運動の法則だけ用いて様々な難問を解明できるのに、何もわざわざ神の存在という仮説を立てて説明する必要などないのである。

確かに、不活発な物質の性質が、つまり何の特性も持たない物質が、動物や木を、たとえ石であっても、決して作り上げることはなかった。だが、特性のない物質とは抽象概念のことであり、そのような抽象的なものに姿かたちは与えられない。私たちが目にする物質は不活発なのではない。きわめて活発であり鋭敏である。光、電気、磁力が弱くなったり強くなったりと変化する様は、まるで思考のようだし、時には運動の原因になったり結果になったりするところも思考に似ている。私たちが慣れ親しんだ他のあらゆる物質とは異なり、非物質的であるにもかかわらず無意味な区別がされているという点で、やはり思考と似ている。

宇宙で起こるすべての現象や、現象同士の結びつきを説明したいなら、運動の法則と物質の性質を見れば十分である。ある種の動物がある地域に住んでいるのは、その身体がそこの環境に適合しているからである。試しにそこの環境を、ある程度変えてみるといい。そうすれば、そこに住む動物の体は、各部分が新たな繋がりを持つようになる。この変化は、前の環境に順応したときと同じく、宇宙を支配する絶対の法則によって起こるのである。

胃が食べ物を消化するのは、人間の体の構造からいって当然のことである。動物の肉という人間が本来口にすべきでない食べ物を貪欲に食べた結果、体が病気にかかったり気力が損なわれたりする。しかし、どちらの場合でも、手段を目的に合わせて理解しようとはしていない。この場合、肉食という不自然な行為とそれによって起こる悪習が手段であり、様々な恐ろしい病気にかかることが目的になるのだが、世界を創った神がそのような目的のために肉食という手段を用いたとか、せっかく神が人間に肉食などしないように警告してくれたのに、人間の出来心のせいでそれを破ってしまったなどと考えるのは、あまりにも馬鹿げている。こうしたことは、人体構造の特性に基づき起こることである。だから、羊は人間に屠殺され食べられるために生まれたなどと言い出すのは、ずいぶん奇怪な考え方である。人体というものは、比較解剖学を少しかじっただけの者でもすぐ分かるように、その構造からして草食動物に分類されるべきである[二三]。

動物を生み出すにはその意匠を考える人が必要だが、それと同じように、動物が生きていくための手段も誰かが考えなければならない。動物が生きていくには、その生命を支える手段がなくてはならない。この世は〈すべてが移ろい且つ何も滅びない〉[20]のだから、有機体は絶えず何かを消費し、その何かを体から切り離すことによってしか生きられない。そして、それは物質間の関係から生じる不変の法則によってのみ起こる。すべての現象は、どんなに珍しいことでも、些細なことでも、複雑なことでも、運動の法則と物質の性質で説明可能であり、人間が無知なせいで知らないだけである。だから、〈すべては運動するが、互いに影響は与えない〉[21]世界を創った霊的存在を考えることは、理性の第一原理に対するひどい侮辱になってしまう。これは、ニュートンの機械的哲学においては必要のない仮説になるだろうし、ベーコンの帰納的論理の無意味な発展にしかならないだろう。

それでは君が言うところの調和や秩序とは何なのか。そうしたものをもたらすには超自然的知性の存在が必要であると君は言うが、その後、調和が続いていく段階ではそのような存在は必要ないと言う。宇宙の目に見える秩序が一つの原因によってもたらされるなら、同じくらい働きが明白な無秩序にもまた別の原因があるはずだ。秩序や無秩序というものは、私たちと外界の事物との関係をとらえる視点の変更にすぎず、実際には同じものなのだ。秩序には素晴らしい要素があるという理由で善の力が働くと認めるのなら、同じように無秩序の悪にも邪悪な力が働いている証拠があるはずだ。秩序が絶えず悪から善を造り出しているのと同じように、無秩序も善から悪を造り出していることになる。

　想像力が可能性という曖昧な領域にまで介入することを認めると、私たち一人一人の精神状態によって程度の差はあるものの、無秩序もある程度は純粋な善へ導くこともあるとか、秩序もある程度は美しく巧妙な悪に満ちているとか、きっと想像してしまう。だが、どちらの考えも極端であり根拠がないので、哲学者の賛同を得ることはできないだろう。要するに、秩序も無秩序も、私たちにとって有害であるか有益であるか、または私たちとよく似た姿かたちをしているために共感を覚える生き物にとって有害であるか有益であるか、それによって表現に違いが生じるだけで、実は同じものなのである。[二四]

　美しいカモシカが虎の牙にかかり苦しむところや、雄牛が抵抗もできずに屠殺人の斧の一撃を受けて呻くところを見ると、徳の高い純粋な心の人はすぐに同情の念を抱くだろう。しかし、同時に、正義という名の非難の声にも人間愛という名の教えにも心を動かすことなく、何千という人間を殺して喜びと誇りを感じる者が大勢いる。そういう者たちは冷酷な所業に少し失敗しただけで、世の中の仕組みに問題があると思い込む。秩序と無秩序の基準は、それを産み出す人々の意見や感情が様々であるように、人によって異なっている。

人口の多い都市が地震で壊滅したり、疫病で荒廃したりすることがある。野心のせいで、至る所で何百万という人々が無数の惨禍の犠牲になることもある。迷信が様々な形をとって、人間を残忍な野獣に変えたり、堕落させたり、抗議の声一つ挙げることなくどんな暴君の圧政にも耐える奴隷にしたりもする。これはいずれも、観念的には善でも悪でもない。というのも、善悪とは、出会ったものが喜びをもたらすか苦しみをもたらすかで変わる、その時だけの見方を指す言葉にすぎないからである。他のものとの関連を一切排除すると、善と悪という言葉は意味を失ってしまう。

地震はその打撃を受けた都市にとっては惨事であるが、その都市の繁栄のせいで商売が振るわなかった商人にとってはありがたいことであるし、遠く離れていて地震の影響を受けなかった人々にとってはどうでもいいことである。飢饉が起こればとうもろこし商人は万々歳だろうし、貧乏人には災難である。そして財産が有り余っている人には関心のない事である。野心は、たいていは悪である。絶えずその疼きに心落ち着かない野心家にとっても、容赦なく非道の限りを尽くす野心家に散々苦しめられて死んでいく無数の犠牲者にとっても、大勢の同胞を殺された国の人々にとっても、そのせいで発展向上を差し止められた人類全体にとっても、確かに悪でしかない。しかし、宇宙の仕組みにとっては何の関係もないことであり、征服者の後を辿っておこぼれに預かるハゲタカやジャッカルのような輩や、征服者が置きみやげにした死体をのうのうと食らうウジ虫のような連中にとっては、これ幸いなことである。要するに、私たちの感じ方一つで変わるものを基準としていては、宇宙の仕組みに関して議論することはできない。

君は神が存在するという考えを主張するが、それは誰もが神の存在を信じているからにすぎない。

野蛮人の迷信とヨーロッパ文明人の宗教を利用すれば、第一原因としての神の存在を証明できると、君は思っているようだ。だが、そのような考えが少しでも支持されることがあるとしたら、それは神の啓示があったという証拠が示される場合だけだと、私は言いたい。

無知であればあるほど何でも軽々しく信じ込んでその奴隷となってしまうことは、人間の性質に関する原理に完全に適ったことである。愚者や子供や野蛮人に共通して言えることだが、彼らは、生命のない物が幸運をもたらしたり害を及ぼしたりすると、情熱や偏愛をもって信じている。[二五]つまり幸運をもたらす無生物は神となり、害を及ぼす無生物は悪魔となるのだ。だから、祈りと生け贄を捧げて、神の恩恵を確かなものとし、悪魔の悪意を和らげようとする。こういう連中は、今までも哀願し服従することで強大な敵の怒りを逸らし、贈り物をすることで隣人に助けてもらってきた。打ち負かした相手が必死になって命乞いをする様を見て、自分自身の怒りが治まることもあったし、人に助けてもらってありがたいと思うこともあった。故に、万物が自分の誓いに耳を傾けてくれると人は信じているのだ。人は仲間を愛したり憎んだりし、その愛憎に基づいて相手に親切にしたり傷つけたりする。人の過ちの原因は明白である。風や波や大気が人の意図を邪魔したり助けたりする様子を見て、恩恵を受けた相手には親切に、傷つけられた相手には復讐したいと思う人の心の働きが自然現象にもあると思い込んでいるのだ。森の奥深くに住む未開人は頑迷で、自分と違う性質を持つ存在など想像できない。実際、自分が宇宙の中心でも模範でもなく、宇宙を現実に構成する途方もなく様々な生き物の一つに過ぎないと考えるようになるには、科学をかなり深く学び、教養を身に着け、視野を広げる必要がある。

　神の属性を表そうとすれば、人間の感情や精神力を基にした表現になるか、それとも人間の力を否定した表現になるか、どちらかである。全知、全能、偏在、無限、不変、不可解、非物質性は、いずれも人間の性質と力を表す言葉であるが、それを否定することによって人間の有限性を退け、神の無限性を表せるようになる。[二六]

　人間は数えきれないほど過ちを犯すことを知っている人なら、神が度々信じられているというだけで（世界中で信じられているわけではないので、そう言っておくが）、神がいるという論が成り立つと言わないだろう。才能があり科学に精通した人たちの中にだけ、無神論者を見つけることができるが、その人たちだけが、無教養で粗野な人たちの陥りやすい間違いに嫌悪感を抱いている。

　神を本当に信じる人の何と少ないことか。それに引き替え、仕事が忙しくて神のことを真剣に考える余裕のない人は何千といるし、蝶や骨や羽や猿や瓢箪や蛇などを崇拝している人となると何百万もいるのだ。神という言葉は、他の抽象概念と同じで、何らかの概念の存在を示すというより、いくつかの命題の合意可能な部分を示すものである。世界中の人が神を信じているから神は存在するのだと言うなら、それは見え透いた詭弁にだまされていることになる。神という言葉が、猿や蛇や骨や瓢簞、はたまた三一神や単一神を同時に意味することはできない。従って、そんなものを信じることは普遍的とは言えない。あらゆる時代の深い知性と汚れなき美徳を持つ人たちが反対してきたことである。〈自然哲学者、つまり、自然の中で真理を探索し追求してきた人が、真理の証拠を得ようとして悪習に染まった人の心に頼るということは、恥ずべき行為ではないだろうか[22]〉という文の通りである。

これはヒュームが言ったことで、どの哲学者も納得しているが、因果関係とは、事物の安定した結びつきから生まれる考え方であり、一つのものから別のものを結果として推測可能なことを意味する。私たちがある現象を別の現象の原因と呼べるのは、別の現象が起こる前にほとんど例外なく原因と呼ばれる現象が起こる様子を私たちが目にするからである。だから、宇宙が存在するから神も存在するのだというだけの理屈は、受け入れがたいものである。たとえこのような理屈によって、創造する神と創造される神との関係が永遠に続き、新たな神は前の神を上回る創造神を必要とする、などというとんでもない結論に至らなくても、受け入れられるものではない。

「力」が既に存在する物の属性であるとしたら[二七]、その物がその力によって生まれることはない。一つのものが何かの原因であると同時に結果でもあることはない。力という言葉は、どんなものであれ、何かが存在したり行ったりできる能力を指している。人間の心は何かを経験するとすぐさま、それがどんなものであっても、それ自体に力があると思い込んでしまう。力がそのものの属性であることを否定すると、そのもの自体の存在を否定してしまうからだ。しかし、力がある物の属性だとしてしまうと、神という仮説そのものが無意味で根拠のないものになってしまう。

君は、知性こそが神の属性であり、その知性が宇宙に現れていると言うが、知性は動物的存在の一つの機能としてしか知られていない。そして、生物の属性である感覚や認識力と切り離して知性を考えることはできない。だから、神は知性的であると言うことは、神も様々な観念を持っていることになる。ロックの証明するところによれば、観念は感覚から生まれるものである。感覚とはこの世の生物にのみ備わるもので、生物である限り当然その能力においても機能においても限界がある。そうすると、神智学派[23]の唱える神とは、巨大な力を持つ賢明なる生物ということになってしまう。

君は、運動を始める力は、思考や感覚と同じように、心の属性であることを根本前提としている。

心は創造などできない、認識するだけなのだ。心は感覚器官で作られた印象の受け皿に過ぎず、外部からの働きかけがなければ、私たちは心が存在しているということも全く知らないだろうし、それどころか何に関しても知ることができないのだ。だから、心は何かの運動の原因になっていると考えるよりも、結果であると考えた方が適切である。自ずと浮かんでくるようにみえる観念も、実は私たちが置かれた状況に応じて生じるものであり、これが思考を作る要素となり、いろいろに組み合わさって感情や意見や意志が必然的に生まれてくるのだ。

　無限なものには、必ず有限なものが含まれている。だから、宇宙と、宇宙を支えるものとを区別することなど、全くの誤りである。神という言葉を作り出して、その言葉で宇宙の体系の一部を表現しても、哲学の真の目的を果たすことはできない。理知の言語において、神と宇宙とは同義語なのである。〈すべては神の力によって起こる。自然とは別の名を冠されただけの神の力であり、私たちが神の力を知らないとは、自然を知らないのと同じである。だから、神の力である自然の力を知らないのに、ある出来事を神の力のせいにしようとするのは、全くもって愚かしいことである。〉というわけだ。[二八]

　君は理性がこの論争を最終的に判定するのにふさわしいと言ったが、それは軽率すぎるのではないか。なぜなら、理性の法則に照らすと、神が存在するというような皆がよく口にする主張は全くもって意味がないことを、私はこれまでの論で示してきたからだ。また、知性が宇宙に見られる結果を生み出すという考えも如何に馬鹿馬鹿しいか、さらに意匠という考えに基づく主張にも誤りが潜むことを示してきた。秩序とは、必然的な作因の働きを考える一つの方法にすぎず、心は結果であって運動の原因にならないこと、力はある存在の属性であって、存在を生み出すものでないことも示してきた。だから、理性の法則による神の存在証明はできないと証明できたはずだ。

私の本当の気持ちとは違う主張を行い、善良な人なら誰でも一生持ち続ける信仰とは真っ向から食い違う結論に行きつくほど、私が熱心に話す様子を見て、君にも分かったことだと思う。私は、自分と同じ宗教を信じる人たちが、理性だけを用いて神の存在を証明したかのように振る舞うことが嫌でたまらないのだ。神の存在証明としての天啓、その必要性が軽視されるようになったのはキリスト教の味方のふりをする裏切り者のせいだ。連中は、神の存在という崇高なる神秘と魂の不滅性を、天啓そのものではなく別の所から見いだせると主張する。

エピクロス、ベーコン卿、ニュートン、ロック、ヒュームが心酔した哲学の原則に則って考えれば、神の存在は奇怪な化け物になると、私は証明してきた。

そうすると、全能なる神の力でこの世界が創られ、摂理によって保たれ、悪人を懲らしめ善人に報いる未来を正しく定めたと、揺るぎなく信じているのはキリスト教だけということになる。

さあ、シオソファス君、無神論とキリスト教とどちらを取るか決めなさい。この文明社会との絆を断ち切るまで自分の信ずるところを貫くのか、「世界に平和を、すべての人々に友好を」と宣言する宗教の軛を甘んじて受けるのか、どちらにするのだ。

シオソファス
あなたの言うことが思いがけないものだったので、今のところはまだはっきりと答えられません。しかし、どんなに魅力的な考え方であっても、私が創造主の存在を否定することにはならないと言っておきます。
　しかし、無神論に行き着くというあなたの主張に、よくよく考えた上でも議論の余地がないと思ったら、神の善や単一性や尊厳に対する私の信条と反しない限り、そちらのキリスト教の考え方をなるべく受け入れる努力をすると約束しましょう。

原注

一　ユダヤ人たちは、クレスタスの扇動により暴動を起こし、簡単に鎮圧された。―スエトニウスの『クラウディウスの生涯』から。キリスト教徒、新しく有害な迷信を信じる連中は、罰せられた。―同じ著者の『ネロの生涯』から。

二　あらゆる年齢の男女がたくさんいる。この迷信は大きな町だけでなく、小さな町や広い地域にも伝播した。―プリニウスの手紙より。

三　それゆえ、ネロは噂をもみ消すために、民衆がキリスト教徒と呼ぶ人々をその悪習ゆえに嫌悪していたので、代わりに罪人に仕立て上げ、大変手の込んだ残忍さで罰した。キリスト教の創始者であるキリストは、ティベリウスの治世に行政長官のポンティウス・ピラトゥスによって処刑された。そして、この有害な迷信は少しの間広まることを阻止されたが、再びその病気の源であるユダヤだけでなく、首都にも広まるようになった。首都では、この世のあらゆる恐ろしく恥ずべきことがもてはやされた。最初に、その宗派であると告白した人々が逮捕された。次に、その人たちの自白によって、多くの人々が放火の罪というよりむしろ人類への憎悪の罪で有罪となった。そして、嘲笑が彼らの死に添えられた。野獣の皮をかぶせられ、犬に食いちぎられて死んだ。または、十字架に縛り付けられ、日が落ちたとき、夜の明かりとして燃やされた。ネロはこの見世物のために自分のいくつかの庭を提供し、円形の野外大競技場において催し物を行い、二輪戦車の御者の服装をして群衆と一緒に歩いたり、自分で戦車に乗ったりもした。こうして、彼らは見せしめの刑に値する罪を犯したにもかかわらず、国家の安寧のためではなく一人の人間の残忍性を満足させるために犠牲になったという印象を与え、彼らへの憐憫の情が生まれることとなった。タキトゥスの『年代記』第一五巻四五節（四四節）。

四 『キリスト教の内的証拠』を参照。ウィリアム・ペイリーの『キリスト教の証拠に関する概説』第二巻二七頁も参照。

五 ペイリーの『証拠』第一巻三頁。

六 しかし、人間の立場からみて自然が不完全であることの一番大きな慰めは、神にもすべてが可能なわけではないことである。なぜなら、自殺は神が人間に授けたすべての刑罰の中で最高の恩恵であるにもかかわらず、神は自殺しようとしてもできない。また、人間を不滅にすることもできないし、死んだ者を蘇らせることも、生きてきた人間を生きてこなかったことにすることも、高い地位に就いた者を就かなかったことにすることもできない。そして、過去の出来事については忘れさせることしかできないし、（同じくつまらない議論によって私たちは神に親しみを抱くのだが）十の二倍が二〇でないようにすることもできないし、同様の多くの事もまたできない。こうした事実は明らかに自然の力が存在することを証明しており、神という言葉で私たちが意味するのはこのことだと証明している。プリニウス、『博物誌』、「神について」の章（第二巻五章二七節）。

それゆえ、この心の恐怖と闇は追い払わなければならない。太陽の光、または日の輝く矢によってではなく、自然の様相や法則を理解することによって。そして、このことから私たちが得られる最初の原理は次のことである。何物も神の力によって無から生まれることはない。ルクレティウスの『物の本質について』第一巻より（一四六―五〇）。

天に神々がいると主張する人はいないのか。
私は、神はいないと答える
愚か者のように私に反論する者に、古い神話を持ち出させてはいけない。

事実を見なさい、私の言葉も信用してはいけない
王たちは多くの人を殺し、さらに財産を奪い
あらゆる神聖な誓いを破り、町中を破壊する
しかし、このような振る舞いをする者も
常に神を信じて平穏な日々を送る人たちより幸運である。
神を崇拝するいくつもの小さな町が、
おびただしい数の槍に打ち負かされ
邪悪な力に支配されたことを、私は知っている。
しかし、天に祈るばかりの怠け者や
自ら働いて生活の糧を得ようとしない者は
悲惨な出来事から神が守ってくれるかどうか
すぐに知ることになる。

エウリピデス『ベレロフォン』断章二五。

七　キケロの『神々の本性について』を参照。

八　ホッブス。

九　ドルバック男爵の『良識』の序文を参照。

十　「ホセア書」一章、九章、「エゼキエル書」四章、一六章（一五章）、二三章、ハイネは、古代の詩人や哲学者がユダヤ人について抱いていた意見について、次のように話す。「実際、ホラティウスはユダヤ人の迷信を思い出すが、嘲笑して論破するためだけである。」ハイネ、『梗概でのウェルギリウスのポッリオーについて』、第一巻第一節七三。

十一　「サムエル記上」五章八節。

十二　ワーズワスの（「茨」三三行目）、『抒情民謡集』一七九八年。

十三　モーセは宿営の入り口に立ち、「だれでも主につく者は、わたしのもとに集まれ」と言った。レビの子らが

全員彼のもとに集まると、彼らに、「イスラエルの神、主がこう言われる。『おのおの、剣を帯び、宿営を入り口から入り口まで行き巡って、おのおの自分の兄弟、友、隣人を殺せ』」と命じた。レビの子らは、モーセの命じたとおりに行った。その日、民のうちで倒れた者はおよそ二万三千人（三千人の間違い）であった。「出エジプト記」三二章二六―二八節。

そして、彼らは、主がモーセに命じられたとおり、ミディアン人と戦い、男子を皆殺しにした。イスラエルの人々はミディアンの女と子供を捕虜にし、家畜や財産、富のすべてを奪い取り、彼らの町々、村落や宿営地に火をつけて、ことごとく焼き払った。そして、モーセと祭司エルアザルおよび共同体の指導者全員は、宿営の外に出て来て彼らを迎えた。そして、モーセは、戦いを終えて帰還した軍の指揮官たち、千人隊長、百人隊長に向かって怒り、彼らにこう言った。「女たちを皆、生かしておいたのか。ペオルの事件は、この女たちがバラムに唆され、イスラエルの人々を主に背かせて引き起こしたもので、そのために、主の共同体に災いがくだったではないか。直ちに、子供たちのうち、男の子は皆、殺せ。男と寝て男を知っている女も皆、殺せ。女のうち、まだ男と寝ず、男を知らない娘は、あなたたちのために生かしておくがよい。「民数記」三一章七―一八節。

我々はヘシュボンの王シホンにしたように、彼らを滅ぼし尽くし、町全体、男も女も子供も滅ぼし尽くした。「申命記」三章六節。

そして、彼らは、男も女も、若者も老人も、また牛、羊、ろばに至るまで町にあるものはことごとく剣にかけて滅ぼし尽くした。「ヨシュア記」六章二一節。

それで、ヨシュアはデビルと戦い、その町の全住民を撃ち、滅ぼし尽くして一人も残さず、息のある者をことごとく滅ぼし尽くした。イスラエルの神、主の命じられたとおりであった。「ヨシュア記」十章三八―四〇節。

そして、ダビデは兵士全員を集結させ、ラバに出撃して戦い、これを陥れた。そこにいた人々を引き出し、のこぎり、鉄のつるはしを持たせて働かせ、レンガ作りをさせた。また、アンモン人のほかの町々もすべてこのようにした。「サムエル記下」一二章、二九―三一節。

十四　そちらから書いてよこしたことについて言えば、男は女に触れない方がよい。それゆえ、未婚者とやもめに言いますが、皆わたしのように独りでいるのがよいでしょう。しかし、自分を抑制できなければ結婚しなさい。情欲に身を焦がすよりは、結婚した方がましだからです。「コリントの信徒への手紙一」七章（一、八、九節）。
十五　エドワード・ギボンの『ローマ帝国衰亡史』第二巻二一〇頁を参照せよ。
十六　エドワード・ギボンの『ローマ帝国衰亡史』第二巻二六九頁を参照せよ。
十七　ペイリーの『証拠』第一巻第一章を参照。
十八　ワトソン主教とトーマス・ペインとの論争を参照。「イザヤ書」一九章へのペインの批判。
十九　その苦難の日々の後、たちまち太陽は暗くなり、月は光を放たず、星は天から落ち、天体は揺り動かされる。そのとき、人の子の徴が天に現れる。そして、そのとき、地上のすべての民族は悲しみ、人の子が大いなる力と栄光を帯びて天の雲に乗って来るのを見る。人の子は、大きなラッパの音を合図にその天使たちを遣わす。天使たちは、天の果てから果てまで、彼によって選ばれた人たちを四方から呼び集める。はっきり言っておく。これらのことがみな起こるまでは、この時代は決して滅びない。「マタイによる福音書」二四章（二九―三一節、三四節）。
二〇　「マタイによる福音書」一三章三五節を参照。
二一　ヨセフスの『ユダヤ戦記』（第四巻、三三四―四四節）。
二二　デュガルド・スチュアートの『道徳哲学概論』とペイリーの『自然神学』を参照せよ。
二三　ジョルジュ・キュビエの『比較解剖学教程』第三巻一六九、三七三、四四八、四六五、四八〇頁、リースの『百科事典』人の項目を参照。

自分の家で取れた穀物に血や血のりを混ぜることを恥ずかしいと思わないのか。ヘビやヒョウ、ライオンは凶暴だとあなたは見なしている。しかし、あなた自身忌まわしい虐殺を行っており、彼らの方が残酷だと言うことはできない。なぜなら、彼らは生きるために殺し、あなたは単に食欲増進のために殺している。……人は本来肉食動物でないことは、第一に、身体の構造から明らかである。人の身体は肉食のために造られた生き物とは全く似ていない。人にはかぎ状のくちばしも、鋭い爪、ぎざぎざの歯もない。また、大量に食べた肉を消化吸収する強靭な胃や暖かい体液もない。同じ高さに並んだ歯、小さな口、すべすべした舌、肉を消化しにくい体液しかないこと、こうした事実から考えて、人が肉を食べることを自然は否定している。人が本来そのような食事のために造られたと主張するなら、まず自分で食べたいものを殺してみなさい。しかし、自分自身に備わったものだけを使い、肉切り包丁やこん棒、斧といった物の助けを借りてはいけない。オオカミやクマ、ライオンが殺して食べるように、あなたも牙や顎を使って牛やイノシシを殺し、子羊や野うさぎを噛み千切るのである。動物がするように襲いかかって、まだ生きているものを食べてみなさい。

プルタルコス「肉食について」。(『モラリア』九九四A—B、九九四F—九九五B)

二四　ウィリアム・ゴドウィンの『政治的正義』第一巻四四九頁を参照。
二五　ロバート・サウジーの『ブラジルの歴史』二五五頁を参照。
二六　ドルバック男爵の『自然の体系』を参照せよ。この本は無神論を最も雄弁に擁護する一冊である。
二七　この論題に関する深遠な論考については、ウィリアム・ドラモンド卿の『学問上の問題』第一章一頁を参照。
二八　スピノザ[24]『神学・政治論』第一章一四頁。

死刑に関する試論

杉野　徹訳

おおきな政治的変革期の到来を機に、ひとりの改革者として提案、支持するのに相応しい第一の法律は死刑廃止である。

復讐、報復、償い、贖罪などの決めごとや動機といったものは、文明社会のどのような政治体制のもとでも、到底受け入れられないものだが、これらが人間関係の狭い世界では、膨大な数の悲劇の主因であることは、言うまでもなく明白な事実であろう。立法精神がこれまでより哲学的原則に則って諸制度を作っているように見えたとしても、刑事と言われる数々の事件においては、立法精神はごく一部だけにみられ、わずかに取りつくろう程度であったことも明らかである。また本人が少なくとも加担し、間違いなく利益を得たという結論が出ていない以上、その人にどのような悪をも科さないという最善の判決と、犯罪者が危害を加えたかも知れない被害者、あるいは、加えたと思える被害者を満足させるために犯罪者を拷問にかけるという最悪の判決と、この二つの間の妥協案を立法精神は提供してきたにすぎないことも明らかなことである。

しかし、このような本質とは無縁の思索は割愛して、〈死刑〉とは何かを考えてみよう。つまり、死刑とは、判別がつきかねるほど極めて曖昧な罪が、死刑以外の刑は相応しくないと思われる大罪のある一線とその色合いを超えた場合すぐに、法として適応される処罰のことである。

第一に、死刑は善か悪か、刑罰かまたは報いなのか、それとも死刑は私たちの生き方とまったく無縁なのか、誰も責任をもってこうだと言いきれない。私たちの内なる思考、感覚は、身体が滅びた後にも、同じように思考と感覚を持つというのが、人類がもってきたほとんど一般的な意見である。そして近代アカデミーと呼んでもよいのではないかと思われる的確な哲学では、感覚の原因、本質に関して私たちがどれほど深く、広い領域において無知であるかを示しつつ、この一般的意見を支持してくれる。思考と感覚が死で終わるという真逆の考えは、まことに考えにくい。死が感覚の終わりを意味すると、原子理論に基づいて、多くの人が論じるが、この論理は事物間の関係に関する私たちの理解だけに当てはまるので、事物の存在それ自体とか、また事物の媒体・容れ物であるエッセンスとかに当てはまりはしない。[1]

人々の間に広まっている例の宗教[2]は、死後魂は生前の決断に応じて、苦しみとか、喜びを味うと示唆している。この信条から派生した様々な枝葉の考え方がどれほど滑稽で、有害であると認めたとしても、そこにはまったく馬鹿げているともいえないある類似が存在している。つまり、生前高潔であったか、ふしだらであったか、分別があったか、無分別であったか、というような外面の行為から身に起こる結果と、死後その人の状況に影響を及ぼすような内面の思考の自制、分別から起こると考えられる結果との、二つの間にある類似である。だが、その考え方に見落とされているのは、思わぬ病気、気性、組織、環境などであり、それらと共にまた個々人の意見や行動、幸福などに影響を及ぼし、意志の決断をうみ、判断を修正し、そのためにかなり似た性格の中にも全く正反対の効果を生み出すおびただしい数の個々の作用である。これらこそ、自然全体の秩序のなかで起こっている作用であり、この作用が、私たちの独自の本性が従属している何か大きなある目的に向かって働いている、と私たちはとかく、そのように信じがちなのである。そして死後、突如として、こうした本性の働きが従属している目的から外れると信じる理由も、また、ないのである。哲学者は、私たちの前世の存在が現在の状態に影響を与えたのか判断を下すことができないし、また、実際、現在の状況が死後の私たちに影響を与えるかどうかの判断も控えている。もし死んでも私たちが存在し続けるとするなら、私たちの地上の経験の考察によって得られた推論や推断によっても、私たちの存在の性質は解明できるようなものでないことは明らかである。人間に宿る命は、それがどのような形で存続するにしろ、人間の命を特徴づけている限界をもった個としての意識を失うに違いなく、宇宙に秩序と命を与え、また運行と思考の広大な集合体、神と呼ばれるものの一部になるに違いないという考えは、偏りのない公平なものとして示されてきた考え方であるように思う。

この世に生きている者が恐怖感を抱いたり、希望を抱いたり、また忘れてしまうような事柄に関して、死者が知りうる事を、私たちに何でもかでも無理やり知らせようとしたり、また、死後待ち受けている喜びや、苦痛の中に私たちを放り込んだり、また予測もつかず、考えられもしない方法や程度で罰したり報いたり、ひとりひとり個人に自然が羽織らせている善悪の織物を突然一切合財剝ぎ取ったり[3]、こうしたことこそ死の運命を私たちに課すことなのだ。

通常、死刑はある程度苦痛と恐怖を伴う。その度合いは、受刑者たちの気性や意見の様々な違いによって、まさに千差万別である。厳密に、刑罰の法案として考えて、また受刑者の感覚に及ぼす周知の効果によって、観衆を震いあがらせ、同じような罪を起こさないための公開処刑として、死刑は非常に不十分である[4]。

まず第一に、その理由は、政治犯の受刑者たちに見られるように、先取の気性、強靭さ、無私の精神、また、国力と国の安寧を強固にできたかもしれない要素などを、たとえ的外れで、混乱しているにしても、色々と持ち合わせ活力あふれる人たちは、死を悪ではなく、善に見せる死に方をする。動機がどうであれ、現政権を壊滅しようとした、いわゆる裏切り者の死刑は、罪人からの警告だけでなく、しばしば苦悩する美徳の勝利の公開の機会でもある。観衆は、このような光景を公開する法律を狼狽して容認しながらも刑場を立ち去るというより、むしろ憐憫、賞賛さらに同情心を掻き立てられる。観衆の中でもとりわけ優しい人たちは、自分の心の内に湧き起こる興奮を覚えながら、そのような高揚感を生み出す者になりたいとさえ思う。自ら目にし、感じたものに感銘を受ける観衆は、犯罪者を苦しめる犯行に駆り立てた動機と、裁判官が犯罪者に悪だと判決を下した所業を犯罪者が善に変えた英雄的勇気、または目的がたまたま著しく邪悪なものであったとしても、そうした犯行の本来の目的、それらをいちいち区別したりはしない。この場合、法律は法律の主たる目的として是非とも確保していなくてはならない大衆の共感を失うことになる。つまり、社会が構成されている目的をできるだけ達成するために社会の各部を結びあわせている権威を維持する際の、法律の主たる支えである大衆関与の共感を失ってしまうのである。

第二に、活力旺盛な人たちは、共通の善の目的のために全精力を注げるように哲学的方策ができていない社会では、極悪の罪を犯す誘惑に陥りやすいし、また実際、そうした犯行をやってしまった時の危険を見くびりがちである。殺人、強姦、そして広範囲におよぶ略奪計画などが、この種の人たちの行動であり、死刑が判決として下されている。まったく身勝手な罪を犯す人たちに特有の制度の劣悪さは、恐怖や苦痛への鈍感さと比例している、と大抵の場合、分かるのである。受刑者たちの苦しみは、無教養な人たちがよく遠まきにして見るように、おそらく観衆が恐怖をもって見たと思われるあの処刑事件自体を、よく考察してみれば、さほど大した事件ではないのだという気持ちを、同じような罪を犯しそうな観衆に抱かせる。ところが、観衆の大多数は社会の利害、慣習のしがらみにすっかり束縛されており、死刑が科せられるような極悪な罪を犯すほど強い誘惑にかられることもない。観衆のなかで権力があり、裕福なものは——一般的に、雇い主と使用人の関係がそうで、多くの小規模の商売人は使用人より裕福で力をもっているのだが——自分たちの被害は、どのような罪であれ処罰として科せられた処刑によって、ある程度報われたとか、権利が確保されたとか、見なすのである。殺害やばらばら事件の場合だと、この感情はほぼ誰もが持っている。だから、公開処刑を見て、罪状酌量の同情も、また犯罪抑制の刑法に疑問も抱かない人たちの間では、公開処刑は政治的社会がかかげる純粋な目的とまったく相容れない感情を生み出すことになる。公開処刑は、文明が第一の目的として永遠に消滅させようとしているこうした感情を煽り立てる。こうした感情がなくなってこそ、人々が、今、悪政を行っている制度より、もっとましな制度を望むことができるのだが、人々は恨みが晴らされたとか、また多くの点で自分たちと似通っている同胞の抹殺と苦悩によって、安全が確保されたとか考えているのが現状である。人々は毎日仕事をしながら、何を考えても、どうしても型どおりの考えを持つようになり、自らの優位さと他の人たちの死刑と拷問を、密接に結びつけてしまう。しかし、明らかに、正常な政府組織の目的はこれとは正反対であって、理性に則った法律のもとでは、一般大衆の誰もが、安全と利害を犯す者たちの更生と、更生という目的に限ってのことだが、違反者たちに対する厳しい規制とを、結びつけて考えるのに慣れ親しんでいるのだ。

復讐の情念は、もともと、加害者の苦悶こそ将来の犯罪再発の予防策になるとの習慣的なものの考えに他ならない。この考えは野蛮な状況、あるいは文明に充分馴染んでいない社会の一部では典型的なものである。迷信に接ぎ木され、習慣によって根を下ろした復讐の感情は、最初にこの感情が植えつけられる原因となったと思われる唯一の目的を結局は見失うことになり、激しい情熱となって、本来目指した目標を潰しても、とことんまでやり遂げなくてはならない義務となってしまうのである。善であれ悪であれ他の情熱、つまり貪欲、悔恨、愛、愛国心なども同じである。人間性の中に宿っている、とりわけ低俗なものであれ、高尚なものであれ、狙った的には度を超えて攻撃するというのが精神の本領ではあるが、高尚なものを涵養し、低俗なものを消滅させるのが立法者の真の技量である。

何よりもはっきりしていることは、違法者たちの更生、抑制に不可欠であるとは思えない刑罰一般、特に死刑が、私たちの非人間的、非社会的なでき心を決定的なものにしていることである。刑法がとりわけ緩やかな国々は、犯罪件数が他の国々より際立って少ないというのが、ほぼ諺のように言われている。しかし、この言い分は曖昧だと認めなければならない。もっと決定的な論証が、残忍な行為と社会の絆の蔑視が人命軽視と大きく関係しているという考察によって得られている。野蛮、蛮行のもとで制度を敷いている政府は、おそらく多少の例外はまれにあるだろうが、その専制ぶりに比例して残虐であり、政府の方針に共感するよう国民の態度を育むのである。

公開処刑に何の嫌悪も感じず、むしろ自分勝手な優越感と復讐に満足感を感じるような観衆は、間違いなく尋常ならざる精神状態で、とんでもない不幸な感情に陥っている。そのような者がまず考えることは、環境によって身を滅ぼした犯人よりも、自分の方が素晴らしい価値があるとの思いである。卑劣極まりない人物でさえ、処刑された者と比較して優位を感じ、酔いしれる。このような人物は、シロアムの塔も崩れ落ち[5]なかった連中の一人であり、サマリア全土にもイエス・キリストが見つけられなかったような人物であり、姦淫の場で捉えられた女に、まず最初に石を投げる者なのだ。[6] この国に広まっている宗教は、私が今引用した美しい考えをもつあの著名なキリストの名がついている。この人の訓えを覆い隠している日頃の馴染みのベールを、剥ぎ取った者なら誰でも、イエスの訓えの精神が、この連中の感情とどれほど相容れないか分かるであろう。[7]

奇跡について

白石治恵訳

……究極的に第一原因のせいである……[1]人間の力では起こしえないあらゆる出来事、つまり私たち自身の能力を超えることは何でも全能者の成せる業であるかのような言い草……。奇跡についての彼らの主張は次の通りである。私に不可能なことができるのは神だけである。しかし、あの出来事（奇跡）を生み出すのに相応しい第一原因以上に大きな原因を想定する権利は私たちにない。神が極めて強大であると同時に善意に満ちた存在であるなら、奇跡と呼ばれる出来事が起きるのは、神の特別な働きかけによると考えることは馬鹿げているばかりでなく、不敬なことでもある。なぜなら、神の目的が、奇跡に支えられている聖書の教義を用いて、過ちを根絶することであったなら、その目的は失敗してきたし、物事の本質から考えても、それは失敗するしかなかった。そのことを私たちが歴史や経験から知っているように、神もあらかじめ知っておられたことになるからである。

聖書で語られる奇跡は、法螺、作り話、過度な想像力の三つの大きな要因で生まれたと私は考える。しかし、私は説得を受け入れることにやぶさかではない。奇跡を行った人に宿る何か驚くべき能力によって、奇跡は生み出されたと証明できるなら、歴史的真実だと証明できる出来事については、それに相応しい原因があると潔く認めよう。しかし、たとえヨシュア[2]の命令によって太陽が本当に位置を変えた[3]ことが立証されたとしても、その結果宇宙の創り主がカナン人の絶滅を特に命じた[4]ということを認めるわけにはいかない。露の雫が落ちるのも、花弁に日の光が反射するのも同じく創造主の働き掛けの証拠だと言われても、認めるわけにはいかない。ましてや、キリスト教の教師たちが旧新約聖書から導き出したと触れ込んでいる恥知らずな矛盾や途方もなく馬鹿げた主張を真実であると私に信じさせることなどできない。

このような反論は、イエス・キリスト自身が予見し、キリスト教の教師たちも感づいていることだが、教義の真実性が奇跡の真実性を証明しているという主張に対してなされてきた。その主張は誤魔化しであると同時に馬鹿げている。いったい、私たちは、奇跡に何を望むのであろうか。というのは、奇跡は、教義が真実だと承認されることを必要としている。しかし、その教義は神の直観にすぎず、私たちが理性的に認める事柄に似ているだけである。奇跡が教義から受け取るべき信憑性を、どうやって教義に与えることができるのか。奇跡が本当にあったと承認されるには、教義が信憑性を与えなくてはならない。ところが、奇跡が本当にあったと承認されてはじめて、教義が神聖だと認められる。これでは、どうやって奇跡は信憑性を教義に授けることができるのか。イエス・キリストは、キリスト教徒が偽預言者たちに惑わされる危険が極めて高いと明言し、奇跡に惑わされないように、奇跡を行う者の教義を吟味するように忠告している。このやり方は、詐欺師の教義がイエスの教えと合致するか否かを判断するのに大変有効であるが、その教義が神聖か否か、また奇跡が神の御業であるか否かまで結論を出せるものではない。というのは、もしその教義に伴う奇跡が、教義が本物であると立証するのに十分でなかったら、人が理性に従って判断すべき教義が奇跡を立証するのに十分だとどうして言えるのか。さらに、教義は理性と合致すべき（新約聖書に多く見られるが）と考える人の意見であるが、奇跡が本当にあるとしても、奇跡はまったく余計なもの、目的も重要性もなく、何も確認したり証明したりできないものである。理性に合致した教義であれば得られる信用も、奇跡には手に入れがたいものである。はっきり言って、信頼できるふりをする奇跡など誠につまらないものである。

　神聖だから真実なのだと主張する教義は、自分が極めて矛盾した立場にあると主張しているようなものである。その教義の試金石となるのは奇跡だけなのに、奇跡の試金石は奇跡そのもので、結局本当に試金石になるものはない。真実であるふりをしている教義は、論理学や弁証法が試金石になるだろう。この試金石に間違いがないわけではないが、教義に対する私たちの態度や感情を確認するのに大変役立つことは確かである。しかし、このような類の教義は、その正当性が証明できる範囲の信仰しか求めないし、時には信仰を失うこともある。

アサッシンたち ——物語（断片）

新名ますみ訳

第一章

エルサレムは、ローマから幾度となく強奪と暴慢の限りを尽くされた挙げ句、ついに立ち上がり、反目し合う派閥をまとめて、共通の敵にして暴君であるローマに立ち向かった。[1] 自由を求める不屈の精神を除けば何もかも敵に劣っていたので、エルサレムは、都市の周りに頑強な城壁を張り巡らせ、愛国心と信仰に駆り立てられた市民の軍団を神殿の前にずらりと配備するほどであった。聖なる都市の城壁に近付いてきたローマ軍はと言えば、準備万端にして、訓練も行き届き、数も圧倒的なものを誇っていた。敵も、エルサレムに限っては、たやすく征服できる野蛮人[2]とは違うという覚悟ができていたのである。ローマ軍が進攻してくると、町にいた外国人は町から逃げ去った。

東方諸国からエルサレムに集結した軍勢の中に、キリスト教徒の小さな一派がいた。数の上でも少なく、重んじられてもいない一派で、身内に哲学者も詩人も抱えていなかった。神が定めた律法以外は認めない主義だったので、神の律法を人間に対して実際どのように用いるかは、個々人の判断にゆだねられていたのだ。そして、その実直で厳格な態度からも明らかなことであったが、人間の定めた法を軽蔑しているために、異教徒の習慣に盲従することも世俗の迷信に惑わされることもなく、誠実であり自分に正直であった。彼らの意見は、後にグノーシス主義[3]と呼ばれた一派にほぼ似ていた。彼らは人間の理解力[4]を、人の行動を決める最高の法と尊重し、どんなに分かりにくい宗教の本質も、思考力を最大限に働かせさえすれば完全に理解できると主張した。彼らは、万物の本質から導き出した論で論駁できないような教義であれば、それがどんな教義であれ、社会の安寧を損なうはずがないと考えていた。キリストの教えを最も従順に守ることで、不屈の探求心を養い、人々の間で起こる様々な問題にどうすれば最も適切に対処できるのかを考えていたのだった。世の中には、聖書にはっきり書かれているから、神の御旨に叶うことになるのだと言って、律法を振りかざしてあれこれ指図する輩がいるものだが、この一派の人々はキリストが教えた慈愛[5]と正義を様々な行動の規範としていたため、そのような連中には決して従わなかった。

彼らは、政府からも教会からも、地味な思索家の集まりとして相手にされず、今までのところ迫害を受けることもなく済んでいた。だが、やがてその名も広まり成功を収めるようになると、富裕階級や権力者たちの敵意を煽るようになった。エルサレムをいつ出て行くかが、彼らの運命の分かれ道となった。命の保証もないのにこのままローマ帝国内の都市に留まろうとすれば、すぐさま迫害の手が及んで、彼らの意見や行動を潰しにかかるに違いなかったからだ。偏見に満ち自分の宗派に固執する輩にとっては、彼らの壮大にして規範に囚われない輝かしい信仰など、一刻も早く排除せずにはおれなかったのである。

この善良にして幸福な人々からなる控え目な集団は、教義上平和を愛し、下賤な一般大衆の快楽や慣習を蔑み憎んでいたので、レバノンの人里離れた土地へ逃げ込むことを選んだ。この寂しい僻地は、その荘厳にして壮大という点で、アラブ人や熱心な信者にとっては他にはない魅力を持っていたのである。彼らは、誰もが自ら進んでローマ帝国から狼や虎の如き暴君を追い出し、その跡地に知と徳による王国を建設しなければならないと考えていたが、人間同士が義務を果たす際にも同じ道理によるべきだと考えていた。自然の神を信ずる者ならば、質素な生活を送るのに多くの労働に頼ってはならない。病んだ文明の害毒のせいで彼らの信仰が汚されてはならない。自分たちの存在が、人類の悪や恐怖や愚行に左右されてはならない。彼らに労働を命ずる者は愛と友情と人類愛だけとなるようにしなくてはならない、と考えた。というのも、人が汗水流して働くのは恋人や友人のためだけだからである。他の人が気に懸けてくれても、自分では我が身のことなど考えもしないほどにだ。「神は腹を空かせたオオガラスに食べ物を与え、野に咲く百合を美しく咲かせてくれる。しかし、輝かしい栄光の中にあっても、ソロモンがそのどちらの恩恵も得ようとしない」[6]のと同じである。

ローマは、今や見る影もなくなった。雄大に美しく輝いていた姿は、消え失せてしまった。末期に登場した気高い詩人や歴史家が、ローマがいずれ隷属と堕落に落ちるだろうと懸念して予言していたことだ[7]。人間の思考の崩壊は、最も荘厳な寺院が荒廃してしまうよりもひどく恐ろしいもので、その黄金の宮殿に暗い影を落としていた。尤も、その影は粗野な愚者には見えないもので、真に眼力のある者だけが感じ取り、心中恐れと絶望を覚えるのであった。エルサレムも又、住む人もなく守る手もなくなった灼熱の砂漠にその残骸を晒していた。この呪われた寂しい土地を訪れた人は、誰もが恐れに心深く打たれた。言い伝えによると、焼け崩れた寺院の廃墟にたたずむ人がいた[8]という。見た者の話では、両手を握り締め、じっと見つめ、顔は恐ろしいほどに静謐で、とても人間とは思えなかったそうである。国家や宗教の移り変わりは、群衆の気まぐれや、か弱き民衆のころころ変わる態度のせいではない。そのようなものはわずかな要素に過ぎず、知性優れた者でない限りはっきりと形にはできないのである。この世を変える者は、その支配の法則を闇と嵐の玉座から教えてもらう。故に、人間の力は偉大なのである。

長らくさすらいを続けた挙げ句、アサッシンたちはベスザタナイ[9]の谷にテントを張った。今までずっとこの肥沃な谷は万年雪の山の中にあり[10]、冒険心に富んでいた者も誰も踏み入れたこともない地であった。大昔にはここにも人が住んでいたのだ。湖の側にも透明な水面の下にも、壮大な大理石や円柱が崩れて、がれきの山となっている。それはつまらぬ人間の手によるものというより、もっと遊び心と想像力を持った知性による作品というように思えた。この寂れた土地には、花咲くオレンジの木、ホウセンカや芳香を放つ低木が数限りなくそこかしこに生い茂っていた。泉の水は溢れ、その淵に豊かに生えた草の間には、黄色の蛇が人知れず住まっていた。ここには、昔人に飼われて安全に暮らしていた家畜の末裔を狙って、虎や熊がやって来る。だが、それでも物音一つ聞こえてこない。猛獣もこの荒涼とした地に獲物一匹見つけることもできずに、腹を空かせたまま来た道を戻るしかない。そのような姿が、いっそうこの荒廃を際立たせているのだ。聞こえる音といえば、コウノトリが甲高い声を挙げてぽつんと突っ立った円柱の先からバタバタと飛び立つ音と、空腹のハゲタカが唯一の獲物を逃して鳴き叫ぶ声だけだ。転がった大理石には、古代の知恵が謎めいた文字で刻んである。人の手と精神が働いて、最も深遠なる奇跡を完成させたのである。それは知と真実という神を祀った寺院。イスラムの首長やローマの皇帝ならば、これよりも大きく豪華な宮殿をいとも簡単に建てられたであろう。しかし、それは専制君主が命じ、奴隷が汗した結果に過ぎない。ベスザタナイは、優れた才能と分別によって考案され作られたのだ。美しく刻まれた文字は、どの部分をとってみても深く重い意味を孕んでいる。この難解な言葉はかつて美しく完璧であり、詩と歴史に満ちていた。それは廃墟になっても、なお多くの謎めいた意味と底知れぬ意義を伝えている。

しかし、この谷で芸術が最も栄え壮麗を誇っていた時でさえ、その自然を凌ぐことは叶わなかっただろう。素晴らしいもの、美しいものはすべてこの人里離れた土地に集まっている。絶えず移り変わる自然も、ここではいつまでも驚嘆と歓喜を与えてくれているようだ。レバノンの山々が麓まで二つに割れた間に、この幸福の谷は挟まれている。四方どちらから見ても、凍った山頂は白い先端を真っ青な空にそびえさせ、ごつごつした形は、イスラム寺院の風化した光塔や、崩れた丸天井や円柱のようだった。遙か下の方では、明るい銀色の雲がもくもくとうねってきれいな形になり、雨を降らせては谷川を尽きることなく潤している。その川はいくつもの輝く虹のように暗い渓谷を渡り、静かな谷に流れ落ち、糸杉や椰子の林の暗い湿原で速度を落としてから、湖に注ぎ込む。眩しい雪で頂を飾った険しい山々は、あまりに標高が高くて太陽を隠してしまうほどだ。なにしろ、最も天高く昇る時でさえも、太陽は切り立った岩を越せないのだから。しかし、陽の光は更に神々しく穏やかな光となって、凍った頂より跳ね返り、色とりどりの雲を突き抜け、実に様々な光と色を作り出す。草木もまた常に青く、洞穴や森の奥まったところにも生えているのであった。

人の手の入っていない自然は、このような寂しい場所ではまるで魔女のように魔力を発揮した。素晴らしいものや神聖なものは、すべて全能という名の自然の宝物庫からここに集められていた。吹く風からして健康を与え元気を呼び起こすもので、若く雄々しく楽しい気分をもたらした。透き通った泉の水は薫り高い花の間でいつも波立ち、花の香りを瑞々しくしていた。松の枝は繊細なる楽器となり、風が様々に吹く度に新しく更に美しい調べを生み出すのだった。流れ星は月光より明るく浮き雲を照らして、渦巻く水にきらきらと映る。青い霞は岩の下や廃墟の間で奇妙な形となって漂い、まるでゆっくりと厳かに歩く亡霊のように見える。暗い峡谷を通して東の方を見ると、地下の貴重な鉱石が無数に光る入り口の遙か向こうまで、大きな月が黄色い真っ直ぐな光を遠く水平に注いでいた。山頂付近の寒冷な場所では、秋と春が代わる代わる訪れた。枯れ葉は落ち、川に溜まって流れを堰き止めた。冷たい霧がどの枝にもダイアモンドのように凍り付き、暗く寒い夜には、強風が木々の間で陰鬱な音楽を奏でた。遙か上空には、冬の夜空の王である明るい星が、くっきりと冷たく輝いている。雪が沈む直前の夕陽に染まりつつひらひらと落ち、まるで燃えさかる硫黄が降り注いでいるように見えることもあった。滝は流れの途中で凍り付き、透明の柱となって、せり出した黒い岩棚を支えているように見えた。時には、粉雪が冷たいつむじ風に空高くすくい上げられたため、まるで流れ星とぶつかって蒸気が立ち、きらきらと空気の薄いまっ暗な空に散るようでもあった。

谷は、この様々なものが入り乱れつつも恐れを呼ぶほどに崇高で稀なる光景に、ぐるりと取り囲まれているため、何者にも邪魔されず心地よく静寂に浸ることが出来た。この自然のままの美しい僻地ができたのは、偉大なる知性と力の神が浄めて、深く荘厳な神秘を与えたからだと聞かされても、この土地を見た者ならば誰も否定すまい。

人が突然このような光景を目にしてどう考えるのかは、正式の記録には滅多に残らないものだ。だが、習慣の奴隷と化した冷淡な人であっても、春のそよ風を感じたり、白い月明かりが夕空の薄雲から透けているのを見たり、鳥がぽつんと生えたヒースに一羽だけ留まって歌うのを聞いた時、自然の力を感じた瞬間を思い出さずにはいられないだろう。ましてやベスザタナイの谷に入ったのはアラビア人であり、自然と自然の神を敬い、愛と気高い思想と純粋な精神への理解を、生きる糧と思っている人たちであった。このようにして彼らは汚らわしい世界とは完全に縁を切り、聖なる考えを巡らせることに専念していたので、世界をどう評価するかなどということは忘れてしまった。卑しく品のない連中であれば、大抵の者は心の渇望や葛藤を鎮めるために名誉を求めるものだが、彼らの場合はそのようなものは認めもしないし見向きもしなかった。新たな聖なる炎が彼らの心に灯り、眼の中に光っていた。聖なるものを求める心には聖なる霊感が訪れるから、その霊感によって、どの身振りもどのやり方もどんな些細な行動も慈愛に溢れ美しいものとなった。その心を捉える霊感は他の人にも移りやすく、天から吹く風の如くに素早くすべての心に伝わっていった。[11] 彼らは既に肉体を捨て去った霊魂であり、既に天国に住まう者。生きること、呼吸すること、動くことは、それだけで計り知れない喜びであった。その幸せで熱心な信者が、自分の心の内を思う度に喜びは深くなり、外界の事物を感知する心は隅々まで、その事物が持つ美しいものや聖なるものを、より敏感により繊細に感じ取れるようになるのであった。愛し愛されれば更にその喜びを求めるようになり、その願望が大きすぎて、あらゆる種類の驚異に満ち溢れている大宇宙といえども、それを叶えるにはあまりにも狭いと思われるほどであった。

ああ、このような霊魂の訪れがすぐさま移ろい消えてしまうとは、何と悲しいことか。人の心は、思いつく限りの優れて力強いものと一瞬は同等になれるが、悲しいことにそれは最後まで続くこともなく、大きな変化によって消え失せてしまうのだ。[12] しかし、一面の紫の雲が織りなす春の夕陽はたちまちのうちに消えてしまうが、また思いもかけない時に蘇って、絶望が占める夜空に、暗黒を消す哀愁を帯びた夕焼けを広げてくれる。

　アサッシンたち一人一人の胸を踊らせたあの我を忘れるような熱情は、確かに今はもはや見受けられない。日々の営みやありきたりの生活は、人が誰でも耐えなければならない重荷であって、そのせいで聖なる永遠の情熱は、消えたとは言わないまでも、弱まってしまった。しかし、それでもなお、彼らの心に残った印象は永遠に消えないものであり、その影響を受けて作られた社会の特徴はいつまでも変わらないのであった。

第二章

　ローマは崩壊した。元老院は、盗人と嘘つきの汚らわしい巣窟となった。荘厳な寺院は、それぞれの神学を唱える者たちが自説の優勢を競う闘技場と化し、彼らはそのとんでもない信念を広める伝道師として、火と剣を使った。巨大都市コンスタンティノープルは、ローマという名を示すにしても、既に衰え始めた力ではその本来の栄光をほんの微かにしか見せることができず、それはローマ人が築いた礎を引き継いだ者たちが、如何に不道徳で脆弱であるかを物語っていた。新しくもっと揺るぎない信仰を持つ巡礼者たちは、みなエルサレムの廃墟と化した神殿に赴き、永遠なる神の墓の前で泣き祈った。大地は不和と騒乱と破壊に満ちていた。親愛という美徳をはねつけた結果、その美徳を司る精霊により世界は二つに割れ、お互い武器を持って戦う羽目になったのだ。[13]醜く忌まわしい信条で、国民が持つ慈悲の心も毒され枯れていた。傲慢や迷信や復讐心からは、自然への愛も古くからの信仰も、何も生まれなかったのである。

四世紀にわたる、悲惨極まる革命ばかりの年月が過ぎ去った。[14]アサッシンたちは、その間も周りの動乱には構わず、肥沃な谷に住まい耕していた。彼らは元々人とは違う優れた資質を持っていたが、稀なる環境のおかげで、その資質も徐々に深まり完全なものになっていった。かつては大義という言葉は、聞くだけで目も眩むほどの昂揚をもたらすものだったが、今はそれも静まり、知らぬうちに人生を律し優れた資質を保っていくための規律となった。彼らの教義も、精神が高尚になるにつれ変わっていった。彼らは、自分たちがわずかながらでも知性を持つことができたのも、悪の手から取り戻すことができたのも、慈悲深い神のおかげであると感謝していたが、それも今ではあまり口にすることもなく、話したり考えたりする話題になることも少なくなった。だからといって、神が彼らの最高位の守護者でなくなったわけでも、心中に秘めた考えを導いてくれる指導者でなくなったわけでも、どんな些細な行動に関してもその是非を問える裁判官でなくなったわけでもなかった。ただ、この神秘の守護神というのは、人気のない岩山の間で培われた喜びであり、それは五色に輝く夕焼け雲の中にでも、洞窟の深奥でも見つけられるのだと考えるようになったのである。将来などはもはや取るに足らず、平和で幸福に満ちた現在しか重要でなくなった。時間というものは、人々の悪や不幸によって数え作られるものであって、[15]幸せの国に住むアサッシンたちはそのような人々とは似てもいないし、比べることもできなかったのである。彼らの永遠の平和は、この時すでに始まっていた。死の国の開いた門から、暗闇はもう消え去っていたのである。

　このような信仰と環境のおかげで、彼らが他人に示す行動は素晴らしく心に残るものとなった。大多数の様々な人類社会から離れていたため、この僻地は聖なる隠れ家となった。そこでは、誰もが言わば一心同体となり、競争心や派閥争いで仲間割れをするということがなかった。すべての欲求は一つの目的に向かい、一つの目標を目指していた。誰もが相手の幸福のために力を注ぐのであった。この共和国においては、誰もが誰もに対して善意をお互い施していた。[16]それは、商人が見せるような心のこもらない見せかけだけの親切とは違い、顔や動き一つ一つまではっきりと現れた純粋な善意だった。この静かな土地は山々に囲まれていたため、その向こう側の住人たちが持つようなひねくれた心や災いなど、彼らが知ることも想像することもなかった。複雑な文明社会に惑わされることもほとんどないので、自分で努力せずに手に入る幸福や、他人のことは構わずに自分だけが満足するような幸福など知るよしもなかった。善意と幸福をなす道は、彼らにとっては平坦でまっすぐなものであった。彼らは、どんな場合でも、最大の喜びを生み出す行動を優先すべきと思っていた。払わねばならない犠牲の大きさを考えてしまい、最大で最も純粋な喜びを与えようとしてもためらってしまうという場合があることさえ、彼らには思いつかなかった。

このようにして、アサッシンたちには際だった特徴が出来上がった。それが人目を引く重大な出来事とならなかったのは、彼らが他の人々と隔絶していたからであり、他の人々が行動を起こす時の動機や主義が正義や善意以外のものであるのが常だったからである。堕落した卑屈な人々の中では、アサッシンたちの意図は最後にどういう結果を生むのだろうか。誠実で純真な信仰を持つ彼らにこう聞いてみても、答えるのは難しかったかもしれない。また、目的を遂げるのにどのような手段を用いるのかという質問にも、きっと戸惑ったことだろう。実際、将来のためであれば、今この場で苦痛と不和を与えておくという手段は、最も純粋な宗教や哲学ではよく行われることである。とはいえ、そのやり方は、多くの人の心に消えようのない憎悪を植え付けることになってしまう。もしアサッシンが偶然文明社会に住んでいたとしたら、好むと好まざるとに関わらず、教義上やむを得ず人に対して敵意を抱くことになったかも知れない。彼は、目的のためには、人々が忌み嫌う手段を使わざるを得なくなっただろうし、その目的も自分一人だけが掲げたもので、人々には思いつくこともできないものだと思ったかも知れない。自分の思想を天の光のように非の打ち所なく気高く優れていると思いこみ、ふんぞり返って胡座を掻いていたら、人に誹られ迫害される羽目になっただろう。周りの人々は高尚な目的など理解できず、彼を最も下劣で残虐な罪人と決めつけただろう。何者とも比べようもないほど彼が偉大であるため、逆に理解できずただ軽蔑したことだろう。彼は皆の幸福を心から願っていたから、彼の偉大な師キリストと同じ運命を辿り、軽蔑と嘲りと非難の中を引き回され、不名誉な死を遂げたことであろう。眠る友の側に近づいてきた毒蛇を見つけた時、その毒牙が今度は自分に向けられるのではないかと恐れるような自己中心的な人でない限り、殺すのを躊躇う人などいまい。では、その毒を持つ者が人間のなりをしており、そのもたらす災いが毒蛇の毒よりも更にもっと恐ろしく広範囲にわたるとしたらどうか。虐げられた者を救い、悪を滅ぼそうとする者でさえも、人間は絶対不可侵の生き物であるという迷信のせいで逡巡し手を引いてしまうことになるのか。そういうことになれば、人間の姿は、どんな堕落も悪事も許されるという特権の印になるのではないか。虐げられた人の弱さやだまされた人の愚かさに付け入って権力を得れば、それだけでもう圧政を敷いたり、人をだましてもいいという権利を得たことになるのか。

普通の政府の役人や、迷信めいた宗教の信徒には、この質問を問う勇気はあるまい。最後に幸福が得られると思えば、悪に出逢ったところで一時だけのものとして我慢してしまうからだ。人が道徳的に堕落していると分かっても、やはりじっと耐えてしまう。しかし、アサッシンが信奉する宗教では、同胞である人が圧政の下で苦しんでいたり、自分を縛る鎖の重さも感じないほどに隷属し卑屈になったりした時には、ただ耐える以上の徳を行うのだ。人間は他の動物より優れているから人間なのであり、だからこそ愛と判断力を自然の神に捧げれば特権を得ることができると、アサッシンは信じている。世の中にはひねくれた者も、卑しい者も、あくどい者もいるが、そういう連中が何だというのか。そのようなものは悪霊が見せる邪悪な幻が形になっただけであり、慈悲の力が剣を振るってこの美しい世から追い払えば済むことである。光り輝く王座にもおぞましい貧困窟にも等しく惨状をもたらしはするが、実際には人が想像するだけで実態のないものであり、不幸と災いの亡霊に過ぎないのだ。アサッシンならば誰もおとなしく悪を見過ごしたりしないし、慈悲を施すふりだけして、実は虚偽と破壊への橋渡しをすることもしないだろう。文明社会という名の荒野を行く彼の道は、独裁者や破壊者の血で染まるだろう。恐怖でもって国民に崇拝を強要する暴君も、アサッシンに息の根を止められ、今まで許されてきた数々の悪業を命で償うことになるだろう。まことしやかに偽りの教義を唱え、神妙なふりをして実は民衆にたかる輩を、アサッシンの神聖なる腕は、ふかふかの寝床から引きずり出し、冷たい墓の中に投げ捨てるのである。そこでは、緑色のぬめぬめしたムカデ共が日がな一日、しぶとい悪や忌まわしい狡猾そのものの奴らの頭を食いちぎることとなる。人格高潔そうに見える人物というのは、町中の人々の尊敬を集めてはいるが、実は如才なくにこやかで洗練されているだけの悪党であり、商っているものは嘘と殺人で、毎日の食事は民衆の血と涙であがなったものという次第である。そういう連中は、大がらすの餌となるだろう。つまり、アサッシンがそのような気高い行為を実行すれば、地中のミミズや空飛ぶハゲタカを肥え太らせることになるのである。[17]

しかし、純粋な信仰と人間愛のおかげで、人と交わらぬアサッシンたち[18]は、この上もなく優しく慈悲深い人々になっており、このような行動を起こすことはなかった。勇気と、徳を試そうとする意欲と、悪に対する怒りは、今にも噴出せんとする抑えがたい激情となりがちだが、まるで地中に閉じこめられた地震のようでもあり、金色の夕雲の中でじっと待っている稲妻のようでもあって、表に出ることはなかった。彼らは汚れなき人々であったが、ただ無垢であるだけでなかった。なぜなら、自分たちの大いなる教義については、絶えず意識し注意を向けていたからだ。彼らは、この隠遁めいた生活にあっても、自分たちの幸福の源である信仰を忘れていなかったのである。

こうして、四世紀が何事もなく過ぎて、人は死を迎え、その死に対して流すべき涙が流され、残された者の心を癒していった。愛によって結ばれた者同士は一緒に死んでいき、友には悲しみという、喜びにも繋がる聖なる感情を残していった。母の胸にしがみついていた幼子は、大人になった。そうして人々は死に、彼らの谷を覆う草は、打ち捨てられた骨の周りにも茂り絡んでいった。その静かな暮らしは、凪いだ夏の海では、星の影も朝焼けの彩りも揺るぎもしないというのと同じであった。

第三章

これだけ静かな世界では、どんな些細なことでも記録され、覚えておかれるものである。六世紀が終わろうとする前に、特筆すべき珍しい事件が起こった。アルベディア[19]という若者が森の中を歩いていた時、猛禽の甲高い鳴き声に驚いて見上げると、高い杉の木の絡まった枝の間から、血がぽたぽたと落ちてくるのが見えた。木に登ってみれば、そこにはぞっと震え上がるような光景があった。人間の裸体に折れた枝が刺さり動けなくなっていたのである。[20]ぼろぼろに痛めつけられており・・[21]両手足とも傷ついて不自然な角度に折り曲がっていた。ただ息をしているというだけの、生きているとはとても言えないようなひどい姿であった。山中から獲物の匂いを嗅ぎつけてやってきた巨大な蛇が、がつがつとその肉を食らっており、その間も夥しい数の虫が、崩れ落ちた口元の辺りにたかって、腐った肉一切れに至るまで取り合っているのだった・・上空では腹を空かせたハゲワシが舞っていたが、ひどい空腹でたまらないものの、その人間の眼があまりにも堂々と威厳に満ちているので、目玉をくりぬく勇気が出ないでいる。それよりも、人間以下の卑しい獲物の方が御しやすいと、満腹になるのを待ってあの大食らいの蛇に襲いかかるつもりであった・・・その人のもつれた髪の中に血の塊があり、温かい気候ならば溶け出すほどの雪のように固まっていた・・・右の側頭部が、とがった岩のせいで切り裂かれたのだ・・・剥き出しになった胸のあたりで心臓が激しく喘いでいる。その苦悶のせいで、自分が引っかかっている木の枝に背中がこすれ、樹皮がだんだんと剥がれて、血の泡と血糊を付けたまま地面へと落ちていくのであった。このもはや人間とも言えない惨状の中で、二つの黒い眼だけが、世俗を超えた光を放って不思議なほどに輝いていた。血だらけの眉の下でも視線は確固として揺るがず、そこには人知を越えた力が静かに宿り、死をも退ける不滅の精神力があることを物語っていた。眼は、身の回りのことをすべて静かに観察し見定めているように思えた。肉体がこんなに損なわれても、心の落ち着きは失っていなかったのである。[22]嫌悪と軽蔑に満ちた苦い笑みが、傷ついた唇に浮かんでいるくらいであった。

若者は、生ける屍がぶら下がっている枝に近づいた。側に寄ると、蛇は獲物に巻きつけていたとぐろを渋々ほどき、じめじめとした汚らわしい巣穴へと向かおうとした。そこへもう待ちきれなくなったハゲワシが舞い降りたかと思うと、空腹を抱えたままの蛇の目玉を突き、暴れくねる体を爪で捕まえて山へと飛び去った。山中には勝ち誇ったハゲワシのしゃがれた鳴き声がこだまし、杉の枝は二匹が飛び立った重みで、夜風に揺れたかのようにかすかに軋み声を上げた。その音がやむと、全くの静寂が訪れた。

しばらくして、遂に瀕死の男から声が漏れた。その喉の奥から絞り出した声は、微かでしゃがれていた。男の言葉は、奇妙で不思議な独り言のようだった。言葉は途切れ途切れであり、語る内容はどれもばらばらで、一見何の関連もない話のようだった。

「暴君たる大王が勝利しても、それは敗北なのだ・・・[23]何と喜ばしい。奴に虐げられた敵が喜ぶことだろう。奴に踏みにじられた虫けらたちの勝利だ・・・この分では、奴は自分で自分の首を絞めるだけでなく、この世の巨大な仕組みをもついでに始末してしまうかも知れんぞ。—閉ざされた死の門の前には喜びと勝利感が待っているのだ。死の門の暗く恐ろしい陰の下で生きるとしても、私は怖くなどない。そこにはさすがに暴君たるおまえの力も及ばんからな。国を作ったのはおまえかも知れんが・・国を滅ぼすのもやはり・・・それをもくろむのも・・・その実行も私の手にかかっているのだ・・・。[24]私はおまえの奴隷だったが・・今やおまえと同等であり、敵なのだ。—おまえの玉座の前で恐れおののく民衆は、私の一声で、おまえの汚れた頭から黄金の王冠をむしり取るだろう。尤も、その王冠も錆ついたまま頭に食い込んでいて、既に腐った脳みそにまみれているかも知れないが。」—彼は言葉を止めた。その後は、ただ昼間の静けさのみが支配した。アルベディアは木にしっかりとしがみついていた。あまりの狼狽に眼を逸らすことができなかったのである。忍び寄る深い恐怖に取り乱して、何も言葉が出てこなかった。

「アルベディア、」同じ声が言った。「アルベディア、後生だからここに来ておくれ。私が堕落するのは見過ごしにした神も、あなたのことなら守って下さるよ。人の優しく慈悲深い愛は、苦痛や恐怖は望まないものだからね。さあ、頼む、来ておくれ・・お願いだから、ここへ来てくれ、アルベディア。」その声色は、アイオロスの琴が風に吹かれて鳴るように、優しく鮮明であった。それは、六月の暖かなそよ風が下草の柔らかな森の地面にたゆたい、すべてのものを和らげていく、そんな調べでアルベディアの耳に届いた。優しいいたわりの涙が、アルベディアの眼に溢れてきた。まるで親友の言葉のようだった。助けを求める幼なじみや心の兄弟に、助けが遅いと怒られているような感じだった。彼はこの不思議な衝動に逆らわず、そっと傷を負った男を下ろそうとその場に近づいた。そして、かわいそうなその人を担いで木を降り、地面に横たえたのである。

しばらく奇妙なほどの静けさが二人の間に漂った。最初に感じた畏敬の念と冷たい恐怖が、アルベディアの中で憐れみに満ちた優しい感情に徐々に変わりだした時、先程と同じ美しい声が澄んだ調子で話しかけて来るのが聞こえた。

「私のために泣くでない、アルベディア。生に見放された哀れな身だというのに、私はこの素晴らしい場所で平安に出逢い、生気を取り戻せるのだから。私は傷ついているし、痛みにうめいてもいる。だが、この奥まった場所に隠れ家を見つけて、あなたを友としたのだから、憐れみより妬みを受けて当然なのだ。人に見つからぬように、私をあなたの家まで連れて行っておくれ。こんななりを見せて、奥さんを驚かせたくないからね。奥さんは、実の兄よりも私を愛してくれるだろう。私はあなたの子供たちの遊び相手にもなろうし、会う前からもう父親であるかのように愛を感じているくらいだ。だからこそ、私が行った時に、不思議に思ったり驚いたりしてほしくないのだ。間違いや誇張というのは人にはつきものだが、それでもレバノンをあちこち旅していた者が、崖から谷間に落ちたなどというのは、あまりにも奇妙な話だからね。だから、アルベディアよ――」と、彼は続けた。低くなっていく声は大変厳粛な調子だった。「私があなたやあなたの家族を愛するのと引き替えに、このことだけは従ってもらいたいのだ。」アルベディアは一も二もなく従った。従わないなどという考え[26]は、ほんの少しも浮かばなかったのである。彼は男を背負うと、家へと向かった。妻のハーレドが出かけるのを見計らってから、たまの客人を泊める部屋に運び入れた。すると、男は、ドアにしっかりと鍵をかけて、明日の朝まで様子は見に来ないでほしいと言った。

アルベディアは、そわそわとハーレドの帰りを待った。隠し事などしたことがなかったので、それは、ほんのつかの間とはいえ、純真で嘘に慣れぬ心に、邪悪でしつこい呪文のような影を落としていたのである。客人の話に感化されて、奔放で楽しい想像があふれ出たせいでもあった。何と呼んでいいか分からないほど、美しく捉えどころもない希望が彼の心中に満ち、たとえ幻影であったとしても、彼自身が希望の姿を身にまとったかのようであった。だが、それでも彼の心には不安や狼狽がつきまとっていた。逆巻く水の流れのように考えが浮かんで、その様はまるで未知の運命によって波が揺れ動き、無情の手によって予期せぬ変化が起こるかのようだった。―アルベディアはぐるぐると家の庭を歩き回りながら、今日起こったことすべてに思いを巡らせた。集中して、あの時のことを細部まで思い出そうとした。だが、できなかった・・・まだ自分では収拾のつかない思いに囚われていたのである。驚愕や恐怖、畏敬の念、強い同情心、不思議な昂揚感のせいで、あらゆる判断力がなくなっていた。あまりの感動のため、よく考えたり問いただしてみたりすることができなかったのである。

彼の物思いは、ようやくハーレドが帰ってきたので、そこで途切れた。彼女は、静かな憩いの場である我が家に、何の疑いも持たずに入ってきた。それは、天国がひっくり返るようなことがあっても、この聖なる我が家をかき乱すような変化は起きまいと信じているような態度であった。中に入ると、彼女はアルベディアに目を遣った。その途端、彼は何の前置きもなく、息せき切ってその日の出来事を語って聞かせた。ハーレドの静かな息づかいでは、夫の息も継がぬ話し方についていけないほどであった。彼女は、夫の慌てた話し方や興奮した顔色を見て、ひどく驚きうろたえたのであった。

第四章

次の朝、アルベディアは夜明けと共に起きて、客人の様子を見に行った。彼はもう起きていて、庭の花を部屋の窓格子に飾っていた。その態度や仕草を見ていると、この家にすっかり慣れているような感じがした。アルベディアの家は、彼にとってまるで住み慣れた家のようだった。彼はアルベディアに明るく親しみを込めて挨拶をしたが、それは彼の心がいつも思いやりに満ちていることが窺える声色だった。

「友よ」彼は言った。「この谷も露の香りは甘いね―それとも、風たちが特別に語り合って、この庭だけに最上の香りをまき散らすようにしているのかな。さあ、少し腕を貸しておくれ。随分とふらふらするのでね。」彼は歩き出そうとしたが、足が出なかったかのように、戸口の側の椅子に座り込んだ。しばらく二人は沈黙のままでいた。楽しく幸せそうな視線を交わすことが、沈黙と呼べるならばだが。やがて、彼は壁に立てかけてある鋤を見つけた。「あなたは一本しか鋤を持っていないのだね。」彼は言った。「耕す道具はこれ一つらしい。あなたの菜園ももっと大きくしなくてはいけないね。すぐにやらなくてはいけない。自分の食い扶持を返すことは、私には今夜も明日も無理だが、その後は何もしないで世話になるつもりはないからね。もちろん、あなたが喜んで余計に働いて、私に食べさせようとしてくれるのは分かっている。そのような仕事で疲れた後で、ある種の喜びを感じるだろうということも分かっている。だが、私とて、そのような喜びを感じたいのだよ。そういう喜びだけを感じていたいのだ。」彼の目はどこか疲れており、話す声色も元気がなかった。

　このように話をしていると、ハーレドが入ってきた。客人は彼女を手招きして、自分の脇に座るように言い、彼女の手を取るとその優しい顔つきを熱心に見つめた。ハーレドは、一晩眠って元気になりましたかと尋ねた。彼は、のんきで当たり障りのない笑い声を上げ、彼女の片手をアルベディアの手に置いた。「この薫り高い谷で寝ることを眠りというならば—、あなたたちの優しい微笑みに囲まれて、愛し合う者同士の声が聞こえるところで眠るのが眠りというものならば、不幸にさいなまれつつ寝た者でも、起きた時には蝶よりも軽々と気分が浮き立っていることであろう。—私はここことは大違いの乱世の国からやってきた。それなのに、思いがけずあなたたちと一緒にいて、今まで想像することも叶わなかった夢の最中にいる—ここにいなくてはいけない。とても出てはいけない。」—ハーレドは客人の素晴らしい言葉や仕草に呆然と聞き入っていたが、はっと気づいて、自分の家に彼が来てくれて本当に嬉しいのだと言った。アルベディアも、彼が来てくれたことにはハーレド以上に感激していたので、彼に対する愛情の深さを心から伝えた。—客人は、二人が滅多にないほどの熱意と誠意を込めて話すのを聞いて微笑み、立ち上
27 がって休みに行こうとしたが、その時ハーレドが言った—「うちの子供たち、メイムナとアブダラに会っていただいておりませんわ。今湖のほとりにいて、仲良しの蛇と遊んでいるんです。

あの小さな森を抜けて、湖の上にせり出している岩山の間の小道を行くだけで着けますわ。子供たちがいるのは崖と崖の間の人目につかない岸辺で、まるで岩山と森に取り囲まれているようなところです。[28]―そこまで歩けますか。」―「あなたの子供たちに会うためにかね、ハーレド。アルベディアとあなたの腕を借りれば行けると思うよ。」―そういうわけで、三人は古い糸杉の森を歩いていった。そこには薫り高い低木も所々にあり、美しい谷のあちこちに光る星のように、色とりどりの花を鮮やかに咲かせていた。緑の牧場を抜け、両側が岩の崖になった道に入っていった。そこはいわば薫り高い低木で装飾がなされたようで、大変美しかった。曲がりくねった道を辿って荒れ地を抜け、ようやく湖のほとりまでやってきた。湖にせり出している岩の上に立つと、湖岸の周りを彩っている、自然と人の手が織りなした奇跡のような光景がすべて見渡せた。―客人は、どんな感情も顔には出さずにその光景を見ていたが、どこか考え込んでいるようでもあった。―それを見て、ハーレドは彼の手を握り、熱心な小声で言った。「ほら、あそこです、あそこ。見てください―あそこを見てください。」―彼はハーレドの方を見たが、彼女は彼を見てはいなかった。彼女は下の方を見て、心を満たす思いに駆られて口を閉じてはいられず―息づかいは規則正しくはあったが聞き取れないほどになった。―彼女が崖から身を乗り出したため、垂れ下がった黒髪が縁取りとなって、言葉にならぬほどの愛情に輝く美しい顔を浮き立たせていた。彼女の視線を追ってみると、客人にも下の谷間にいる子供たちの姿が見えた。なんと素晴らしい子供たちだろうと思って顔を上げると、彼女と眼が合って同じ思いに頷き合うのだった。男の子は八歳くらいで―女の子は二歳年下のようであった。二人の姿と顔があまりにも神々しくこの世のものには見えないので、喜ばしい夢のように、見る者の感覚を圧するほどだった。子供たちはゆったりとした亜麻布の服を着ており、美しい体つきが見て取れた。大人に見られているとは知らないので、子供たちが今やっている遊びをやめることもなかった。何をしているかといえば、木の皮でこしらえた小さな舟に羽根を編んで作った帆を立て、湖に浮かべているのだった。[29]二人は白い平らな石の側に座っており、石の上には小さな蛇[30]がとぐろを巻いていた。舟ができあがると、子供たちは立ち上がって、歌うような調子で蛇に呼びかけた。すると蛇には通じたらしい。蛇が光るとぐろを解き、小舟へと這っていった。蛇が舟に乗り込んだ途端、女の子が舟を岸に繋いでおいた紐を解き、舟は湖面を滑り出した。子供たちは喜んで手を叩きながら、入り江の周りをぐるぐると走り回り、意味不明の言葉に節を付けて叫ぶ。それに対して、蛇は絶えず首を動かして応えているようであった。ついには、岸から風が吹いて舟の針路が変わり、入り江から出て行きそうになった。蛇はそれに気づいて、水の中に飛び込み、子供たちの所へ泳いで帰ってきた。少女が歌いかけると、蛇はその胸に飛び込み、少女は蛇を白い手で大事そうに抱き締めた。しかし、少年の方も歌を返したので、蛇は少女の手をすり抜けて、彼の方へ這ってきた。こんな風に遊んでいるうちに、メイムナが上を見上げて、両親が崖の上にいるのを見つけ、崖を登る急な道を走ってやってきた。アブダラも蛇を置いて、嬉しそうに駆けてくるのだった。

菜食主義について

上野和廣訳

人間は自ら進んで数知れぬ過ちの犠牲者となり、多くの歪んだ性癖の奴隷となる習性を持っていると、見識豊かな倫理学者たちは当然のことのように語る。狂気とも思える野心、奴隷制度の下で行われる軽蔑すべき愚行、厚かましいほどの詐欺行為、無知な軽信は、聡明な美徳の持ち主なら憤慨して非難したくなる話題を常に提供してきた。しかし、倫理学者たちはこうした害悪の原因は社会制度の欠陥にあると言うだけで満足していた。彼らの説明によると、いくつかの誤った考えが昔から尊重されたり習慣的に神聖視されたりしてきたために、血に飢えた獣のごとく人々を争わせる狭量で悪意に満ちた情熱、矯正されない大衆の獣性、放蕩三昧の宮廷人たちの利己主義が、咎められることなく見過ごされてきた。しかし、このような説明は大雑把で表面的な問題解釈にすぎない。有害な社会制度は人間の間違った考え方から生じたものである。従って、この問題は科学的な論文を書く研究対象になり得る。また、私たちが改善を求める問題の原因でもあり結果でもある。人間の過ちの原因は、人間が置かれている外的な状況だけでなく、人体の内部構造の特性にも見られ、外的な状況がどのような影響を与えるかを決定するものである。

驚くべきことに、哲学者たちは、暴力的で不合理な人間の行動の多くが、身体組織の病気が原因で起こるとは考えなかった。彼らは身体が心へ影響を及ぼすことは認める。また、私たちの知識が詰まった真鍮の壺は[1]、高熱の炎で焼かれると灰になることや、加齢とともに美徳や科学への情熱が消えることなども認める。さらに、心の働きは身体と密接な関係にあるので、子供の完成された身体であるか、年老いて衰弱した身体であるかが、細部に至るまで心の働きと一致することも哲学者たちは認める。—もし一致するなら、体の調子が少しおかしくなると、その分だけ知的エネルギーも減少し、少しだけ歪んだ情熱が刺激されるのではないだろうか。愚行や逆上はある原因のため、気難しさや愚鈍は別の原因のためと辿れるのではないだろうか。無分別で暴力的な行動についてはある程度、身体器官の働きの乱れが原因だと考えられてきた。しかしながら、数多くの人間の悲惨な状況を作り出す愚かさと悪意の実例に目を向け、詳しく原因を究明することは哲学的研究対象に一度もならなかった。体調不良の結果である心の病は、精神的指導で十分治療できると考えられてきた。精神科学における理論的真理は、一度認められると、行動分析にも絶対的な力を持つようになる。しかし、その理論的真理が人々の揺るがない信頼を得るようになることは難しい。唯一うまくいく方法は、病気になっても損なわれない理解力を前もって確保しておくことである。恐ろしい亡霊たちが青白くやつれた犠牲者の寝床の周りに群がっている限り、つまり、議論など受け付けず感覚的証拠を振り回し、理性に基づく形而上学的懐疑論を打ち破ろうとする限り、哲学者が理屈を並べ立てて迷信を論破することは不可能である。ところで、不吉な夢や言語に絶する恐怖の幻想が証明することは（空白）

身体の諸器官に潜む痛みのせいで、周囲の人々との付き合いがうまくいかない惨めな人を、やさしさと人間愛だけで、どうやって元気づけられるだろうか。（〈好奇心の強いおせっかいな神は、あらゆるものを予見し思いをめぐらし気にかける。そして、すべてを自分に関係付けて考える[2]〉）、そんな人は楽しい場面や音に接しても、自分の耐えがたい苦痛をあざ笑っているとしか思えないのである。また、痴愚の人に、美徳を積極的に行う重要性を理解させ、社会生活に不可欠な様々な義務を忠実に果たすように説得することが可能だろうか。白痴の人はもともと肉体的な不完全さが原因で、自らの病んだ感受性の哀れな看護人になっている。白痴の人に対する上記の試みはよく行われるが、狂人に道理を説くのと同じくらい馬鹿げているし、死の床にある人に元気な時と同じくらい際立った賢明さや鋭い探求心といった知的能力を求めることも同様に馬鹿げている。

アルコール度数の高いお酒や刺激の強い食べ物を口にしていると、多少程度の差はあるものの日々の生活の中で明らかに精神機能がおかしくなっていく。酩酊すると一時的に理解力が鈍り、暴飲暴食をすると直後に知覚力（慈悲深さ、利己心、激情の奴隷、悪意やそれらの混じったものなど）が鈍くなるだけではない。消化不良が慢性化すると馬鹿げた行動をとるようになり、酩酊がひどくなると知的能力の働きを阻害するようになる。家庭生活を営む人は誰でも憂鬱な実例を一つは挙げることができる。しかし、哲学にしかできないことは、習慣ということで許されている過ちの影響を徹底的に探り、個人の性格に及ぼす影響を解明し、社会の幸福を脅かしているにもかかわらず見過ごされている出来事をすべて数え上げ、憎悪や殺人、略奪、戦争、大虐殺や革命に与える不自然な生活習慣の影響を考察することである。

　このような論究に対して必ず唱えられる一般的な反対意見は、取るに足りない原因が重大な結果がもたらすとは考えられないというものである。しかしながら、私たちが住む世界の法則とはそのようなものである。うまく点火された小さな炎は、どれほど立派な宮殿であっても焼き尽くすことができる。君主の思考回路にわずかな狂いが生じれば、臣民を血なまぐさい戦争に巻き込むこともある。発狂した女[3]の夢のせいで文明化された地球のあちこちで火刑のために薪の山に火がつけられた。――人間は複雑な部分が互いに絡み合った集合体である。生命本能は、説明不可能な過程を経て神経や筋肉に影響を及ぼすとともに、それらから影響を受けている。――肉体は過剰な悲しみや情熱によって消耗する。眠気を催す倦怠感によって思考は中断され、発熱によって乱される。それ故に、私たちがたどり着く結論は、多くの人間の暴力的で不合理な行動は、身体の組織が病気になることで生じるということである。これは日常生活の経験や深遠な哲学の精緻な思索とも一致する。

この結論を自明の理として確立することは、現在の極めて重要な研究課題である。単なる食事療法の問題にみえる研究にも、それなりの重要性を与えることができる。人類が互いに迫害し殺しあう気になるのは、身体の調子が病的に不安定になるためである。博愛主義者や哲学者にとって最も価値ある研究対象は、人類の平和と幸福に明らかに敵対する原理の本質を究明し、その影響が及ばないようにすることである。これより意義のあることは容易に思いつかない。――

病気が人体の自然な状態でないことや、健康の維持に役立つ習慣と、身体器官の調子を必ず狂わせる習慣とがあることは、誰でも認めている。――人類を疾病の侵入から効果的に守る特別な生活様式があることも認められるべきである。それ故に、病気は不自然な生活習慣の結果だという主張も、異議を唱えられるようなものではない。人間と人間に飼われることで悪影響を受けた惨めな生き物たちを除いて、すべての種類の動物には平均的な寿命がある。その寿命より長生きしたり短命に終わったりすることもあまりない。[二] しかし、人間の生命は一瞬たりとも死に至る疾病の恐ろしい侵略から逃れることはできない。人間の自然な寿命を示すものとして、いくつか個別の長寿記録が残っている。しかし、死は老人も子供も、元気な者も衰弱した者も同じように襲う。無邪気な子供も、頑強な大人も、青春真っ盛りの若者も、厳格に節制した生活を送る人も、この油断のならない破壊者の秘かな策略から身を守ることはできない。

大変立派で誉れ高い人物が、社会に有益な仕事をしている最中に突然死んでしまうことがある。国民が救世主として常に期待を寄せてきた人や、家族の唯一の慰めであり支えであった人、調和や幸福、希望を懸命に広めてきた人が、父親の罪を子供に負わせるあの不思議な原理によって突然葬り去られる。病院は何千もの泣き叫ぶ犠牲者で一杯になる。贅を尽くした宮殿の中にも、赤貧のあばら家の中にも、つらい病気に泣き叫ぶ声、白痴や精神異常者が上げる笑い声やたわ言が鳴り響いている。―そしてこのような複雑な災難は、人類が幾世代にもわたる過ちと苦難の中で不自然な生活習慣にふけってきた結果、起こったことである。

不自然な習慣とは、どの動物の生活形態とも明らかに異なる習慣と理解されるべきである。また、異なるということが有害な結果をもたらすのに十分な証拠であると認められるべきである。もしライオンが草を食べ牛が肉を食べたら、これらの動物の健康が実質的に損なわれることを否定する解剖学者はいないだろう。実際、この実験が行われたら、ここで主張している有害な結果が必ずもたらされる。―猪は健康で活動的で、森の動物の中で最も手ごわい動物の一つである。猪は自然な状態では果物を常食としている。家畜化されることで猪は雑食となり、結果として惨めで、元気がなく、不潔で様々な病気にかかるようになった。アルガリまたは野生の羊は驚くほど強く賢い動物であり、一四年間生きる。家畜の羊は弱く臆病で、肉屋のナイフによって惨めな最期を迎えなくても、自然な寿命のずっと前に様々な病気の餌食となる。病気は不自然な生活習慣の結果であるという事実にもっと明確な証拠が必要なら、似たような事実を幾つも引用することができる。

この試論の目的は、肉食が病気になる不自然な習慣の一つであることを証明することにある。

私たちが胃の中に入れる食べ物が、疾病の主な原因の一つであることは認められている。身体の末端でさえ、胃との間に交感作用が働いている。理由のない恐怖、[三]めまい、精神錯乱は、しばしば消化器官の病気によって起こる。震えやけいれんの疾患はその性質や場所から見て、胃の病気と無関係のように思えるが、多くの場合、胃の調子が悪くなることで引き起こされる。消化力が強く規則正しい食事を心がける人は病気になりにくい。そのため、もし消化器官の不調の原因が見つかり、食事方法が原因なら、食事方法を改めることでその病気は根治できるだろう。[四]

　人間は本来果物を常食とする動物であることは、多くの考察によって証明されている。昔から質素な食事をとってきた人々に対してなら、とても分かりやすく説明できる。明らかに人間の身体は略奪や破壊に向いていない、つまり肉食動物が持つ攻撃するための道具が人間にはない、このことが人間は肉食に向いていないことを十分に示している。人間は肉を食べるために何世紀にもわたり様々な工夫を必要としてきた。高度な解剖学的研究に頼らなくても、ライオンの牙もトラの爪も人間にないことは明らかである。人間の本性は流血には向いていない。焼いたり、調味料で誤魔化したりしなければ、気持ち悪くて食べられない物が、人間の身体に良いはずがない。雄牛や雄羊は、不自然で無慈悲な方法で去勢することで、肉の繊維が柔らかくなり噛みやすくなる（空白）若くて大きな雌ブタは寿命を迎えるまで殺されることはないが、乳飲み子のブタは生きたまま焼かれる。[4]ロブスターはゆっくりと茹でて殺されるが、人には聞こえない悲鳴をあげて、ひどい苦痛に耐えていると訴える。鶏は不具にされ、籠に閉じ込められて太らされる。子牛は肉が白くみえるようにと、失血死させられる。そして、恐ろしい拷問をうけ、煮て塩漬けにされ、キリスト教徒が救世主の誕生日として祝う日に、大食漢たちの食事に出される。―どんな肉食獣が、エサとなる動物に長く苛酷で下劣な拷問を強制するだろうか。人間は一切れの生肉も飲みこめない事実だけで、屠殺された動物の死体を食することは人間の本来の食事でないことを十分に証明している。

体の組織は最も不自然で有害な習慣さえ受け入れるようになることは知られている。麻薬の毒は徐々に吸収され、麻薬が効かなくなるまで止めることができず、最終的には必ず病気や死に至る。私たちのよく知っている生き物は常に自分が置かれている環境に適応しようとする。しかしながら、その努力の過程で生命力をほとんど使い果たしてしまう。柳は川岸で完成された状態に達する。なぜなら、その環境が柳の本性に適しているからである。樅の木に適した土に柳を植えると、移植のショックを耐えて枯れなかったとしても、病気で発育不全の低木になってしまう。馬や羊、牛だけでなく、モリバトも肉を食べて生きることを教えられると、本来の食べ物を嫌がるようになる。[五] それ故に、ある食事方法について好ましいと思っても、病気や衰弱、苦痛が必ず伴うようであれば、一般的に普及しているからといって簡単に支持すべきではない。

人間の悲惨さの最も大きな原因の一つがここで明らかになった。私の論証にいくらかでも説得力があるなら、人類はきわめて有害な結果をもたらす不自然な習慣を毎日実践していることになる。自分自身や子孫、さらにその人が手本となり影響を与える人たち、またその人が健康であれば何らかの幸福を得られる人たちに対して、誰もが義務を負っている。その義務とは、計り知れない多大な苦難をもたらす不自然な習慣を断固として断ち切ることである。この試論が証明しようとすることに納得する人は、承認できた理論を実践すべきである。それは最も崇高な道徳的義務でもある。歪んだ食欲の誘惑的な刺激は無視すべきであり、酔っ払いの見せかけだけの陽気さなど軽蔑し、もっと純粋で常に変わらない自然な陽気さにこそ満足すべきである。美徳にあふれた心と活力ある身体だけが、本当の陽気さをもたらすのである。

すべての人の努力は幸福を究極の目的としているが、それに向かって進むようになるためには、躊躇なく不自然な習慣を捨て去るべきである。しかしながら、身を滅ぼす習慣をやめるだけでうまくいくと、過大な期待を持ってはならない。病気は遺伝的でもある。今この世に存在する多くの病気は、はるか昔の過ちによって生み出された。菜食を始めることで、この蓄積をどれほど急速に減らせるかは予想不可能である。最適な食べ物を摂取することで、人体を構成する細部に至るまである程度は減らせるだけである。

一方で、野菜食が無害で健康に良いことを示すために役立つ事例や、わがままな人でも即効性があると約束して納得してもらえる事例はいくらでもある。—長寿の例は、割合からいって肉食の人たちより野菜食の人たちのほうがはるかに多い。[六] 古代ギリシャの哲学者たち[七]や初期キリスト教の隠者たちは、動物の肉をほとんど食べない厳格な食事を取り入れていた。彼らには長寿の例が多い。—どのような治療方法も役に立たない体質性疾患が、野菜食に変えることで治った。[八] ここで勧める食事の変更を適切に行った人は、誰でもすぐに節制の良さに気が付く。質素な食事をとった後、食事前とまったく同じように身体も精神も働くことにも気が付く。その人の精神は以前より安定し、とても快活な心をたびたび襲う如何ともしがたい憂鬱に悩まされることも少なくなる。……こうしたことが野菜食の良い点で、この主張に基づいて……正しい哲学や自然な心情が人類の間に広まってゆくと、それにつれて、動物を殺し貪り食う行為は、不自然で有害な暴力であると思うようになる。

　感覚のある生き物を殺すことは、頭の中で考えるだけなら、それほどたいしたことではない。また、遠く離れたカムチャッカで火山が噴火して多くの村人や家畜が死んだとしても、生き物の繁栄にとってたいした問題ではない。──というのは、実際に殺人を行うと、悪意のある残忍な気質が心の中で目覚める。そのため、殺人は恐ろしい嫌悪すべき犯罪なのである。生き物が傷つき苦しむ光景を見慣れた人が、それでいいと思うようになれば、苦しめることをためらうだろうか。憎悪、復讐、悪意は、どれだけの悪事を行えば満足するのだろうか。最初に兄弟を殺したあの男が軽率にも生み出した数々の災難は、なんと果てしなく続いていることか。──職業上の必要から生命の尊厳をもてあそび、生き物の苦痛を軽視する人たちは、文明社会での任務を遂行する上で、必要な慈悲や正義を実行する能力を欠いている。彼らは必然的に野蛮で、粗野で、気性が荒く、流血を好む。だが、彼らの習慣となっていることも、はるかに広範囲な荒廃をもたらす戦争の邪悪さに比べたら見習いにすぎない。戦争では何千もの同胞をめった切りにし殺すために人々が雇われる。殺戮や激痛、うめき声に慣れてしまった人に、人間の本性である慈愛と共感に満ちた感性だけはなくさないでと期待できるだろうか。斧で殺される運命の動物が野原にいる光景を見たところで、もっと頑なになるだけで、憐れみを呼び起こすことはないだろう。罪のない動物を屠殺し続けていると、戦争での勝利が告げられた時、その勝利が何十万もの人々を虐殺して得られたにもかかわらず、ぞっとするほど狂った歓喜に浸ることは間違いない。肉食が結果として人間社会の平和を破壊するなら、その惨めな犠牲者への不正行為や残虐行為に弁解の余地はなくなる。家畜は人間の策略によってこの世に誕生し、身体を不具にされ、群れて楽しむ喜びを奪われ、隷属と病気の中で短く惨めな生涯を終える。感覚のある生き物が、文字通りの悲惨さを耐え忍ぶためだけに生きるなら、存在しない方がはるかにましである。[九]

原注

一　自然を愛する人たちに好まれる詩人が、この事実を独創的な筆で見事に描写した。

—ラダーラッドは遠くの皆の声を聞いた
もはや彼の心は皆と同じ喜びを感じなかった
皆は昔の仲間が今どうしているのか
ほとんど知らないし、気にもかけない
彼が耐える定めの苦痛を知っても
皆はたった一日驚いただけであった
悲しい心の重荷になるものはすぐに捨てられるのだ。

皆は知らなかった　近くにいる哀れな者の
その異常をきたした耳には
皆が彼をいじめて楽しんでいるように聞こえることを。
憤慨して彼は目をそむけた。

（ロバート・サウジー『ケハマの呪い』九章七一―八一行目）

二　（ジェームズ）イーストン、『人間の寿命』

三　ジョン・アバーネシーの『局所性疾患の体質上の原因に関する試論』を参照。

四　精神や肉体の乱れなどについてはここで述べない。『クイーン・マブ』を参照。二二三頁。

五　ジョセフ・リトスン、『道徳的義務として肉食を断つことに関する試論』。

六　オールド・パー一五二才、メアリ・パタン一三六才、ハンガリーの羊飼い一二六才、パトリック・オニール一一三才、ジョセフ・エルキンス一〇三才、エリザベス・デ・ヴァル一〇一才、アウラングゼブ一〇〇才、ロンバルド一二〇才、アセーニアス一二〇才、エピファニアス一一五才、シメオン一一二才、聖アンソニー一〇五才、隠者ジェームズ一〇四才。試論を参照。―他の多くの例はイートンの長寿のカタログに見られる。しかしながら、各個人の生活習慣は不適切にも省略されている。上記の例は別の資料から入手した。

七　ゼノンは調理していない食べ物を食べた。ユーリピデスの『ヒポリッタス』九五三行目の注釈。

八　ジョン・フランク・ニュートンの『自然への回帰』、ウイリアム・ラム博士の『体質性疾患の治療』を参照。

九　動物の子供に対する愛情はとても強い。獣はまったく機械的に動きほとんど頭を使うことはないと言う異常で無神経な詭弁は、論破する必要がある。

エリュシオンより

甲元洋子訳

このわびしい景色の中にいても、[1]私が上の世界に暮らしていた頃、輝かしく幸せにすることしか考えなかった国のことを今も気にかけています。我々は不滅になったとはいえ、人間の楽しみや苦しみと全く無縁になったわけではありません。人間の行為すべてに共感を覚えますし、自分たちが持っている理念や見解に応じて、人間の話を聞いて喜んだり悲しんだりもします。我々は、死んでしまえばすべてなくなるという見解すらまだ持っています。プロシアのフリードリヒ大王[2]が先ごろ我々の仲間入りをしましたが、「死は永遠の眠りである」と主張して憚らず、スペインのフェリペ二世[3]を大いに当惑させました。フェリペ二世は、激怒して拷問を加えることまではしませんでしたが、地獄の屋根が彼の頭の上に落ちてくることを期待し、少なくともフリードリヒ大王の説は誤りであると不満を述べました。宗教は、他の話題にもまして頻繁に死者たちの間で議題となります。というのも、我々もあなたと同様、どの宗派の信仰が本物なのかほとんど解らないからです。各人は地上で従っていた教義を大切にしていて、この世界での状況を自分の教義に合うように解釈しています。

私は確かな結論を出せる政治学を空理空論より好む者の一人です。空理空論こそが人間の激情を支配できる帝国だと見なすと、激情はとても有害で消すことのできないものになり、死んだ後も心から消えなくなります。あなたに委ねられた権力を、委ねてくれた者たちの為に使う方法はもっと明確でなければならず、人類の習慣や見解が変化するにつれて多くの制限や例外が生じた時には、使う方法の細部にわたるまでその変化に合わせるべきです。このことはあらゆることの中で最も高貴で偉大で、普遍的なことです。権力の使い方は女王としてではなく人間として習得されるべきです。それを習得することで、家庭には幸福が、個人には栄誉がもたらされ、国家には真の幸福と繁栄が約束されることになります。

あなたに向かって哲学めいた意見を言う者が現れるでしょう。王に向かって、成し遂げるべき義務がありますとか、民が殺し合わないように、また平等と正義の実践のために皆の上に立つべきですとか、諭しながら近づく者たちは、支配者の破滅を企む狡猾な反逆者だと教えられていることでしょう。しかし、もし地上にいた時の私の人格に不審を抱くのなら、あなたがどのような状況下でイングランドの王座に就くのか、時代精神はどのようなものか振り返ってみるとよろしい。ペイシストラトス[4]やタルクィニウス[5]の運命を思い出すことで国民を堕落させたり虐げたりすることのなかった者たちよりずっといいお手本となります。もし寛容と美徳があなたの行動を支配しているのなら、私の訓戒など必要ありません。しかし、偏った教育を受けたせいで、本当に優れたものに対する希求心を失っているかも知れません。あなたに輝かしい行為をして欲しいのですが、その行為の輝かしさによって自分も輝きたいという願いをなくしているかも知れません。万が一あなたがそうなっていたら、—そうするために何一つ労苦を惜しまれなかったでしょうが—この資質のもとに王位に就くことを、自分だけが王位に値することをみんなに説明してください。これは確かなことですが、あなたが即位するとき国民がどのような状態であるか、私がお話ししましょう。なぜなら死者こそが、あなたを取り囲む参謀たちよりはるかに物知りだからです。

英国国民は一般に考えられているほど昔から自由を享受してはいません。先鋭的な組織よりはむしろ一般大衆の意見のほうが、たとえ少しであっても自由を持ち続けています。しかも、その自由は彼らの絶え間ない闘いによって獲得されたものです。

にもかかわらず、彼らが自由を獲得してきた過程に対し、いちいち異論を投げかける者がいます。

マーローの隠者による

英国連合王国全域の選挙法改正実施案

杉野　徹訳

ロンドン
カバンディッシュ・スクエア　ウェルベック・ストリート三番地
C&J・オリアー出版
ピカデリー二一番地　C・H・レネルにより印刷

一八一七年

誰にも、というより、どんな集団にも決められない、ある大きな問題が世間の関心を呼び起こしている。たしかに、この問題の結果を見通すだけの証拠となる材料は何もない。しかし私たちが奴隷になるか自由人になるかは、この問題にかかっている。

〈選挙法改正〉について言われてきた事柄をすべてここで要約する必要はないだろう。下院議会が民衆の代表でないことは誰もが頷くところである。残る唯一の論理的問題は、人々が自ら立案するのか、それとも法によって統治され、全体の社会の千分の一にも満たない代表の布告によって生じる課税で、貧困になっていくのかという問題である。私の考えでは国民はそのように課税され、統治されるべきではない。今この大国が見せている嘆かわしい喜劇が観られる舞台は、精神病院だけのように思われる。国民に腕力があり、勇気があるにも関わらず、人類のなかでも最も軽蔑され堕落した、たったひとりの人物が無数の同胞を痛めつけ、この世のありったけの持ち物を巻き上げ、踏みつけ、つばきしているのである。政治社会の中で起こっているこのような譬えは怒りに堪えず、嫌悪に値する光景である。

議会の特権は統治権をもっていることであるが、その統治権たるや民衆への侮蔑をもとに行使されている。統治権は本来人間の本質の法則に完全に沿って、民衆の悲惨、零落の救済のためにこそ行使されるはずであった。人間は侮蔑している人たちを、本能的に隷属させ、悲惨な目に遭わせようと、徹底的に侮辱する。改革者たちの目的とはこのように侮蔑の状態に置かれている国民を主権の座に回復することであって、これこそまさに私の言わんとする主旨である。この主旨を果たせないというのであれば、私は口を閉ざしているほうがまだましである。

隷属は時々自らの意志によることもある。おそらく、民衆は隷属を選んでいるのかもしれないし、堕落し、無知になり、飢えるのが民衆の意志なのかもしれない。おそらくは、これまでの慣れが民衆の唯一の神なのであろう。隷属の熱狂的崇拝者たちは、隷属という偶像を拒まず、寒さに震え、飢え死にするかもしれない。おそらくは、この国の大多数の人々は議会に選ばれたくない、つまり、民衆は今置かれている惨状に陥れた連中から、権力を奪うつもりはないと布告しているのかもしれない。それこそ民衆の意志である。それこそ民衆自身の問題なのだ。もし、それが民衆の決意というなら、人々の権利の擁護者たちや、それに人の過失や悲劇を嘆き悲しむ者たちは、鬱積した苦悩によって理性が働くようになるまで、黙って自分の家に引きこもるしかない。

今、ここで問題なのはグレート・ブリテンとアイルランドの連合王国の大多数の成人たちが、議会に完全な代表制度を望むか否かである。

私は代表制度がみんなの意志であると疑わないし、これこそ民衆の気持ちをよく表すほとんどの人々の意見である、と信じている。しかし、私たちが一歩ことを進める前に、事実を正式に確認しておかなくてはならない。もし大多数の成人たちが、民衆に選ばれた代表によって下院を構成すべきであると、厳かに自らの願いを表明するなら、これでこの議論は決着する。そうなると、議会は請願されるのではなく、要求されて、一般の意志を実行するために、効果的な計画を準備しなくてはならなくなるであろう。もし、その時、議会がかりにも拒否するような事態になるなら、そのために起こりうる争いの結果は、議会の無鉄砲さと図々しさの程度いかんによるということになるだろう。その時には、議会は民衆に反逆したということになる。

真剣に意見を求められた上で、成人のほとんどが、たとえどんなに誤った根拠であっても、議会改革による刷新の実験は、議会が憲法上問題なしと承認した悪政の結果よりもさらにひどいと、そう判断するのであれば、その時には沈黙こそ私たちには相応しい。そして、もし、この現在の制度を黙認するのが国民の意志であるという明確な証拠が出された後で、私たちが群衆の一部の集まりか、またはなんらかの団体の行動かを利用して少数の人々を扇動し、この決定を覆すとすれば、私が条件つきで下院議員のせいにしてきたあの大きな犯罪の責任は、私たちが負わなくてはならない。

改革の第一歩は、この点を確認することである。その目的のために、私は次の計画が効果的だと思う。

つまり、議会改革が、英国国民の大多数の意志であるか否かを確認する最も効果的方策を考慮するために、集会は○月○日『王冠と錨亭』において開かれると決めることである。

自由を愛する同胞の中で最も雄弁で、最も有徳、かつ最も尊敬できる者は、同胞が仲間割れしている色々な案件から生じている一切の敵意や議論を、同胞にいったん棚上げさせるように権威と知恵を使うべきであり、さらに、苦しんでいる自国への愛国心から、国民が議会の改革を望んでいるかどうかのこの大問題の解決に、全エネルギーを注ぐよう同胞に訴えるべきである。

さらに改革派の同志たちは、国のどこに住んでいようと、自らの希望と不安の問題を決着させるために、おそらくは最終的で、決定的と思われる努力を傾注すべきである。ロンドンに行くことが出来る人たちは行き、行けないまでも、自分たちの能力が役立つと思う人たちは、集会の議長に手紙を書き、自らの意見を説明し、これらの手紙を大きな声で読んでもらうようにし、すべて白昼堂々と執り行われるべきである。以下のような趣旨の決議が提示されるべきである。

一、下院を民意の完全な代表とするような下院改革を迫ることは、国民の義務であると同時に、この義務を履行する権利を国民が持っていると考える人たちは、この義務を果たし、権利の遂行がどの程度大多数の国民の意思であるか、証拠収集するためにここに集合する。

二、グレート・ブリテン及びアイルランドの人口を三百に区分けし、それぞれ区を住民の数が同じになるようにして、三百名の人たちが任務を負い、委嘱された区内に住む住人ひとりひとりを訪問し、次の第三項目の決議文に含まれている宣言に、署名する意思があるかどうかを訊ねる。さらにその住人が記録に留めておいて欲しいと望む意見に関しては、その説明や意見を署名と一緒につけ加えてもらうように求める。そして署名をしてもらうために次の宣言を提示する。つまり、その宣言とは、

三、下院は英国国民の意思を代表していない。それゆえ、署名している私たちは次のことを宣言し、発表する。そして添えられた署名は、私たちが帰属することを誇りとする偉大なこの国の自由、幸福、尊厳が、国会の下院の議席を占めるべく選挙された議員の退廃と不適切な行為によって、危機に瀕し、腐敗の憂き目を被っているという私たちの揺るぎない、厳粛な確信の証左である。私たちは神と祖国の前で、次のような熟慮を重ねた偏見のない信念を、ここに披瀝するものである。つまり、私たちがこの大きな問題で少数派であるならば、絶えず嘆願をすることが私たちの義務であり、もし多数派であるとするなら、下院議員を国民の実際の代表とさせるそのような改革案を下院が提起するように要求し、強要することが私た

ちの義務である。

四、議会改革に関する国民の意思について証拠を集める詳細な計画がすべて決定されるまで、この集会は毎日召集される。

五、この集会は、「改革派の同志たち」に原因があると誤って見なされてきた革命的、破壊的計画を認めるどんな企みも、また一見関係のないように装う企みも否定するものであり、この集会の目的が純粋に憲法に適っていることを宣言する。

六、この計画の出費を賄うため、募金をすぐに始める。

「改革派の同志たちの全国集会」に提起する上記の決議提案のなかで、私は意図的に詳細を避けた。もしこの提案で、私が到底太刀打ちできないほど自己犠牲と学徳で人望の篤い人たちに、幾分かでもヒントを与えたと判明した場合、その人たちの汗と血と涙で（これを私は比喩とも思わないのだが）育んできた自由の大義に関するあらゆる提案をよく検討し、展開させるのは、その人たちに任せたい。ある人たちは牢獄でその大義を大事にし、別の人たちは飢えながらもそれを慈しんできた。あらゆる人たちが迫害と中傷のただ中で、また権力の制裁に遇いながらも、自由の大義に対して、決して態度を変えなかった人たちである。だから、諸君が手をつけたことを是非成し遂げていただきたい。

そのために、私の提案の実行可能な部分を一点だけを述べておこう。現在、私が考えるところでは、かなりの出費が必然的に生じるだろう。これらの需要に見合う基金を募金しなくてはならない。私には現在、年間千ポンドの収入がある。それで妻と子供たち[2]にある程度安楽な生活をさせているのだが、その収入から、社会的正義を保つためにかなりの税を支払っている。もしかりに、私が提案したものと何か似かよった案が諸君によって決定されるというなら、私は年収の一〇分の一の一〇〇ポンドをこの目的のために寄付したいと思う。この寄付をするのは、私だけだと、うぬぼれる気はない。というのも、公益のための合理的で首尾一貫した計画はどんな計画も、公益維持に貢献してきた偉大で善良な人たちに、いずれ認められるようになるのだから。

真摯な「改革派の同志たち」の間では、どのような形であっても、ある程度の連携がこの提案の成功には不可欠である。普通選挙であれ、限定選挙であれ、また毎年あるいは三年毎の選挙であれ、それらの選挙の支持者たちは、支持者全員が一致して推す法案を、国民がはたして望むかどうかをまず判別してから、自分たちの意見の喰い違う話題を片付けるべきである。改革が果たして行われるかどうかがまだ問題として残っているのに、どのような種類の改革をしたらよいか議論するのは下らぬことである。

ところで、この後、私がすべきことと言えば、この改革について私の心情をはっきり述べることだけである。実際、この意見は本質的に提案の持つ価値とは、本質的にまったく関係はない。もし、この案を起草する者の心情がどのようなものであるかに関する当然の質問に、他のどのような形にしろ、もっと単純に、もっと単刀直入に、答えがなされていたなら、私が提案したような類の要求書に私自身が同意の署名を求められるまで、私はこの意見を控えておくべきであったかもしれない。私には、国民の自由と幸福を守ってくれる可能性が大いにある緊急法案として、毎年の改選議会[3]が採択されるべきであるように思われる。この法案によって、民衆が国の繁栄の正統な保護者として、自由国の市民がもっている政治的義務を果たすために、基本的に必要とするエネルギーを醸し出すことができるだろう。これによってそのやり方に民衆は常に慣れるように訓練され、自由というものに馴染んでいくだろう。今の政府の体制が抱えている重大な欠陥によって大多数の国民が陥っている現在の堕落した状態が続く限り、理性のある者なら誰もが不可能だと考えるような改良が、間違いなくできる余地が政治制度には残されている。そのような有益な革新に到達する一番確かな方法は、徐々に、しかも用心深く前進することである。そうしなければ、「改革派の同志たち」が現在侵害されていると主張している秩序と自由の代わりに、無秩序と専制政治がやってくるであろう。毎年改選される議会に、私はまったく賛同する。私はコベット氏[4]や他の作家たちが、一般の人たちに既に普及させている毎年改選案賛同の一般論は述べないでおこう。

普通選挙について、民衆の知識と感情の備えが十分できていない現状では、正直言って私はその採択は危険に満ちた法案であると考える。私の考えでは、少額でも、ある程度〈直接税〉を支払うように登録をしている人たちだけが、現在のところでは、議員を国会に送るべきであると思う。成人男性全員への選挙参政権の一気の拡大は、隷属状態の時代に残虐で無気力、獰猛と化してしまった人々の手に、権力を渡してしまうのと同じ結果になるだろう。それは煽動政治家が持ち合わせている資質が、議員になるのに充分な資質であると考えるのと変わらない。私にはカートライト少佐[5]の議論には答えられない。論理上は、政治に関わりを持つのは人間誰しもの権利である。ペイン氏[6]の議論にもまた返答がし難い。純粋の共和制は、幸福を産み出し、人間の純粋の特質を高めるために、もっとも適した社会秩序の制度だと、反論しようのない明白な論理によって、説明されるかもしれない。しかしながら、人々の精神が次第に段階をふんで成長し[7]、幼児期とも言える私たちの体制の王政や貴族制に関連した枝葉を無視できるほど成熟する以前に、これらの象徴を撤廃する計画ほど理性にそぐわないものはないし、また有益な結果を望めないものもない。

改革に関する考察（断片）

新名ますみ訳

A　人間社会の欠陥を見つめ比較検討する人ならば、我が国の国内政治が大きな変化を遂げようとしている事実に反対する者はほとんどいないだろう。富の分配を支える精神と、逆に非難する精神を比較して考えれば、改革は当然のことである。改革とでも革命とでも何と呼んでも構わないが、変化は起こらねばならないのである。その変化の一つが、政治権力を、今持っている者から奪い取ることであろう。彼らこそが国民の信頼を大いに悪用した犯人だという強い非難が、国中に広まっている。憎むべきは人ではなくその手段だと言明するのは、政治改革者の常である。そして、これもよくあることだが、その政党が勝利を手にした途端、前の権力者へは最も厳しい罰を与え、敵を非難することで今の権力を手にできたにも関わらず、その敵がしてきたのと変わらぬ、自分本位で悪辣な方法をとるものなのだ。つまり民衆を解放する者といえども、権力を握ればやはり暴君にもなろうし、気まぐれで民衆の真似でもしない限り、行動したり感じたりする動機や熱情も、民衆とは決して同じにはなり得ないのだが、それでも民衆はそのようなことに思い至らず、彼らに賛同してしまうのである。

B　世の希望は、イギリスの民衆が訴える願いと切っても切れない関係にある。彼らは自分たちを苦しめる圧政から解放されたいと願い、暴君たちを神聖化しているまやかしを取り去りたいと願っている。民衆の側が主張するのは、政治制度はしばらく民衆の手に任されるべきということだ。どんな社会生活上の規制でも、民衆の利益になる時だけは容認すべきだから。どのような政治体制が既存の制度に取って代わるべきかに関して、国民の声が決定権を握ることは今までなかった。しかし今や、多くの人間が支配者によって欺かれ虐げられているのだという考えが広まった。何千という哀れな大人や子供がお腹を空かせ、着る物も住むところもなく通りをさまよう。その間にも田舎の家や農家は借り上げられ……。

「フランケンシュタイン あるいは現代のプロメテウス」の序文

宮北恵子訳

この小説の根拠となった出来事は、ダーウィン博士[1]やドイツの一部の生理学者たちの間では、ありえない事ではないと考えられてきた。私がこうした想像力の産物を少しでも真面目に信じているとは思わないでいただきたいが、空想作品の土台として採用するにあたって、自分で超自然の恐怖をつなぎ合わせて作ったものだとは必ずしも考えなかった。この小説の面白さが問われる出来事には、幽霊や魔法を扱っただけの物語にある欠点は免れている。物語の中で展開される場面は斬新で、評価の得られるもので、たとえ物理的事実としては不可能であっても、現実の出来事をありきたりに関係づけて描き出されるものより、人間の情熱をより幅広く堂々と描写するためには、どのような視点に立って想像力を働かせるべきかを示している。

このように私は、人間性の基本原理の真実を維持しようと努力しつつ、その一方で、そうした基本原理の組み合わせに対し、ためらうことなく新機軸を打ち出すことにした。ギリシャの悲劇詩『イリアッド』―シェイクスピアは『テンペスト』や『夏の夜の夢』において、とりわけミルトンは『失楽園』において、この新機軸を打ち出す手法に従っている。そしてつつましい作家も自分の作品によって読者を楽しませ[2]、また自らも楽しむために、出過ぎることなく、この自由な手法ともいえるやり方を散文物語に応用している。この手法を適用することで、人間の感情の数多くの見事な組み合わせが素晴らしい詩作品を生み出してきたといえる。

　私の物語のもとになっている出来事は、日常のささいな会話から生まれた。物語を書き始めたとき、半分は楽しみから、半分は未経験の心的能力をどのように働かせるかという試みであった。しかし作品が進むにつれて、これらに他の動機が混ざり合った。作品中に現れる登場人物の様々な感情が示す心的傾向がいかなるものであれ、読者に影響を与えることについて私は断じて無関心ではいられなかった。しかし、この点に関する私の主な関心は、現代の小説に見られる気力を奪うような傾向を避けることと、家族を愛する優しさと万人に及ぶ美徳の素晴らしさを示すことにある。主人公の性格や境遇から生まれた考え方が、いつも私自身の確信であると思ってほしくはない。また以下に続く物語から、どのようなものであれ、読者に哲学理論に対する偏見をいだかせる企みなどもない。

　さらに付け加えて言えば、著者にとって重要なことは、この物語が崇高な場所で書かれ、そこが主に物語の舞台となったこと、そして今も懐かしく思われてならない交友の中から生まれたということである。一八一六年の夏、私はジュネーヴの近郊で過ごした。寒くて雨の多い季節で、夜ともなると我々は、赤々と薪が燃える暖炉の周りに集まって、たまたま手に入れたドイツの幽霊物語[3]を楽しむこともあった。このような物語に刺激を受けて、我々は面白半分ながら真似てみたいと思った。二人の友人[4]と私自身は、それぞれ、なにか超自然的な出来事に基づいた物語を書こうとした。（友人のうち一人が書いた物語は、これまで私が創作しようと思ったどんな作品よりもはるかに世の中に受け入れられると思う。）

しかしながら、急に天気が回復し、二人の友人[5]は私を残してアルプス山間の旅に出かけてしまった。そして山々が見せる壮大な景色に囲まれて自分たちの幽霊のことなどすっかり忘れてしまったのである。以下の物語だけが、唯一、完成を見たものである。

フランス、スイス、ドイツ、オランダの一地域をめぐる六週間の旅行記

阿部美春訳

ロンドン
オールド・ボンド・ストリート
T・フッカム二世と
ウェルベック・ストリート
C&J・オリアーにより出版
一八一七年

序

この小冊子ほど、慎ましいものはありません。ここには若者の一行の気ままな旅の記録[1]が収められています。訪れた場所は今では、わが国の人々にも馴染み深い場所ですから、もっと経験豊かで、正確な観察力があり、旅行記を出版したことのある旅行者ならば、これらの場所に関する事実を見逃すとは思われません。実際この若者たちは、不完全な日誌やイングランドの友人にあてた二、三の書簡をもとに僅かな題材をアレンジしたに過ぎません。[2]このささやかな「旅行記」を公にするにあたり、題材が他のものより詳細でも完全でもないのが残念です。楽しむより粗探しをする傾向のある人々にとって、これは酷評のための格好の材料です。この若者たち同様、こ

の世を彩る、うつろいやすい夏の歓びや美を、ツバメのように追い求めて青春期を過ごした人々ならば（その成果は何ら重要ではないのですが）、筆者が夫[3]や妹[4]と一緒に、フランスとスイスの一地域を徒歩旅行したり、美しい景色を求めて様々な場所を訪れたり、城が点在するライン川を航行した記録を読めば、おそらく楽しんでくださることでしょう。もっとも筆者がその場所を訪れてから、偉大な「詩人」[5]は、それらにいっそう神々しい生彩を与えました。読者は、メイユリ、クラン、シヨン[6]、ヴヴェイといった、現在と過去の感じやすく輝かしい想像力に彩られた名高い場所[7]を訪れた者の話を興味を持って聞いてくださるでしょう。

皆さんはおそらく、青春期の熱狂の真っただ中で、壮大なアルプス山脈の氷河や湖、森林や泉を目にした者と話をしたことがないでしょう。そのような読者ならば、ここに記されている思いがけない経験や感情、そしてすでに興味深く輝かしいものとなっている場所に寄せる好奇心、それらによってかき立てられる共感に免じて、筆者の不十分な語りも許してくださるのではないでしょうか。

「モンブラン」と題された「詩」は、シャモニー[8]とヴヴェイからの二通の書簡を綴った筆者のものです。[9]描写しようとする対象がかきたてる深く力強い感情を、印象のおもむくままに書きしるした詩から、魂が奔放に溢れ出し、そのすばらしさは、その感情の源モンブランの御し難い自然や、人を寄せ付けない厳粛さを再現しようとしている点にあります。

六週間の旅行記

この「旅」をして以来ほぼ三年もの月日が経ちました。その当時、私がつけていた旅の記録はそれほど膨大なものではありませんでした。しかし、私たちの身に起こった出来事について、たびたび語り合ったり、訪れた場所を描写しようとしてきました。ですから、少しでも興味を引くような出来事であれば、ほとんどもれなく書かれています。

一八一四年七月二八日、私たちはロンドンを発ちました。この地域では何年も例がないほど暑い日のことでした。私は旅なれてはいないので、その暑さがひどくこたえました。ドーヴァー[1]に着き、海に浸かってようやく元気を取り戻しました。ともかく私たちは、できる限り速く海峡[2]を渡りたかったので、翌日の定期船を待つわけにはいきませんでした（午後四時頃でした）。そこで小型船を借りて、その日の夕刻出航することに決めました。水夫たちは、二時間で行けると請け合ってくれました。

この上なく美しい夕暮れでした。風はほとんどなく、微風にかすかに帆が揺れていました。月がのぼり、夜が訪れました。夜がふけるにつれて、次第にうねりが激しくなり、風も強まり、やがて船が激しく突き上げられるほどの荒れ模様になりました。私はひどい船酔いになり、そんな時の常で、夜のほとんどを寝て過ごしました。時々目覚めては、どこまで来ているかと尋ねるたびに、「まだ半分も来ていない」という気が滅入るような答えが返ってきました。

激しい向かい風でした。水夫たちは、万一カレー[3]に着けないならば、ブーローニュへ向かいたいと提案してきました。彼らはたった二時間の航海と請け合ったものの、どんどんと時が過ぎてゆき、嵐の吹き荒れる赤く染まった水平線に月が沈み、一瞬ぴかっと光る稲光が色褪せる夜明け頃になっても、私たちはまだかなり沖合にいました。

向かい風の中をゆっくりと進んでいくと、突然雷まじりのスコールが帆を打ち、海水が船内にどっと流れこんできました。水夫たちでさえ、私たちが危ないと認めました。しかし彼らは帆をうまく下ろすことができました。――これで風の抵抗をしのぎ、私たちは強風の中、まっすぐカレーを目指して進みました。港に入って、私は落ち着かない眠りからさめ、桟橋の上の雲ひとつない空に、太陽が赤々と姿を現すのを目にしました。

フランス

吐き気と疲労ですっかり体力をなくしていましたが、私は仲間とホテルまで砂浜を歩きました。耳慣れない言語を話す声の、雑然としたざわめきを初めて耳にしました。そして海峡の反対側とはまったく異なった服装を目にしました。[1] 女性たちは高い縁なしの帽子と短いジャケットを、男性たちはイヤリングを身につけていました。女性たちは高いボンネットというか被り物を被り、髪をアップにして、こめかみや頬をカールさせたほつれ毛で飾ってはいませんでした。それでもカレーの人々の物腰や容姿はとても魅力的で、きわめて好印象を抱かせます。エドワード三世がカレーを占領した[2]時、王は現地の住民を追い出し、ほとんど全域に、私たちの同国人を住まわせたという歴史が思い起こされるかもしれません。しかし残念ながら、現在この地の風習はイングランドのものではありません。

私たちは、その日と翌日の大半を、カレーで過ごしました。私たちは、前夜イングランドの税関に箱を置いてこなくてはなりませんでした。それらの荷は翌日の定期船で運ばれる手はずでしたが、向かい風に阻まれ、夜になっても届きませんでした。S***と私は町はずれの要塞の周辺を歩きました。要塞は牧草地になっていて、干し草が積まれておりました。感じのよい田園風景でした。

七月三〇日午後三時頃、三頭だての幌馬車カブリオレ[3]で私たちは、カレーを後にしました。イングランド式の小ぎれいな四輪馬車とその御者しか見たことのない者にとって、私たちの馬車と装備はたまらなく滑稽な代物でした。幌馬車は二輪で、両側に扉がないことを除けば、駅馬車にどことなく似ていました。正面は乗客が乗り降りするために低くなっています。横並びになった三頭の馬は、一番背の高い馬が真ん中でした。その馬は、両肩に一対の木製の翼のような訳のわからない馬具をつけられていて、一番御し難いように見えました。引き具は綱でした。小柄で背筋をぴんとのばした、長い髪を結んだ風変わりな御者は、鞭をピシッと鳴らして馬車をガタゴトと進めました。その間ずっと、三角帽をかぶった老羊飼いがひとりぽつんと、私たちの通り過ぎるのを見つめていました。

道は立派でしたが、厳しい暑さには苦しめられました。第一夜は、ブーローニュ[4]に泊まりました。そこには器量はよくはありませんでしたが、とても気だてのよいメイドがいました。それで私たちは、その階級の人間がフランスとイングランドとでは異なることに、初めて気づいたのです。イングランドでは、彼女たちはとりすまして、少しでも親しくなると、厚かましくなるのです。フランスの下層階級の人たちには、もっとも育ちのよいイングランド人の持つ気さくさと礼儀正しさがあります。彼らは対等の人間として、気取らずに接するのです。そのため横柄なところが微塵もありません。

夜のうちに馬を用意するようにと命じていたものの、私たちはひどく疲れていたため、それらを使うことはできませんでした。下男は早馬の代金全額を支払うよう要求してきました。〈おお奥様、〉とメイドが言いました。〈考えてもみて下さいませ。かわいそうな馬たちが心地よい眠りを失った埋め合わせのためなのです。〉イングランドのメイドの口から、このようなジョークを聞くことはできなかったでしょう。

私たちイングランド人の目に映った最初の印象は、囲い込みがされていないことでした。[5] しかし田畑の実りは豊かでした。パリに向かう道中には葡萄の木がありませんでした。あいかわらず猛暑がつづき、旅は私の体にひどく障りました。ですから仲間はできるだけ先を急ごうとしました。そのため、その日の夜は休憩もとらず、翌日二時頃パリに到着しました。

この町には、長期でも短期でも好きなだけ滞在できるホテルが一つもありません。私たちはホテルで、一週間の賃貸契約を結ばなくてはなりませんでした。[6] それは高い割には快適とは言えませんでした。フランスによくある、主室は寝室で、他にベッドのある小部屋がもう一つありました。それには私たちが居間として使用した控えの間がついていました。

ひどい暑さのため、午後にならないと散歩できませんでした。最初の夜、私たちはチュイルリの庭園[7]まで散歩しました。左右対称で面白みのないフランス式幾何学庭園[8]で、木々は整然と刈り込まれ、芝生が少しも生えていませんでした。広い並木街路[9]の方がはるかに好感を持てるように思われます。パリはこの通りに囲まれていると言ってもよく、その距離は八マイルにもおよびます。道幅がとても広く、両側には木々が植えられています。突き当たりには、絶え間なく水しぶきをたてて五感をいきいきとさせてくれる、見事な滝があります。その近くには、美しい彫刻作品サン・ドニ門[10]があります。フランスを征服した野蛮で残虐な者たちが、今になってどうしてそれを損なうような振る舞いにでるのか、私には解せません。ナポレオンに略奪されたものを奪い返すことで満足せず、腰抜けたちは意趣返しに自らの敗北の記念碑を破壊したのです[11]。私がこの門を目にしたとき、その壮麗な姿に、偉大なローマの時代がパリに蘇ったような思いにとらわれました。

パリに一週間滞在した後[12]、少額の送金を手にしました。おかげで退屈きわまりない幽閉状態からやっと解放されました。けれども、どのように旅を続けたらよいのでしょう。あれこれ話し合い、多くの計画を没にした後、私たちは一風変わった、しかしそれを空想すると、とてもわくわくするような計画を立てました。それをイングランドで実行したならば、絶えず侮辱や無礼な反応に耐えねばならなかったでしょう。フランス人は、隣人の突飛な行動に対してはるかに寛容です。私たちはフランス中を歩くことに決めたのです。[13]しかしどれ程の長距離を歩くにしても、私はひどく弱っており、私の妹もS＊＊＊ほど連日歩けそうにありませんでした。そこで私たちはロバを買い、旅行鞄を運ばせて、一人ずつ順番に乗ることにしました。

それで八月八日月曜日の朝早く、S＊＊＊とC＊＊＊はロバ市場へ行き、ロバを一頭買ってきました。その日は午後四時まで出発の準備をして過ごしました。その間に、宿の女主人が私たちを訪ねてきて、計画を思いとどまらせようとしました。大規模な軍隊が最近解隊され、兵士や士官たちが国中を所在なくうろついているので、〈女性はきっと誘拐されるだろう〉と断言しました。[14]しかし私たちは彼女の説得に屈しませんでした。そこでわずかな必需品を詰め、残りは駅馬車[15]で運ばせることにして、ホテルの前から辻馬車[16]で出発しました。私たちの小さなロバは後からついてきました。

道がふさがれていて、それ以上進めなくなったところで、馬車を引き払いました。夕暮れ時でした。ロバは人一人を乗せることすらとうてい無理な様子で、旅行鞄は小型で軽いものでしたが、それを載せると倒れそうでした。それでも私たちはすこぶる愉しく、道のりもたいしたことはないと高をくくっていました。シャラントンへは十時頃着きました。

シャラントンは、谷間にこじんまりとおさまっています。そこにセーヌ川[17]が、多彩な色合いの木々の生えた堤を縫うように流れています。この光景を目にするや、C＊＊＊は感嘆の声をあげて、「わあ！ここはとてもきれいだわ。ここに滞在しましょう」と言い、新たな景色が広がるたびに、驚きの声をあげ、その都度前よりも調子が高まっていき、「シャラントンに滞在しなくてよかった。でもここに滞在しましょう」と叫ぶあり様でした。

ロバが役立たないことが分かり、先へ進む前にそれを売り、ナポレオン金貨十枚[18]でラバを買って、九時頃出発しました。私たちは黒いシルクを纏っていました。私はラバに乗り、旅行鞄も乗せていました。S＊＊＊とC＊＊＊が、食糧の入った小さなかごを持って後に続きました。一時頃グロ・ブワに着き、木陰でパンと果物を食べ、ワインを飲み、ドン・キホーテとサンチョ[19]に思いを馳せました。

私たちが通過した地域はよく耕作されていましたが、面白味に欠けていました。目に入るものと言えば、作物を実らせ黄金色に輝く波打つ田園ばかりでした。私たちは旅人に何人か出会いました。しかし私たちの姿が目新しいものではあっても、何ら好奇心や注目を集める風はありませんでした。その夜はギーニュに泊まりました。先の戦争でナポレオンと彼の司令官の何人かが泊まった、同じ部屋のベッドで眠りました[20]。宿の小柄な老婦人は、たいそう喜んでこの思い出話をし、時は異なっても同じあの道を辿ったジョセフィーヌ皇后とマリー・ルイーズ[21]のことをほめそやして語ったものでした。

旅を続ける中で、私たちが初めて興味を引かれた場所はプロヴァンス[22]でした。その夜、私たちはそこに泊まりました。日暮れ時に、近くに着きました。山の頂きに登ると、谷間に横たわる町が見えました。片側に岩だらけの切り立つ山が突き出し、頂きには廃墟と化した広大な外壁と塔からなる砦があり、その下方のずっと向こうに大聖堂があり、風景全体がまるで一幅の絵になっていました。二日間というもの、まったく面白味のない地方を旅した後で、美しく変化に富んだ所に来て、よい目の保養になりました。プロヴァンスでの食事は粗末で、ベッドは寝心地が悪かったものの、あの景色を思い出すと、私たちは満ち足りて幸せな気分になりました。

それから私たちは、ほとんど忘れかけていたのですが、フランスは最近、史上まれにみる途方もない出来事が起こった国だということを、再び思い起こさせるような場所にやってきました。翌日昼頃到着したノジャンという町は、コサック[23]によってすっかり荒らされていました。この野蛮人たちが進軍する先々でくり広げた荒廃ほど徹底したものはないでしょう。おそらくコサックたちはモスクワやロシアの村々の破壊[24]を思い出したことでしょう。しかし、この時私たちがいたのはフランスです。家を焼かれ、家畜を殺され、財産をことごとく破壊された住民の苦難を思うと、私は戦争に対する憎悪をかきたてられました。それは、思い上がった連中が略奪し荒廃させ、同胞に不幸をもたらした地方を旅した者にしか分からないでしょう。

ノジャンを発ってからまもなく主道をはずれ、田園地帯を横切ってトロワ[25]へ向かいました。夕方六時頃、木々に囲まれた美しい村サントーバン[26]に着きました。しかし近づいてみると、どの家も屋根がなく、たる木は黒ずみ、壁は崩れかかっていました。——わずかに残っている住人がおりましたので、私たちはミルクをもらおうとしましたが、——彼らには与えるほどのミルクもありません。雌牛はすべてコサックに奪われていたのです。私たちはその夜、さらに数リーグ旅を続けなくてはなりませんでした。それは、私たちの言う郵便馬車の距離ではなく、地元の人たちの言う距離で、実際の距離のほぼ倍であることが分かりました。寂しい平原へと道はのび、夜がふけるにつれて、唯一の道しるべである轍の跡を見失いそうになることもたびたびでした。夜の帳がおり、突然、轍がまったく見えなくなりました。しかし数本の木々がぼんやりと見え、村の在処を示しているようでした。十時頃、宿トロワ館に着き、ミルクとすえた臭いのパンを夕食にとった後、粗末なベッドで寝ることになりました。しかしよほどの怠け者でない限り、眠りが妨げられることはありません。藁の上にシーツがかけてあるだけのベッドでしたが、一日の疲れがでて、私は翌朝かなり遅くまでぐっすりと眠りました。

S***は、前夜くるぶしをひどく傷めていたため、翌日の旅は四六時中ラバに乗らざるを得ませんでした。その日通った道ほど不毛で悲惨な所はありません。地面は石灰質で草も生えておらず、耕されていたとしても、実もまばらにしかつけていない麦が、不毛さを物語るばかりでした。道と同じく白い昆虫が、私たちの行く手に何千匹も群がっていました。空には雲一つなく、照りつける太陽が地面に反射して、私は暑さのために気が遠くなりそうでした。村が遠くに見えてきて、休憩できるという望みに元気が出、前進する新たな力が湧いてきました。しかし村はみすぼらしく、私たちはまともに一服すらできませんでした。かつては大きくて人口の多い村だったのでしょうが、今では家々には屋根がなく、壊れた建物が点在し、庭は破壊された家の埃で真

27

っ白になり、梁は黒く焦げ、住民の風貌はむさくるしく、どちらを向いても気の滅入るような荒廃した光景でした。たった一軒、居酒屋[28]だけが残っていました。そこで私たちはたっぷりのミルク、鼻をつくベーコン、すえた臭いのパン、それに野菜を少々分けてもらって自炊しました。

あまりに汚くて、見ただけで食欲が失せてしまうような場所で夕食の用意をしていると、村人たちが周りに集まってきました。みんな垢まみれで汚く、どう見ても粗暴で胸が悪くなるような顔をしていました。彼らは世間からまったく隔絶され、そこで起こっていることなど何一つ知らない様子でした。フランスでは町と町の行き来は、イングランドと比べるとずっと少ないのです。それは、町同士の行き来にパスポートを使用することからも、容易にわかります。ここの人々は、ナポレオンが失脚したことも知りませんでした。[29] 私たちが彼らに、なぜ家を建て直さないのかと尋ねると、彼らは、コサックたちが帰路再び家を破壊するのを恐れているからだと答えました。エシュミンヌは、どう見ても私がこれまでに経験した最悪の所でした。[30]

同じ道を二リーグ進み、パヴィヨンの村に来ました。エシュミンヌとはまったく異なり、別世界ではないかと思うほどでした。ここでは何もかもが清潔でみんな親切でした。多くの家が破壊されていましたが、住民は修理に励んでいました。どうしてこうも違うのでしょうか。

あいかわらず人の手が入らない原野にのびた道を進み、白い大地がただ広がるばかりで何も見るべきものがなく、興味も失せてしまいました。不毛な大地をいろどる、木苺も、丈の低い灌木も生えてはいませんでした。夕方近くに小さな葡萄園に着きました。まるでリビア砂漠の真ん中で出くわした、緑したたる林に見えました[31]。けれども葡萄はまだ青いままでした。S***は歩くことさえままならない状態でした。それにC***と私も、トロワに着く前に、疲れ果てていました。

その夜はそこで休息し、翌日はもっぱら旅の進め方を考えました。S***の捻挫のため、歩くことは無理でした。私たちはラバを売って、馬車をナポレオン金貨五枚で購入し、さらにもう八枚出して、ヌーシャテル[32]まで六日間で連れていってくれる人を一人、ラバ一頭込みで雇いました。

トロワの郊外は破壊されていて、町も汚く何の魅力もありませんでした。S***とC***が、この取引をしたり町の大聖堂を訪れている間、私は宿に残って書きものをしました。翌朝私たちはヌーシャテルを目指して馬車で出発しました。町を出る際、フランス人のうぬぼれを示す面白いことがありました。私たちが雇った御者は、周囲の平野を指差して、以前あそこでロシア人とフランス人が戦ったのだと言いました。「その戦いでロシア人が勝ったのですか。」――男は答えました。「ああ、いいえ、奥様。フランス人が負けるなどということは絶対ありません。」私たちは尋ねました。「ではロシア人たちが、それからすぐトロワに進軍したというのは、どういうことだったのですか。」――「ああ、ロシア人は負けたので回り道をして、ああして町に進軍してきたのです。」

ヴァンドゥーヴルは気持ちのよい町です。私たちは昼間、そこで休憩しました。イングランド風に設計された貴族の庭園を散策し、きれいな森に出ました。その光景は、母国を思い出させるものでした。ヴァンドゥーヴルから遠ざかるにつれて、土地の様子ががらりと変わりました。切り立った山々には一面に葡萄畑が広がり、そこかしこに木々が生え、渓谷とオーブ川[33]の流れを囲んでいました。コサックの破壊を免れた緑の牧草地、ポプラやセイヨウシロヤナギの木立、村の教会の尖塔が点在していました。多くの村は戦争で破壊されてはいましたが、とてもロマンティックな所にありました。

夕方バール・シュル・オーブ[34]に着きました。それは、山々が突然切れ、谷が広々と開けた所にある美しい町でした。私たちは村の一番高い山に登りましたが、頂上に着いたとたん、あたり一面に霧がたちこめ、雨が降り出しました。宿に着かないうちにずぶ濡れになってしまいました。夕方でしたが、雲が重くたれ込め、まるで真夜中のような暗さでした。しかし西の空では夕焼けが異様なほど赤々と輝く様子が霧の隙間から見えて、私たちのささやかな山登りに興を添えてくれました。[35]田舎家の明かりが穏やかな川面に映え、背後にぼんやりと見える山々は、まるで巨大で威圧的な山脈を思わせました。

バール・シュル・オーブを去る時、私たちは山にしばしの別れを告げました。ショーモン、ラングル（昔の要塞に囲まれた山上の町）、シャンリット、グレイの町々を通ってほぼ三日の間、平野を旅しました。この地方はゆるやかに起伏しているので、延々と平地ばかりを見る退屈さを味合わなくてもすみましたが、取り立てて関心をかきたてるものは何もありませんでした。堤を木々で彩られた穏やかな川の流れは、平原に静かに流れ込み、無数の美しい夏の虫が川面をかすめて飛んでいました。三日目は私たちが旅に出て初めての雨でした。すぐに私たちはびしょ濡れになりましたが、幸運にも立ち寄って乾かせる小さな宿がありました。そこで私たちが受けた扱いは、とても感じの悪いものでした。人々はいつまでも火の周りに座ったままで、ずぶ濡れの客人に場所を譲るのをしぶっている様子でした。しかし午後には天気も回復し、夕方六時頃私たちはブザンソン[36]に入りました。

一日中、遠くに山々が見え、その方向へとゆっくりと進みました。しかし、町の門を通り過ぎた時、私たちは思いがけない光景に出くわしました。城壁を離れるとすぐ、高い崖の下を曲がりくねった道が続き、反対側の山々は次第に高さを増し、その間を縫う緑の谷間には気持ちのよい川が流れていました。前方に、葡萄に覆われ、ごつごつとした岩の円形劇場のような山々が姿を現しました。町の最後の門は、片側に切り立つ岩山に穿たれていて、そこから道が伸びていました。

こんな風に、遠くに見えた山に近づくことができ、喜びもひとしおでした。私たちの雇った御者は、そうではありませんでした。御者はトロワの平野の出身で、これらの山々をひどく恐れ、いくぶん度を失っていたからです。曲がりくねった谷間を過ぎて、私たちは谷をつくる山に登り始めました。馬車を後に残し、眼前に次々と展開される眺めを楽しみながら歩き続けました[37]。

およそ一マイル半ほど山を登ると、みすぼらしい宿の戸口に御者がいました。彼はラバを馬車からはずして連れてきて、このモールの惨めな村で夜を過ごそうと頑に決め込んでいたので、私たちは譲歩せざるを得ませんでした。というのも、彼は私たちがどれほど説得や抗議をしても、一切耳を貸そうとはせず、〈もう進めない〉と答えるだけでした。

私たちのベッドは見るからに不快で、そこで眠ることなど到底できないことでした。私たちはやっと一部屋だけ確保できました。女主人は、御者も同じ部屋に泊まるように、私たちに話しました。私たちはすでに、ベッドで寝ないと腹をくくっていたので、それはたいした問題ではありませんでした。夕方はよい天気でした。雨あがりで、よい香りが大気に満ちていました。私たちは村を見下ろす山の岩場に登り、日没までそこにいました。[38] 夜は調理場の火の傍らで、みじめな格好で過ごしました。ほんの少しでも眠ろうとしましたが、駄目でした。明け方三時、私たちは再び旅路につきました。

ブザンソンを取り囲む山々の頂へと道はつづきました。山の頂きの一つからは、たゆたう白い霧が立ち込める谷間の全景が見えました。霧のまにまに、松の茂る山々が、まるで島のように見えました。太陽は昇ったばかりで、波のようにうねる霧に赤い一条の光が射していました。わき起こる巨大な雲に囲まれた岩山に光が射し、霧を西へと追いやっているようでした。やがて霧は、ふわふわした雲の浮かぶ向こうの空に溶け込み、見えなくなりました。[39]

私たちはちゃんとした食事ができないので、次の場所まで行きたかったのですが、御者はノエの村にもう二時間滞在すると言って譲りませんでした。前にも言いましたが、彼は山が怖いので、私たちの言うことを聞こうとせず、機嫌が悪く、正常な判断ができない有様でした。彼が待っている間、私たちは近くの森へ散歩に出かけました[40]。見事な森でした。地面は苔に美しく覆われ、あちこちに岩が突き出ていて、岩の割れ目に若い松が根をはり枝を広げ、下にいる者に日陰を作っていました。昼の暑さは厳しくても、幸いなことに、私たちはこの美しい森の木陰で日差しを避けることができました。

非常に驚いたことに、村へもどると、一時間ほども前に御者は途中で落合うという伝言を残して出発しておりました。S＊＊は捻挫のために、あまり激しい活動ができない状態でしたが、治療する術はなく、私たちは徒歩で、四マイル半先にある宿メゾン・ヌーヴに向かいました。

御者は、六リーグ先にあるフランス国境の町ポンタルリエ[41]に行き、私たちが夜になっても到着しない場合には、翌朝宿に馬車を置いて、ラバを連れてトロワにもどるという伝言を、宿メゾン・ヌーヴに残していました。この厚かましい伝言に、私たちは驚いてしまいました。しかし宿の若者が私たちを慰めて言うには、彼が、馬車では行けない横道を馬で行けば、難なく御者に追いついて、引き留めておくことができるし、そうすれば、私たちは彼を先に行かせて、その後からゆっくり歩いて行けるというのでした。私たちが次の宿で食事を待っていると、二時間ほどして若者が戻ってきました。御者は二リーグ先の宿屋で、私たちを待つと約束しました。S＊＊の足首がとても痛みだしましたが、私たちは乗り物を手に入れることができませんでした。日がほとんど沈みかけていたので、私たちは、先を急がない訳にはいきませんでした。とても美しい日暮れで、そのすばらしい光景のおかげで、私たちの疲れも癒されました。日没の光の中に三日月が姿を現しました。夕日が、松の茂る山々とそれらに囲まれた暗くて深い谷に、異様なほど美しい深紅の輝きを投げかけていました。森のあちらこちらに美しい芝地があり、そこには絵のように美しい木々の茂みが点在していました。私たちの辿る道に、濃い松林が影を投げかけていました。

二時間ほどで私たちは、約束していた場所に着きましたが、御者はいませんでした。若者と別れた後、御者はポンタルリエを目指してさらに旅を続けたのです。しかし私たちは、そこで何とか粗末な馬車を確保することができました。こうして私たちは、遅くなってからポンタルリエに着き、そこでガイドの御者を見つけたのですが、彼は嘘を並べたてて、しどろもどろに言い訳をしました。その日の冒険は、このようにして終わりました。

スイス

フランスの国境を越えると、国境の両側の住民の間には驚くべき違いがあることが見てとれるでしょう。スイスの田舎家の方がずっときれいでこざっぱりとしており、住民も同じように全く対照的でした。[1]スイスの女性はふんだんに白いリネンを身に纏い、服全体が常に文句のつけようのないほど清潔です。その見事な清潔さは、主に宗教の違いから来ています。ドイツを旅した人も、ほんの数リーグしか離れていないにもかかわらず、プロテスタントの町とカソリックの町が同じように対照的なことに気づくでしょう。[2]

この日の旅の光景は、松をいただく山々、むき出しの岩山、想像を絶するほど青々とした場所という神々しいものでした。松が茂り、丈が低くやわらかい青々とした美しい草の生えた緑地が点在する高い岩山を一リーグほど下ると、サン・シュルピスの村に着きました。

ラバはこの頃ひどく足を引きずるようになり、御者は言うことを聞かなくなったので、私たちは残りの行程、馬を一頭雇って行くことに決めました。彼は自分の腹の内を少しも明かそうとはせず、私たちを勘ぐるばかりでした。彼はこの村で私たちと別れようと決めて、そのための手だてを取りました。今度私たちが雇った男は、スイス人で、ましな階級の作男で、自国の山と田舎を誇りにしていました。男は森のあちらこちらに点在する空地を指さして、そこがとても美しく、よい放牧場であると教えてくれました。乳牛はそこで大きくなるので、よい乳を出し、その乳から世界で最高のチーズとバターができるのだと言いました。[3]

サン・シュルピスを越えると山々は、さらに高く美しくなりました。樹木が生い茂った二つの山の間にある谷の隘路を辿りました。谷底には川が流れ、峡谷の両側は険しく切り立っていました。一方の山の中腹へと道はつづき、頭上には岩が突き出し、下方には大きな松がありました。そこから遥か下方に、見えないけれども空の光が反射して、川があるのが分かりました。美しい渓谷をはさむ山と山の間は幅が狭いので、フランスとの戦いの時には鉄の鎖がそこにかけられます。[4]ヌーシャテルから二リーグの所でアルプスが見えました。[5]黒々とした峰が前後に連なり、その背後にひときわ目立って聳え立つのが、雪をいただくアルプスです。山脈は百マイル彼方にあるのですが、天に届かんばかりに聳える姿は、まるで夏の間地平線上に姿を見せる、目がくらむほど白い雲の塊のようです。その広大さは想像を絶するもので、到底理解のおよぶところではありません、ですから、そこが地上の一部であるとは信じられないほどです。

そこからヌーシャテルへ下りました。[6] そこは、山並みと広大な湖に囲まれた狭い平野で、[7] 他にとりたてて関心を引くものはありませんでした。

翌日もその町に留まり、[8] その時点で私たちにとって得策と思われる行程を考えて過ごしました。パリから持ってきたお金はほとんど使い果たしていました。けれども町の銀行家の一人から、割引利子で銀貨約三八ポンド[9]を手に入れました。そのお金でウリ湖方面[10]へ行き、そのロマンティックな興味をそそる地方で、静穏のうちにひっそりと住むことのできる田舎家を探すことにしました。それは私たちの夢にすぎませんでした。必需品であるお金が不足していなければ、その夢はおそらく実現できたでしょう。資金不足のため、私たちはイングランドへ戻らざるを得なくなりました。

S＊＊＊が郵便局で会ったスイス人は、親切にも私たちの事情に興味をもって、[11] ウリ湖とつながるルツェルン湖畔の大きな町に私たちを運ぶ馬車を雇う手助けをしてくれました。[12] その人は、本当に思いやりのある人物で、心から他人《ひと》の役に立とうと努め、堅苦しい礼儀など不要と思っている様子でした。ルツェルン[13]へ着くのに二日以上もかかりました。道中の土地は退屈なほど平坦で、時折神々しいアルプスが見えるのを除けば、私たちの関心を引くものは、一つもありませんでした。ルツェルンではもっとましなことがありそうな気がしました。私たちは（八月二三日）着くとすぐに船を借り[14]ました。船で湖岸に沿って進み、あつらえむきの住まいを見つけるか、そうでなければアルトルフまで足をのばし、モン・サン・ゴタール[15]を越えて、アルプスの南の温かな気候の土地で、北の寒々とした地方より、S***の不安定な健康状態[16]により適した空気と気温の場所を見つけようと思っていました。[17]ルツェルンの湖は湖面から切り立つ高い山々に四方を囲まれています。——ある場所では樹木の生えていない山の正面が湖に垂直に下降し、波間に黒々とした影を落としています。——また別の所では、山は深い森林に覆われ、その色濃い葉の間から茶色いごつごつした岩肌に木の根が這っている様子が垣間見えました。森の空地は、すべて開墾されている様子で、田舎家が森の中から顔をのぞかせています。湖上には、岩の多い、苔とたわんだ木々に覆われた、うっそうとした島々が点在しています。これらの島のほとんどには、悪趣味な蝋細工の聖人像が置かれています。

　この湖はまず東西にのび、それから右に折れ曲がり、南北にのびています。南北部分は、名前が異なり、ウリ湖と呼ばれています。東西部分も、中ほどで突き出た陸地によってほぼ分断されていて、ごつごつとした岩の両岸は船が通り過ぎる小さな瀬戸に濃い影を落としています。[18]湖の南側を囲む山々の峰のいくつかは万年氷河に覆われています。これらの峰の一つ、ブルネンの反対側にある峰にまつわる、聖職者とその恋人の話が伝わっています。彼らは迫害を逃れ、雪をいただく山麓の田舎家に住んでいました。ある冬の夜、雪崩が彼らを襲いました。しかし今でも吹雪の夜には、彼らが百姓たちに助けを求める悲しげな声が聞こえるのです。[19]

ブルネン[20]は湖の北に位置し、ルツェルンの湖の一番端にあります。そこで私たちは一晩休み、船頭たちを帰らせました。ここからの眺めほど壮麗なものはないでしょう。周りを囲んで聳え立つ山々が水面に影を落とし、ウリ湖畔の遥か彼方に、テルの礼拝堂[21]を見ることができました。ここは、彼が故国の暴君を倒す計画を練った村でした。[22] そしてこの美しい湖、これらの崇高な山々、自然なままの森は、危険極まりない冒険と、勇敢な行為を求めてやまない精神を育むにふさわしい土地のように思われました。しかし、彼の精神の痕跡を、現在の住民の内に見てとることはできませんでした。当時の私たちには、スイス人は理解も行動も鈍い人々に見えましたが、会ってみるとその通りでした。しかし、彼らは気質的には隷属に似つかわしくなく、自由を踏みにじる者には、それが誰であろうとも、勇敢に戦いを挑むのはほぼまちがいないでしょう。[23]

私たちはこのようなことをあれこれと考えました。そして夕方遅くまで湖岸に留まり、おしゃべりをし、そよぎ始めた微風に吹かれ、無上の喜びをかみしめながら、周囲の神々しいものをじっと眺めていました。

翌日は私たちの状況について考えたり、周囲の景色を眺めて過ごしました。激しいイタリア風（南風）が、湖面を裂き大きく波立たせ、旋風とともに空中高く巻き上げられた波は、豪雨のように湖に降り注ぎました。波は岩だらけの岸辺に降り注いで砕け散り、轟音をたてました。まる一日この激しい戦いのような天候は続きましたが、日が暮れるにつれて、徐々に静まってきました。S＊＊＊と私は堤を散歩しました。S＊＊＊は、天然の突堤に腰をおろして、タキトゥスの「エルサレムの包囲攻撃」のくだり[24]を朗読しました。

ところで、私たちは住まいを見つける努力をしたにもかかわらず、手に入れることができたのは、「城」と呼ばれる不格好で大きな家[25]の、家具なしの部屋二つだけでした。一ヶ月一ギニー[26]で借り、ベッドを運びこませて翌日使いました。しかし、そこはひどい所で、快適さも便利さも欠けていました。食事を準備してもらうのも一苦労でした。雨模様で寒いので、私たちは火を頼みました。――部屋の隅にある大きな暖炉に火がくべられました。暖まるまでには、相当時間がかかり、熱くなると、その暖かさは健康に悪く、窒息しないように窓を開け放たなくてはならないほどでした。おまけに、ブルネンには、フランス語というかスイスのこのあたりの地元なまりのドイツ語をしゃべれる人が、たった一人しかいませんでした。そのような訳で、私たちはごくありふれた必要品を手に入れるのにも、苦労しました。

こうした不便に直面して、私たちは自分たちの状況について、もっと真剣に考えるようになりました。所持金二八ポンドが、この一二月まで私たちが確実に当てにできる全財産でした[27]。それ以上のお金を手に入れるためには、何としてもS＊＊＊がロンドンに行く必要がありました。私たちはどうすべきだったのでしょう。もうすぐ私たちが完全な困窮状態になるのは確実です。それで話し合うべき諸々のことを検討した後、私たちはイングランドに戻ることに決めました[28]。

そう決めたからには、一刻も猶予はありませんでした。私たちの僅かな蓄えは目に見えてなくなっていき、二八ポンドでは、長旅には不十分なように思われました。かつてパリからヌーシャテルまでフランスを横断するのに、六十ポンドかかったのです。しかし、今回私たちはもっと経済的な旅行手段をとることにしました。水路で行くのが常に最も経済的です[29]。幸いにも私たちのいる所は、それにぴったりで、ロイス川[30]とライン川[31]を利用すれば、一リーグたりとも陸路を行かずにイングランドに着くことができます。これが私たちの計画でした。私たちは八百マイルの旅をすることになるはずなのに、こんなに少ないお金で大丈夫なのでしょうか。といって代案がある訳ではありません。S***は実のところ、私たちが当てにすべきものがいかに少ないか、分かり過ぎるほど分かっていました[32]。

ルツェルンの町を目指して、翌朝出発しました。旅の前半は激しく雨が降っていましたが、終り頃には空も晴れ、陽光が私たちを乾かし元気づけてくれました。私たちは再びそして、それが最後の機会でしたが、美しい湖の岩の多い岸辺や緑の島々、雪をいただく山々を目にしました。

ルツェルンで下船し、次の晩までその町にいて、翌朝（八月二八日）ライン川の町ロッフェンベルクを目指して、乗合船で出発しました。ライン川には滝があって、その船ではそれ以上先に進むことはできませんでした。今回の旅の道連れは、最下層の人間で、煙草をふかしてばかりいて、不快きわまりない連中でした[33]。昼頃、気分転換のために下船してから船に戻ってみると、さっきまで座っていた席がふさがっていたので、私たちは別の席に座りました。するとその席に最初から座っていた人たちが怒り、ほとんど力ずくで私たちに席を空けるよう要求してきたのです。私たちは彼らの言葉を理解できませんでしたが、あまりにも野蛮で粗野な態度をとるので、S***は挑発されて、中心人物の一人を打ちのめしたほどでした。その男はなぐり返してはきませんでしたが、船員たちが割って入り、私たちに別の座席を提供するまで、わめき続けていました。

ロイス川の流れはとても速く、私たちは滝をいくつか下りました。その内の一つは八フィート以上ありました。滝のてっぺんにさしかかる一瞬は、とてもすばらしい気分です。一秒もしないうちに滝壺に達し、滝下りの衝撃でいっそう勢いよく進むのです。ローヌ川の流れは青く[34]、ロイス川は深い緑です。これらの川床にはきっと何かがあるに違いありません。堤の起伏や空だけで、こうした色合いの違いを生むことはできないと思います。

デッティンゲンで泊まり、翌朝ロッフェンベルクに着きました。そこでムンフまで行く小型カヌーを確保しました。これらの船はきわめて大雑把な作りで—長く狭く平底だったので、私はインディアン風の名をつけてみました。それらは、まっすぐな松の板でできており、塗装もなく、釘で雑に打ち合わせてあるだけだったので、割れ目からは絶えず水が入って、絶え間なく水をかき出さねばなりませんでした。川の流れは急で速く、水面すれすれに顔を出す無数の岩を過ぎる時には、波が砕け散りました。岩々の渦の間を、私たちの華奢な船が蛇行しながら進む有様は、見るも恐ろしいものでした。岩に触れようものなら、それで一巻の終りでした。船が片側に傾こうものなら、たちどころにひっくり返ってしまったことでしょう。

ムンフでは船を手に入れることができませんでした。ラインフェルデン[35]への帰りの便のカブリオレに行き会った私たちは、幸運でした。しかしその幸運も長くは続きませんでした。ムンフから一リーグほど行った所で、馬車は壊れてしまい、私たちは歩かざるを得なかったのです。除隊して家へ帰る途中のスイス兵たちが、運よく私たちに追いつき、ラインフェルデンまで私たちの荷物箱を運んでくれました。そこからさらに一リーグ先にある、通常なら船を雇える村へ行くように言われました。そこで、難なくという訳にはいきませんでしたが、バーゼル[36]行きの船を確保して、急な流れの川[37]を下っていきました。その間にも夕暮れが近づき、風は冷たくわびしいものでした。しかし船旅は短くてすみ、夕方六時には目的地に到着しました。

ドイツ

私たちが寝る前に、S＊＊は、マインツ行きの船の契約を済ませました。翌朝スイスに別れを告げ、船で出発しました。船には商品が積まれていましたが、粗野で下品な振舞いで私たちの静寂を破るような同乗者は、誰一人いませんでした。激しい向かい風でしたが、漕ぎ手たちのわずかな労力だけで、川の流れは私たちを運んでくれました。太陽は心地よく輝き、S＊＊は私たちのために、メアリ・ウルストンクラフトの「ノルウェーからの手紙」を読み上げ、楽しい時を過ごしました。

夕暮れの美しさは他に比べようがないほどでした。夕方になるにつれて、それまでは単調で平凡だった堤が、言いようのないほど美しくなりました。川幅が突然狭くなり、松の生えた岩山の麓近くを、想像を絶する速さで船は進みました。川に突き出た別の山の頂きには、荒れ果てた窓をさらす廃墟の塔がありました。彼方では、夕日が遠く山々や雲を照らし、逆巻く川面を見事な紫色に染め上げていました。ぐるぐる回る渦の色合いの華麗なコントラストは、まったく目新しく、とても美しいながめでした。地平線に太陽が沈むにつれて影が濃くなり、私たちが下船して、美しい湾沿いに宿めざして歩いていく途中、満月が神々しい光を放ちながら昇り、今し方まで紫色だった波に銀の光を投げかけました。

翌朝、私たちは、少しでも動くと危険な小型カヌーで旅を続けました。しかし、流れはもうそんなに急ではなく、もはや岩で波が砕けることもありませんでした。堤は低く、柳に覆われていました。ストラスブルグ[1]を過ぎ、翌朝、私たちの小型の船では航行が危険なので、乗合船で行くよう勧められました。

私たちの他には、四人しか乗客はいませんでした。その内三人はストラスブルグ大学の学生でした。シュヴィッツはかなりハンサムで、気だてのよい若者でした。ホフは不格好な動物に似ていて、肉づきのよい醜いドイツ風の顔をしていました。シュナイダーはまぬけと言ってもよいほどで、いつも連れたちから、さんざんからかわれていました。残りの乗客は、幼児をつれた女性でした。

そこは興味を引く所ではありませんでしたが、天気に恵まれ、甲板で眠っても何ら不都合はありませんでした。際立ってきれいで清潔なマンハイム[2]の町を除けば、岸辺には、注目を引くものはほとんどありませんでした。町は川から一マイルほどのところにあり、そこへの沿道には美しいアカシアが植えられていました。激しい向かい風のために、たとえ急流が加勢してくれたとしても、前へ進むことはほとんど不可能だったので、この旅の後半は、陸の近くを進みました。その頃には川幅もかなり広くなり、風が水面を波立たせ、うねらせているので、私たちは（理由がないわけではないのですが）カヌーからこの船に乗換えたことを喜ぶべきだと言われました。その日の朝、一五人を乗せた船が川を渡ろうとして、真ん中で転覆し、乗っていた人は全員亡くなったのです。私たちは、その船がひっくり返り、川を流れていくのを見ました。それは気のふさぐような光景だったにもかかわらず、船頭は愚かな論評を口にしたのです。船頭のフランス語ときたら、ただという語に尽きるといってもよいものでした。私たちが彼に、何が起ったのかと尋ねると、彼はお気に入りの二音節語のただをとりわけ強調しながら、こう答えたのです。〈ただの船だ、それがただひっくり返っただけだ、ただ乗客がみんな溺れ死んだだけだ。〉

マインツ[3]はドイツでもっとも防備の固い町の一つです。町の東を幅広の流れの急な川が護り、町の周りを三リーグにわたって山が囲み、要塞の観を呈しています。町自体は古く、通りは狭く、家々は高く、大聖堂と塔は、革命戦争時[4]の砲撃の跡をなおも留めています。

ケルン行きの乗合船に乗り、翌朝（九月四日）出発しました。この船は、これまで私たちが目にしたどれよりもイングランドの商業船に似ていました。形は蒸気船に似ていて、船室と高い甲板がありました。同乗者の大半は、船室に残りました。それは私たちにとって幸運なことでした。というのも、煙草を吸いお酒を飲む、低い階級のドイツ人と同乗することほど不快なものはないからです。彼らはいばり散らしたり、おしゃべりをしたり、イングランド人の目にあまることに、互いにキスし合うのです。[5] しかし、もっとましな階級の商人が二、三人いて、彼らは知識が広く、礼儀正しいように思われました。

私たちがその時下ったライン川の流れを、バイロン卿が『チャイルド・ハロルド』第三巻できわめて見事に描写しています。[6] その詩行は、絵画のように真に迫り生き生きとしている上に、燃えるような言葉と熱烈な想像力で、私たちの前にそのすばらしい光景を彷彿とさせてくれます。私たちはその詩を楽しみました。危険な急流を下っていくと、両岸には葡萄や樹木に覆われた山や、侘しげな塔の立つ岩だらけの絶壁や、木々の茂る島が見えました。島では、葉陰から荒涼とした廃墟が顔をのぞかせ、逆巻く水面に影を落とし、水面に映る影はゆらめきつつもその趣が損なわれることはありませんでした。葡萄摘みをする人たちの歌も聞こえてきました。もしも周囲に不快なドイツ人がいるとしたら、その光景は、今私が思い起こしているのとは違って、楽しいものではなかったでしょう。しかし、思い出の光景から暗い影はすべて消え、ライン川のその場所が、この世でもっとも美しい楽園として思い浮かぶのです。

私たちには、その景色を楽しむ時間がたっぷりとありました。というのも、船頭たちは漕ぐ訳でもなく舵取りをする訳でもなく、流れに身をまかせるだけで、船は旋回しながら下っていったからです。

　私たちの道連れだったドイツ人の不快さについて述べていますが、ライン川沿いの国境の住人に不公平にならないように、次のことも記しておくべきでしょう。今回の旅行中、私たちが出会った唯一美しい女性を見たのも、国境の一軒の宿でした。彼女は、私が考える真のドイツ美人です。少し茶色がかった灰色の目が、並々ならぬ優しさと率直さを示していました。彼女は熱が下がったばかりだったので、その表情にはこの上ない繊細な趣が加わり、いっそう興味をそそるのでした。[7]

　翌日ライン川の山々を後にして、旅の残りの行程は、オランダの低地をのろのろと行くべきだと悟りました。やはり川は極端に蛇行していたので、手持ちのお金を数えた結果、乗合馬車で旅することに決めました。水路を行く乗物は、その晩ボンに停まったので、私たちは時間を無駄にしないように、その晩乗合馬車でケルン[8]に向かいました。ケルンには夜遅く到着しました。というのも、ドイツでは時速一マイル半以上の速度で旅をすることはめったにないからです。

　ケルンでは宿に着くまでに、いくつも通りを通ったので、大きな町のように思われました。寝る前に、翌朝クレーヴ[9]に向けて発つ乗合馬車の席を押さえました。

　このドイツの乗合馬車で旅をすることほど、悲惨なことはありません。その大型四輪馬車は、不格好で乗り心地が悪く、おまけにのろのろとしか進まず、たびたび止まるので、永久に目的地に着けないのではないかと思ったほどでした[10]。食事のために二時間が割り当てられました。その上、馬を取り換えるために、夕方さらに二時間も無駄にしました。その時、私たちは用意されたカブリオレで行くように言われました。というのは、大型四輪馬車は、乗車希望者の数にみあうだけの席がなかったからです。私たちはのろい大型馬車より速い旅がしたかったので、快く同意したのですが、思い通りにはいきませんでした。私たちは、この重量のある乗り物の後ろを、一晩中のろのろとついて行ったのです。朝、馬車は止まり、私たちは一瞬クレーヴに着いたのだという喜びに浸りました。クレーヴは、昨晩の宿から五リーグの所でした。しかし、七、八時間かけても、たった三リーグしか進んでおらず、まだ八マイル行かなくてはなりませんでした。しかし、私たちはまずこの宿場で三時間ほど休憩しました。そこでは朝食どころか、どのような便宜も図ってもらえず、八時頃再び出発しました。快適な旅とはほど遠く、のろのろと、空腹と疲労でへとへとになりながら、正午までにはクレーヴに到着しました。

オランダ

速度ののろい乗合馬車に疲れたので、私たちは残りの行程を急いで旅をすることに決めました。しかしドイツを離れると、イングランドの駅馬車[1]とほぼ同じ速度で旅をしました。この国はどこも平坦でしたが、道は砂地なので、馬は進むのに難儀しました。ここで唯一の彩りといえば、町を囲む泥炭の要塞です。ナイメーヘン[2]で私たちは、メアリ・ウォトレイ・モンタギュ夫人の手紙にある跳ね橋を渡りました。[3] 私たちは夜通し旅をするつもりでしたが、ティエルに十時頃着いた時、道中追いはぎが出没するので、そんな遅い時刻に馬車を出してくれる御者を見つけるのは、無理だと言われました。それは明らかに詭弁でした。とはいえ、私たちは馬も御者も確保できなかったので、そこで泊まらざるを得ませんでした。

翌日はずっと、国中に張り巡らされている運河沿いの道を行きました。道はすばらしいものでした。しかしオランダ人は不便きわまりないことをしていました。私たちは前日、風車の横を通りましたが、風車は道に面して立てられていたので、回転している風車の羽を避けるために、私たちは道路の反対側に身を寄せて、急いで通り過ぎました。

運河沿いの道は、馬車一台分くらいの幅しかないので、向こうから一台来ると、時には半マイルも、跳ね橋のある所まで戻らねばなりませんでした。田園に通じる跳ね橋に一方のカブリオレを移動させて、相手の馬車を通すのでした。しかし、もう一つ慣行があり、これにはさらに苛立たせられました。刈り取った亜麻を運河の泥に浸し、それから道路の両側に植えられた木々にかけて乾かします。太陽が亜麻を乾燥させる時のその悪臭といったら、耐え難いものです。運河には夥しい数のカエルやヒキガエルがいました。唯一美しく目をなごませてくれる光景といえば、イングランドの草のように青々と茂った、香しい緑したたる田園でした。大陸でよく見かける光景ではありません。

ロッテルダム[4]は驚くほど清潔です。[5] オランダ人は、家の煉瓦の外壁まで洗うのです。ここに一日滞在し、とても不運な男に出会いました。彼はオランダ生れで、生涯の大半をイングランド、フランス、ドイツで過ごしたので、それぞれの国の言語の知識が少しずつあるのですが、どれも不十分にしか話せませんでした。一番よく理解できる英語でさえ、自分の言いたいことをほとんど伝えられないのだと言っていました。

九月八日の夕方ロッテルダムを船で発ちましたが、向かい風のために、ロッテルダムから二リーグほどの町マースルイスに、二日間ほどとどまらざるを得ませんでした。ここで、私たちは最後のギニー金貨を使ってしまいました。私たちが三〇ポンドにも満たないお金で八百マイルも旅をして、すてきな場所を通り、美しいライン川や大地と空が見せるすばらしいながめを味わえたことは驚きです。これは、馬車に籠ったまま山麓の道を通るよりも、屋根なしの船旅をしたおかげでした。

私たちの船の船長はイングランド人で、かつては王室所属の船の水先案内人でした。マースルイスより少し下流にあるライン川の砂州は、大変危険です。それでよほど順風に恵まれなければ、オランダ人は誰も船を出そうとはしません。しかし風は私たちにとって、わずかに好ましい程度でしたが、船長は出航することに決めました。船長は実際に船を出すまでは、半ば後悔していましたが、砂州を渡り、船が外海に出て安全なことがわかると、ひどく臆病なオランダ人の鼻をあかしたので、嬉しく誇らしげでした。実のところ、それは危険な企てだったのです。夜間ひどい強風が吹き荒れ、夜明けになっておさまりはしましたが、それでも砂州の砕浪は相変わらずかなりの高さでした。港で座礁したために、予定の時間より半時間遅れて着きました。波浪がすさまじく、船底と砂州の間隔はわずか二フィートしかないと聞かされました。船の両横を激しく打ちつける波は、ほぼ垂直に、時には船の両横を洗うように、突然せり上がってくることさえありました。巨大なネズミイルカの群が、荒波の中をゆうゆうと泳いでいました。

私たちはこの危険を無事切り抜け、思いがけず短時間の航海の末、マースルイスを発ってから三日目の九月一三日の朝グレーブゼンド[6]に着きました。

M

キリストの教えについて

白石治恵訳

道徳や宗教の体系に権威を持たせるために、その新しさや古さを理由に挙げることは、嘆かわしい間違いである。つまり、合理的であるとか真実であるという理由ではなく、今まで誰も思いつかなかった考え方であるからとか、時の始まりからずっとある考え方だからという理由で、その体系が優れていると判断されるべきではない。低俗な心の持ち主は、一番使えそうな格言や制度から、自分の好みに合いそうなもっともな理由を見つけ出し、思考力に欠ける頭でいい加減な結論に結び付けて喜ぶ。

＊　＊　＊　＊　＊

このように人類は、役に立ったこともなければ、役に立つこともない行動の先例に支配されて

おり、大胆な詐欺師の根も葉もない主張に惑わされている

＊＊＊＊＊＊

大変残念なことに、イエス・キリストの教えに関する人心の変遷もそのようなものであった。イエスの初期の伝道は、ユダヤの制度の古さを利用して権威を得ていた。そしてユダヤの古い制度に基づくとされる迷信を擁護する際には、その主旨に類することはそれまで言われたことがなかったと主張する。イエス・キリストの教えは、ユダヤ人の律法にはまったく似ていない。――イエスが唱える道徳体系の基本となる信念は、世界のいかなる時代であっても、知恵と博愛と慈悲があれば生み出せるものである。

第二章[1]

ギリシャの最も卓越した哲学者たちは、神や可視世界、人間の道徳的で知的な本質について、とても大胆で崇高な思索にふけることに長く親しんでいた。神の普遍性と単一性、人間精神の無限の力、人類の平等と心の清廉さを守る義務は、いずれもピタゴラス[2]、プラトン[3]、ディオゲネス[4]、ゼノン[5]、そして彼らの弟子たちが主張するものである。あるいは彼らの主張から推し測ることができる。イエス・キリストの教えに関しては、その独創性が立証されたところで、実行可能性に疑いを持たれるだけである。それゆえ、誰かはイエスの教えを神秘的に見せようとして、簡

素さというはかり知れない強みをなくした。そんなことのないように、我々は何を認めるか用心しなくてはならない。自由と真実を愛し、圧制と詐欺を憎むならば、用心しなくてはならない。我々は不完全な者ながら、心の清廉さを保つ自由を常に熱望し、己や仲間の激情にいつまでも縛り付けられないようにと、高尚な希望を大切にするのならば、用心しなくてはならない。既成宗教は、意気盛んに崇高なほとばしりを見せる天才や、人類に本当の貢献がしたいと燃え上がる精神を、死んだように冷淡にしてしまう。イエス・キリストが広めた教えも既成宗教と同じ運命をたどり、通俗宗教と同じように消滅するに決まっていると想像してしまうのは、冷たく無気力な精神の特徴である。司祭は（以下空白）

シャーロット王女の死に関して国民に寄せる

「われわれは羽毛を惜しむが、死にゆく鳥のことは忘れる」[1]

マーローの隠者による[2]

宮北惠子訳

I

シャーロット王女が亡くなられた。[3] もはや動くことも考えることも感じることもなく、今まさに帰ろうとしている。土くれのように命のない身になってしまわれた。ほんの数日前まで生命と希望に満ちていた王女が、今や朽ち行く死体となったことを考えただけでも身の毛がよだつ。若くて、無垢で美しい女性が、家庭的な安らぎの懐から突如、引きちぎられ、誰しもが死ぬときに残すあの言い知れぬ虚無感を残して逝かれた。[4]

II

このようにシャーロット王女の死は、数多くの女性たちの死と多くの共通点がある。どれだけ多くの女性がお産で亡くなり、[5]母親を亡くした子供たちと夫だけとなった家族が、つらい死を胸に秘め、打ちひしがれて生きていることだろう。どれだけ多くの元気で活力に恵まれた女性たちが亡くなったことだろう。温和で、愛情深く、賢明で、その暮らしは鎖のように繋がって幸せで仲睦まじい日々を送っていたのに、亡くなって、鎖がひとたび崩されると、言葉に絶する悲痛な嘆き[6]で嘆き惜しまれている。貧乏や恥辱のうちに死んでしまった者たちもいる。その孤児となった赤子は、他人から蔑まれ無視され、餌食とされながらも生き延びてきた。男たちは、今わの際にある妻の枕元で目をこらし、臨終の気味の悪い音が喉から聞こえると、気の利かない乳母の膝で眠っている薔薇色の頬の子がいるにもかかわらず、気も狂わんばかりになってしまうのだった。取り乱した夫は医者の顔をじっと見つめ、その表情からすべてを察すると絶望が夫の胸に深く沈んでいくのが傍目にもよく分かる。今も昔も何も変わらない。人は浮かれた気分で、この大都会の通りを歩き、こんな光景が自分の周りの至る所で起こっているとは考えもしない。また何人の母親がお産で亡くなったかなんて考えることもない。退廃と言ってもこれほどひどい退廃はないであろう。——病気、老齢、戦争の場合[7]には、死はここが我が家とばかりにやって来る。しかし命が命を受け継ぎ、家族が集まって、もう一人、幼い最愛の命を待ち望んでいるまさに歓喜と希望のその時に、家族の誰にとっても愛おしい母が死んでしまうとは——しかし、口にできないほど深刻な悲惨さを味わっている何千という極貧の人たちは、現にこの苦しみを味わっている。この者らに愛情がないとでもいうのだろうか。心臓は鼓動していないとでも。目から涙が溢れ出ないとでも。人間の血が通ってないとでもいうのだろうか。[8] しかしこの者たちのために涙を流す人は誰もいない。―悼む人も誰もいない。棺が（実際に教区が棺を用意してくれればのことだが）墓に運ばれるとき、誰もが脇によけ、この人たちが後に残してきた悲しみについて語ろうともしないのだ。

III

アテネ人は、武勇と思慮で共和国を導き、天与の能力でそれを示した人々の死に対して、国をあげて喪に服し、哀悼の意を実に見事に表した。[9] 人間が死者を悼むのは当然である。それは、我々が自分以外のものを愛していることの証拠である。友が死んで、腐敗し、塵芥に帰すのを見て、「旅人が行きて帰らぬ彼の地」[10] へと、死者を平然と速やかに送り出せる人は非情な心の持ち主にちがいない。国家に貢献した人たちを悼むことは、深甚の愛を育むためにさらに相応しい、尊崇の念を表す習慣なのだ。ミルトン[11] が亡くなった時、イギリスの全国民が厳粛な黒い衣服に身を包み、弔いの鐘の音がどの町にも響いていたのは素晴らしいことであった。フランス国民は、ルソーやヴォルテールが死んだとき、社会全体で哀悼の意を表すべきであった。我々は、死者が誰であれ、特に親しい人たちでない限り、真底、悲しむことができるというわけではない。しかし我々が広い心を持ち合わせていれば、社会全体の愛と賞賛と感謝を獲得した者たちが亡くなった時、何かが身内から消え去ったと感じるものだ。祖国や世界に降りかかったどんな社会的不幸に対しても、たとえそれが死でなくても、悼むこともまた当然であろう。これによって人と人の関係が維持しあえるのであり、すべての人間を一つの全体として考える助けにもなり、社会生活の絆ができるのである。すべての善人を心底、悲しませる次のような事が起きたときには、社会全体が悲しむのは当然である。—国内外における暴君による支配、社会的信頼の悪用、時代遅れの法律を捻じ曲げて罪なき者を殺すこと、大衆の幸福に対し不屈の熱意を抱く国民の鑑《かがみ》とも言うべき人たちが常に危険な状態にあること。こうしたことに対し、国をあげて嘆くべきである。だから、もしホーン・トゥックやハーディ[12]が大逆罪の判決を受けていたとしたなら、誰もが悲しみと憤りで胸が一杯になったであろうし、嘆きを露わにしても当然であった。フランス共和国[13]が消滅したとき、世界は喪に服してもよかったのだ。

Ⅳ

しかし、人間の感情に対するこのような提言は、その値打もないものたちに、軽々しくというか、肥沃をもたらす川のように流れ出る哀悼の念を無にしかねないようなやり方でなされるべきものではない。社会全体での服喪は存分に哀悼の念を表現する機会となるべきである。この厳粛な皆で喪に服する行為は、広範囲に及ぶ誰にも納得のいく大きな不幸を表現するときだけ行われるべきで、しかも、祖国や人類を悼む人々によってもそうだと感じられる不幸であって、こうした特徴は特殊なものではなく、普遍的なものでなくてはならない。

V

シャーロット王女の死の報せと、ブランドレス、ラドラム、ターナーの処刑の報せ[14]がほぼ同じ頃に届いた。美や若さ、無垢、素直な振舞い、家庭を愛する徳行が永遠に姿を消してしまうとき、国をあげて悲しむことが当然だとするならば、この興味深い貴婦人に対しても皆で喪に服するのはごく当然であろう。王女は王族の最後の方であり、最高の方だった。しかし個人的な卓越さにおいて、王女と同じく優れながら、若くて希望を持ったまま死んでいった人は他にもたくさんいた。王女にたまたま生まれたからといって彼女の人生がより高潔になったわけでも、王女の死がより弔意に値するというわけでもない。王女は民衆のために何か良いことをしたわけでも悪いことをしたのでもなかった。受けた教育[15]のせいで、包括的に言って、善悪いずれを行う能力も持てなかったのである。彼女は王女として生まれた。人を統治する運命にある人たちは、その英知と自己を治めるために必要な経験さえ手に入れることができないでいる。シャーロット王女はレディ・ジェーン・グレイや、エリザベス女王[16]のような多方面の深い学識を持った女性ではなかった。王妃は自分が統治すべく定められた人々の幸福に関わるあのような大きな政治問題に関しても何も成し遂げることはなかったし、また望みもせず、理解することができなかった。[17]しかしこれは非難されることではなく、憐れむべきことである。死者をけなすことはやめよう。これが王族の不幸なのであり、これが王族の無力さなのである。―王子たちは生まれ落ちたときからすべての報奨のなかでも、良心とか、皆からの賞賛や哀情に次ぐ最高の報奨に値するような者にはどうしてもなれないように仕組まれているのだ。[18]

VI

ブランドレス、ラドラム、ターナーの処刑[19]は、シャーロット王女の死とは全く性質の異なる出来事である。これらの人たちは忌まわしい死と永遠に続く地獄の恐怖を目の前に突き付けられ、身の毛のよだつ土牢に何カ月も閉じ込められていた。そして最後は処刑台に連れていかれ絞首刑になった。彼らにも家族愛があったし、それぞれ徳の実践にも優れていた。おそらく社会的身分が低かったために、身分の高い人たちにはできないような愛情を育むことができたのだろう。彼らには愛してくれる息子、兄弟姉妹、父親がいた。その愛は、王妃の立場からくる規則のために、王女がいつも引き離されている人たちから受けている愛より、勝ったものであった。夫は、王女には父であり、母であり、兄弟姉妹であった。[20]ラドラムとターナーは、円熟した大人で、豊かで強い愛情の男たちであった。これらの受刑者が感じたことは語られることはないであろう。しかし彼らの身内の者たちが長期にわたって経験した数々の苦痛がいかなるものであったかは、エドワード・ターナーから推測できるかもしれない。彼は兄が罪人用のそり[21]に乗せられ引き回されるのを見たとき、恐ろしい悲鳴をあげ、悲痛のあまり倒れてしまい、二人の男によって死体のように運び去られた。身内にとって、とてもいとおしい顔が体から切断されたことを群集が発する恐怖の嵐のような声で知ったあの日、自分たちだけでじっとしている苦痛はどれほど凄かったことだろう。確かに――家族の者たちは群集から沸き起こる気も狂わんばかりの悲鳴に耳を傾けていたのだ。首が切られ表情のゆがんだ顔が空中高く掲げられたことを知らせる、恐怖におののく殺到する無数の足音、うめき声、やじる声を聞いたのだ。受難者たちは死んだのである。死とは何か。死後に訪れるあの例のこと(最後の審判)を一体誰があえて口にするというのだろう。ブランドレスは冷静で、我々の過ちの結果は、あの恐ろしい最後の審判の検問によって歯止めが掛けられると明らかに信じていた。ラドラムとターナーは、神によって永遠の業火の中に投げ込まれるのではないかと恐怖におののいていた。聖職者のピカリング氏は、ブランドレスが、間違った確信によって、未来の「支配者」と和解する唯一の機会を失なわないようにと明らかに案じていた。死とは何であるかを誰も知らなかったし、誰も知ることはできない。しかし、犠牲者たちの現在および将来の苦しみをほとんど知らず、考えもしなかった他者によって、これらの男たちは、容赦なく底なしの深淵に投げ込まれてしまった。人がいかなる理由であれ、他者の命を奪うことほど恐ろしいことはない。他のいかなる惨事にも、救済策や慰めがある。我々を生かしているあの「力」が、自ら与えた命を養わなくなったとき、悲しみと苦しみ、それに耐え忍ぶべき重荷が生じてくる。このような悲哀こそが精神を高めるのだ。しかし人が他者の血を流すと、復讐、憎悪、途切れなく続く処刑、暗殺、追放がはるか末代まで続くのである。

Ⅶ

以上が、これら三名の死にまつわる個人的、かつ世間一般の考えの一端である。しかしどんなに辛く嘆かわしくとも、それが単なる個人的でよくある悲しみならば、人々は社会全体として公的に喪に服すべきではない。しかし事はそんなものではない。あの不運な男たちを死に至らしめた事件は、社会的な不幸である。三人に大逆罪の有罪宣告を下した陪審員団に私は責任を負わすつもりはない。おそらく法律が、三人の罪をそのような種類の罪となることを要求しているのだろう。たとえ圧制者が陪審員団をそそのかして今回の破滅に追いやったとしても、暴力に対する救済策を暴力に求めることができると思い込んでいるあのような無思慮な男たちには多少の自制をしっかりと負わせるべきである。陪審員は悪の手先であるが、陪審員たちを巧みに操る雇い主ほど罪深くはなく、警告を与えるだけで十分である。しかし絞首と斬首による三人の死と、その死が特異で重大であるという事情によって、イギリス国民がいくら嘆いてもその悲しみを鎮めきれないほどの不幸が生まれた。

Ⅷ

いつの時代においても王や大臣が他の者と違うのは、浪費癖と好戦癖が際立っていることである。この国には、アメリカ戦争[22]が起こるまで、この哀れな性癖に対し、わずかばかりではあるが、実に融通のきく歯止め[23]があった。アメリカが自らを共和国と宣言するまで、イギリスはおそらく地球上に存在する最も自由で、最も輝かしい国であっただろう。国家としてあるべき姿には至ってなかったが、国家が自立していない段階としては、成し得ることはできていた。しかしながら根本的な欠陥[24]の結果がまもなく明らかになった。我々の代表者からなる不完全な政体のために、わずかばかりの貴族の手中に握られている政府が、ウィリアム三世の大臣たちによって考案された、公債による税を見越して使うやり口にさらに手を加えた結果、莫大な負債を抱えてしまった[25]。この政策は、フランス共和国との戦争中も続行され、ついに今では国が抱える公債の〈利息だけ〉でも、常備軍、王室、年金受給者、官吏を養うために国庫から惜しみなく出費されている政府資金の二倍以上にも達している。この負債の結果、社会的結束と文化的生活の基盤を崩すような、生活収入の不平等な分配を産むことになった。これまでも十分に厄介な重荷であった貴族であったのに、さらに倍の貴族[26]を生み出し、これら二倍になった数の人々に、勤勉で貧しき人たちが生産した物によって贅沢で怠惰な生活をする特権を与えているのである。貴族に特権が与えられているのは、他の者たちよりも賢くて報酬に価するからだというわけでもなく、また余暇を使って、公共の利益になる企画を立て、知性や想像力を行使して作りだすものが、国を高尚で魅力的にするからというのでもない。今の貴族は、〈恐れも汚れも知らない〉誇りと名誉をもった昔の貴族[27]とは違って、国債に投資したり、政府に追従したり、いかがわしい取引をしたりして、公の債権者という称号を持つ権利を得た狭量で、時をむさぼる奴隷根性の持ち主である。彼らは「洗練された社会にあるコリントの柱頭[28]」ではなく、その彫刻作品の豪華な狭間飾りの外観を台無しにするようにはびこる雑草である。このような社会システムでは、日雇い労働者は、以前八時間働いて得ていたものを、今は一六時間働かないと得られない。これを最も簡潔で分かりやすく説明してみよう。土地を耕し、布を製造する労働者は、妻子が待つ家庭に持って帰る給金の中から、贅沢をして快適に過ごす人々のために、年額四四〇〇万ポンド[29]の支払いを国民の義務として負っている。以前は、労働者が軍隊、年金受給者、王室、地主を支えていた。これは辛い責務であるが、それに甘んじるしかなかった。圧制から生じる弊害は種々雑多であるが、これは、その典型である。つまり一人の人間が、ある階級に属する他の者のために働かざるを得ないということは、人間同士の区別のために必要ないだけでなく、行き過ぎた不正によって、社会秩序を保つ重要なすべての基盤そのものを危険にさらすことになる。また自由の敵であり、悪政の子であると同時に非難者にもなる無秩序を招くことになる。国民は、二つの深淵[30]の縁でよろめき、危険と困窮が続く中で、その結果生じる悲惨な状況に疲れ始めている。民衆は声を大にして、国民による自由代議制の選挙制度を要求した。人間による他のいかなる政体も差し迫る困難にうまく応えられそうにもないと感じ始めている。国家の必要経費を限りなく超える年間四四〇〇万ポンドの支払いに対して何らかの救済策があるのか、ないのか、この問題に立ち向かえるのは国民だけである。これまで以上の崇高な精神が世に行きわたり、自由を愛する心、愛国心、そしてこれらの輝かしい感情に伴う自尊心が、人々の心に蘇った。政府は絶対絶命の苦境に追い込まれた。[31]

IX

イギリスの工業地帯では長年にわたって不平、不満が蔓延していた。これは、すでに言及した原因[32]によって生まれた二重の貴族制度の結果である。工場労働者たちは、贅沢のために奴隷にされており、この制度によって愛情も健康もそがれ、飢えたままにされている。貧困がもたらすその場しのぎの不安感によって産み出される社会の混乱と浪費の悪習をなくすような教育を受ける余裕も機会もない。ここイギリスには、目的が何であれ、少数の無学な人たちを違法な暴力行為に駆り立てたいと思う策士にとって願ってもない土壌があった。何の脅迫や偏見にも見舞われなければ、自由な代議員制度を求める人々の要求が承認されると、はっきり分かるとすぐに、残忍極まりない陰謀が目白押しに背後に控えた。政府の高官がどの程度、その悪魔の手先のような犯罪行為に関与しているかを知るのは不可能である。陰謀を企てる政府高官の数がどれほどいて、これまで、どの程度の活動をしてきたのか、またどのような偽りの期待を抱かせて、無教養な民衆をあおり、今なお彼らを断頭台や絞首台に送っているのかを知るのも不可能である。しかしすべての民衆が、議会改革を求める声を上げるや、直ちにスパイ[33]が放たれたということだけは明らかである。スパイは、最低の、恥ずべき輩で、餓えた無学の労働者の群の中に放たれた。不満な者がいなければ、不満な者を作りあげるのが連中の任務である。正当か不当かは問題ではなく、犠牲になる者を見つけることが彼らの任務なのだ。国民が自由を獲得し、我々が苦しみ喘いでいる借金や税金の負担を軽減しようとするあらゆる試みが、もしうまくいくようなことになれば、餓死寸前の群衆が議会に押し寄せ、すべての秩序、階級、慣習、法律を混乱させ、社会全体が荒廃するという印象を、大衆に抱かせることが彼らの任務である。独裁権力は永遠であることを、手先どもに叩き込むように命じられていた。この有益な印象を作り出すために、彼らは、罪のない疑うことを知らない純朴な人たちをだまして犯罪に駆り立て、おぞましい死という刑罰を受けさせるのである。数人の餓えて無知な工場労働者が、冷酷で、流血を企む者たちのご立派な約束にそそのかされて、国家に対するいわゆる謀反を起こそうと集結した。すべての準備が整った時、待ち構えていた一八名の騎兵[34]が、驚く犠牲者たちを土牢に連行し、あとは死刑執行者の手に委ね、彼らを無残にもめった切りにしたのだった。工場労働者を死に追いやった残酷な扇動者たちは引退し、極悪な生活によって稼いだ巨額の収入を手にして楽しんでいる[35]。民衆の声は、臆病者や自分本位の人たちによって圧殺された。扇動者は民衆の意見を計る天秤[36]（世論）に恐怖という錘《おもり》を投げ入れたのだ。そして議会は執行政府に対し新たに桁違いな権限を与えた。その権限は決して打倒されないものかもしれない。もし打倒しようものなら流血沙汰になるかもしれず、国民は集会を定期的に開いて政府の連中の手からもぎとらなければならないほどの代物である。我々の選ぶべき道は、専制か、それとも革命・改革のどちらかである。

X

一一月七日、ブランドレス、ターナー、ラドラムは絞首台に上った。ブランドレスは人を殺したということで、その分、我々はブランドレスには同情を感じない。しかし誰がブランドレスに殺人をするように扇動したのか思い出してほしい。ブランドレスは、ある男が末期の言葉として、「〈俺をこんな目に合わせたのは〉オリバーだ。」[37]「オリバー〈がいなけりゃ、俺はそんな所に行かなかっただろう〉」と言ったと語っている。ラドラムとターナーが、彼らの息子、兄弟、姉妹と一緒になって跪き、どれほど懸命に苦しい祈りを捧げたかも考えてほしい。地獄が彼らの目の前にあり、悔い改めない罪や意図的に犯した罪は、永遠の業火に焼かれる運命ではないかと恐れ、震え、取り乱した。恐ろしい刑罰が目の前にはあり、―ターナーは、真実をすべて語ったために恐ろしい処罰を受け、〈死刑執行人が彼の首にロープを巻きつけている間に〉[38]、大声ではっきりと「これはすべてオリバーと政府のせいだ」と叫んだ。ターナーはもっと何か言いたかったかもしれないが、我々には分からなかった。司祭がそれ以上の発言を妨げたからである。[39]鋭く光る剣をもった騎兵たちが、この忌まわしい公開処刑を見ようと集まった群集を取り囲んだ。「斧の一撃が聞こえると、群集の中から恐怖のどよめきが湧き上がった。切られた首が持ち上げられた瞬間、すさまじい悲鳴が起こり、群集は突然、狂乱の衝撃に襲われたかのごとく、クモの子を散らすように逃げ去った。われに返った人々はののしり、やじを飛ばした。[二]」どんな目的があるにせよ、人間の血と苦悩をあれほど恐ろしいまでに噴き出させ、どんな目的であるにしろ、目的達成のために陰謀を是認する連中を、我々の支配者にさせておくことは、国民にとって耐え難い災難である。しかも陰謀の目的が、我々の権利と自由を永遠に踏みにじることであったり、我々に無秩序か圧制かの二者択一を迫ることであったり、驚いた国民が圧制を受け入れると勝ち誇こったり、あるいは巨大な常備軍を維持するために、すでに返済不能であるのを知っているにも関わらず、年々、国の借金を増やしたりするとき、どうして我々は嘆かないでいられようか。軍を支えている妄想[40]が崩れると、顧みられない貧民層に飢餓と零落の悲惨と混乱をもたらしてきたように、今度は社会のあらゆる階層にそれに劣らぬ悲惨と混乱をもたらすことになるのだ。また支配者を怒らせた貧困者たちを意のままに投獄したり、非難したりすることになるのだ。こういったことが仮に目的でないとしても、陰謀の結果であるとしたときには、どうして我々は嘆かないでおられようか。

XI

だからイギリスの人々よ、嘆き悲しむがいい。厳かに喪服を身につけるがいい。弔いの鐘を鳴らすのだ。死すべき運命と世の無常に思いを馳せ、孤独と聖なる深い悲しみの経帷子を身にまとうがいい。万民の悲しみを思うさま表わすがいい。泣いて—嘆いて—悲しむがいい。大都会—その広大な原野を悲嘆と嘆きの共鳴で満たすのだ。美しい王女が亡くなられたのだ。—王女は最愛の国の女王になられるはずであった。そして王女の子孫がとこしえにこの国を治めるはずであった。[41]王女は国家に愛情を抱き、国を飾る芸術と国を守る勇気を大切にされた。愛らしい方であったし、賢明になられたことであろう。しかし若かった。そして若い盛りに略奪者がやって来た。「自由」の火が消えた。「奴隷（死神）」よ、私はお前に命ずる。我々の深い厳粛な嘆きを、低俗な悲しみで邪魔立てするなと。この国を治めるはずであった王女のような「存在」が、若くて無垢で愛すべき「自由」と同じように亡くなったなら、その者を滅ぼした力は「神」であること、そしてその死は私的な悲しみであることを知るべきだろう。しかし「自由」を殺してしまったのは「人間」である。人が負傷し、今にもその命の潮が引こうとしているときに、誰をも襲う疾風のような、死を呪う哀悼の気持ちが、すべての人の頭と心に不意に訪れた。我々の魂を縛ってしまい、鉄よりも重い足かせが我々にのしかかっている。我々は、じめじめした狭い囲いよりもっと悪疫が発生しやすい牢の中をあちこち動き回っている。大地が牢の床であり、天空が牢の屋根であるからだ。「イギリスの自由」の死体に付き従って、ゆっくりと、敬意を表してその墓場までお供しよう。もし栄光に満ちた「幻影」が現れ、折れた剣と笏《しゃく》と王冠で作られた王座を粉々に踏み潰してしまうなら、我々は言おう。「自由の霊」が墓からよみがえり、下品で死すべき運命にあるすべてのものはそこに脱ぎ捨ててきたと。そして我々は共にその霊に跪《ひざまず》き、我々の「女王」として賛美しよう。

原注

一　「じゃあおまえの死神には目ン玉がついてるってわけだ、普通やつの骸骨には目ン玉がついてないように描かれているが。」（小田島雄志訳）シェイクスピア『シンベリン』第五幕第一場一八四—五。

二　この箇所は『イグザミナー』（一一月九日の日曜版）からの抜粋である。

形而上学について

白石治恵訳

I　精神

我々が知覚できないものについて考えることができないことは、精神哲学における一つの公理である。[1] 考えることができないとは、つまり、何かを想像したり、推理したり、思い出したり、予測したりできないことを意味する。詩の驚くほど素晴らしい構成や、論理学や数学の非常に緻密な演繹も、知性が自らの法則に従って作り出す感覚の組み合わせにすぎない。精神が生み出す様々な観念や、可能な限り修正された観念を集めた目録は、百科事典的な宇宙の歴史となる。

しかし、これは次のように反論されるだろう。我々の太陽系や他の太陽系の星に住民が存在するかという問題は、感覚の対象になり得ない。また、原因と結果と呼ばれる関係が、ある「力」と我々自身や我々が知覚するものとの間にも存在するかという問題も、感覚の対象外である。それにもかかわらず、精神の働きに関する法則は、各問題のそれぞれの性質に応じて、推測にすぎないとか、説得力があるとか、確信が持てるとかいった示唆を常に与えるではないかと反論される。返答は簡単で、そうした考えも存在するものの目録に含まれるのである。思考とは様々な観念の組み合わせ方のことである。上記の反論は、知覚と思考の限界を超えて何も存在できないという結論に説得力を持たせるだけである。

想念、観念、概念、好きなように呼べばいい。これらは種類が違うというより、持っている力が違うのである。一般に言われていることだが、他のたくさんの考えが通り過ぎる中で定期的に思い浮かび、多くの人に影響を及ぼす明確な考えは、〈実在する対象〉とか〈外的対象〉と呼ばれている。これらは、もっとおぼろげで不明瞭な幻覚とか夢、狂気が生み出す観念といった、少数の人にだけ影響を及ぼし、不定期に思い浮かぶものとは全く異なる種類のものである。こうした観念やその種類の間にある本質的な差異は、それぞれの本質の正確な観察に基づくものではなく、どの考えが人生の安全と幸福に最も不変的に貢献できるかの考察に基づいている。そしてその差異によってそれ以上何も示せないとき、哲学者は己の言葉を安心して大衆の言葉に合わせてもよいだろう。しかし、彼らは真実に基づかないにもかかわらず、本質的な相違があるふりをする。そしてその相違は、普遍的本質に関して狭義の間違った概念を生み出し、思弁における最も致命的な誤りの根源となっている。精神が生み出す様々な考えに明確な相違があるのは、実は、精神が相違点や数を知覚するための法則がもたらす必然的な結果である。しかし、一般的とか本質的といわれる相違も全く恣意的なものである。いずれの考えも考え出されたものという点では、一致しているか似ている。また、考えによって、心に浮かぶきっかけが様々で不規則である点では、相違がある。ある視点に立つとすべて同じになり、別の視点に立つとすべて異なる。これは、すべてか無かを選ぶようなものである。もし仮に、倫理や経済についての議題として様々な考えが持ち出されたなら、それぞれの考えが持つ説得力によって差をつけることが重要である。しかし、これは全く別の問題である。

すべての知識は知覚に制限されているものの、知覚は無限の組み合わせで働くと考えることで、自然に関する概念は、複雑で偏った普通の考察方法によるより、はるかに壮大で、単純で、本物になってくる。このような包括的総合的観点から宇宙について熟考すると、宇宙の変化や部分に関する詳細な分析を排除することなどなくなる。

―――

観念の強さ、持続期間、関連性、反復周期、有用性を何らかの比率で組み合わせて、その程度に応じて目盛りを刻んだはかりを作り、判断基準にすることができれば、すべての観念を計測することができるかもしれない。そうすれば、ごくわずかな感覚的印象からそれらの明確な組み合わせまで、つまり、感覚的印象のごく単純な組み合わせから、我々自身の本性を含め宇宙と呼ぶものを構成する知識の集合体まで、差異にきちんと陰影がついた鎖が途切れなく続く様子を観察できるようになる。

我々は、自身の存在や連続して心に浮かぶ観念の結びつきを直観的に意識しており、我々のアイデンティティーと名付けている。[2] また、我々は他人の心の存在も意識している。しかしそれは直観的ではない。他人の心の存在に関する明証は、[3] とても複雑に関係した観念に基づいているが、それについての分析はこの論文の目的ではない。この関係を生み出す基礎になっているものは、疑いもなく定期的に心に浮かんでくる数多くの観念であり、それがある特定の方向に進むことを制限したり阻止したりする力を我々の自由意志は持っていない。また、不完全に繰り返し浮かんでくるだけの観念を拒絶することもできない。抗しがたい思考の法則によって、我々が実際に抱く観念の限界は抱きうる観念の限界とは異なると無理やり信じ込まされている。こうした演繹的推論を導き出す法則は類推と呼ばれ、ある観念から別の観念へと類似する限り推測していく基礎になっている。

――――――

我々は、木、家、野原、我々と同じ姿の生物、また多かれ少なかれ我々自身と類似した形態の生物を目にする。これらは絶え間なく我々との関係の中で存在様式を変化させる。その存在様式の相違を表現するために、〈我々が動く〉、〈それらが動く〉と言う。そしてこの動きは一様ではなく継続的なので、その進行に関する相違を示すために、〈動いていた〉、〈動いている〉、〈動くだろう〉と表現する。このような相違は様々な出来事や対象にも存在し、人間のアイデンティティーと関連付けて考えると、人間精神の存在にとって不可欠となる。と言うのは、外的宇宙の働きかけと呼ばれるものによって生じた不同が、人間の知覚力によって同一化され、統合され、また動きや測定方法、時間や空間によってできた隙間が埋められてしまうと、人間精神を構成するはずの感覚や想像力が働かなくなってしまう。精神は一つのものでできているのではない。

II　形而上学とは。それに関する通常の考察方法における誤り

我々は心の中に去来するものに十分に注意を払っていない。今まで何回となく組み合わせてきた言葉をまた組み合わせている。心の中で自分の意見をまとめあげ、そしてその意見を表現する際に、理論立てて語句を並べていく。その際の表情や感情を表す方法は、あまりに陳腐な他人の剽窃になっている。言葉は死んでおり、思考は冷たい借り物になっている。

＊　＊　＊　＊　＊

言葉の連想とか、精神が外的対象と関係付けて用いる概念は外的対象そのものの記憶とは異なることについて語るよりも……。言葉はこうした概念にかかわるものである。言葉は常に読者の

注意を喚起し、その知的本質について考えさせる。いわゆる物質的宇宙の仕組みによって起こった出来事を、精神はただ受け入れて整理しているだけではないと、言葉のおかげで読者は感じている。

この世の景色を飾ってきた最高に完成された知性の持ち主たちが生得権として持つものを、(手の届く範囲にあるので)我々も手に入れようではないか。注意深く、すべての主張や表現を厳しく疑い、人間の神秘的な本性に細心の注意を払うことで、それは獲得できる。

事実について熟考してみよう。繰り返しになるが、自分自身のことを真剣に研究するには、精神について厳密に調べるのだと自らに言い聞かせる必要がある。精神の働きに関する法則や、精神に影響を与えるものに関する法則について、様々な学問の様々な事実を丹念に拾い集めてみよう。

形而上学とは、心の現象に関する探究を示すものとして長い間用いられてきた言葉なので、他の言葉を用いることはおこがましいと思われている。しかし語源的に考えてみると、精神の学問を表すにはまったく不適切である。この言葉は、仮定することすらおこがましい精神世界と物質世界との区別を主張している。[4] 形而上学は、我々が知り、感じ、記憶し、信じる、すべてのものに関する学問と定義できるかもしれない。なぜなら、知識や感覚、記憶や信念が、人間のアイデンティティーに関係すると思われる宇宙を構成しているからである。論理学すなわち言葉の学問は、もはや形而上学すなわち事実の学問と混同されることはない。言葉は精神の道具であり、その様々な潜在能力について形而上学者は正確に知っておくべきである。しかし、言葉は精神ではないし、精神の一部でもない。言語学におけるホーン・トゥック[5]の数々の発見は、自身が主張するように、形而上学に光を投げかけてはいない。より正確に知覚するために必要な道具を与えているに過ぎない。アリストテレスとその弟子たち、ロックや多くの現代哲学者たちは、論理学に形而上学という名前を与えた。ベーコン卿[6]の帰納法に最大の敬意を払うことに慣れている人々でさえ、その論法の規則に十分な注意を払ってこなかった。彼らは実際、議論の余地のない事実から結論を導き出したと公言してきた（公言しない者などいないが）。いったいなぜこれらの事実の多くが、議論の余地がないと言えるのか。どのような対応関係が認められて、三段論法[7]が成立していると言えるのか。事実からすべての体系を導き出すという彼らの約束は、偽の真実を導き出すために、大衆の頑固な偏見に訴えることで、あるいは事物にとんでもなく間違った名前を付けることで、常に果されてきた。彼らは……

　精神の学問は、それがもたらす結論の確かさの点で、他のすべての学問に優っている。その発展を完璧なものにするために必要なことは、事実に対して的確に細心の注意を払うことだけである。どんな主張であっても、権威付けするためには、すべての研究者は自分が持つ様々な保証書に照らし合わせたほうがよい。そのために必要なことは、承認済みのものと結び付け完全な信頼を得ることと、恣意的な印象にすぎないものとは用心深く区別することである。[1]

我々自身が、我々が考察する主題の証拠の保管庫である。

＊＊＊＊＊

＊＊＊＊＊

原注

一 「信心深い者たちは神の実際の助けなしにこうした突拍子もない物事すべてを信じた。」（フランシス・ベーコン『科学の威厳と進歩について』第六巻一三章より）

III 人間の心を分析することの難しさ

人が自分の過去の記憶が残っている最初の時から忠実に話すことができたら、世界中の人々が今まで考えてもみなかった描写ができるだろう。自分自身の記憶を見ることのできる鏡がすべての人に向けられたら、ぼんやりとした背景の中に、影のような希望や恐怖を見ることができる。白日のもとにさらすことはできないが、あまり見たくないもの、あえて見たいもの、とても見たいものすべてを見ることができる。しかし思考は、容易でないが、その住処である入り組んで曲がりくねった部屋の数々を訪れることができる。そこはまるで急流となって絶え間なく外へ流れ出る川のようである[8]—また亡霊の出没する建物の間を急いで駆けてゆき、恐怖のあまり振り返らない人のようでもある。心の洞窟はぼんやりとした陰になっている。あるいは光が広がり、実に美しく輝くが、入り口から外へ光は漏れない。もし我々がかつていた所に、実際に生きて存在することができたら、―そこにいる時に、過去の経験の結果を明確に示すことができたら、―もし感覚から内省へと、つまり受動的な知覚の状態から自発的な熟考へと移ることが、目のくらみ動揺することでなければ、さほど難しい試みではなくなる。

IV いかにして分析されるべきか

哲学者の誤りの多くは、人間をあまりに詳細で限定的な視点から考察するために生じる。人間は道徳的で知的であるだけでなく、特に想像力に富む存在でもある。[9] 自らの精神が自らの法則でもある。人間には自分自身の精神がすべてなのである。実用的な結論へと至るのに役立つ知識にたどり着きたいなら、人間の精神と宇宙が思弁の対象のすべてだと見なす必要がある。とりわけ、言葉の使用に関する議論を哲学者は長い間やってきたが、ここでは脇に置くべきである。思考が思考の対象と区別されるか否かを探求することにほとんど意味はない。外的とか内的とかいう言葉を用いることは、この区別を設けるために使われているが、これまで多くの論争のシンボルであり源であった。これは単に言葉の問題であり、議論されるべきだと言ったところで、思考の対象について話すとき、実は思考形式の一つについて述べているだけである。また、思考そのものについて話すときは、存在する宇宙の体系について理解しようとしているだけである。偉大な哲学者の中で……

V　夢の現象の一覧、眠りと目覚めに関するものとして

一、子供時代を思い出して、眠りという行為に関することを忠実に辿ってみよう。最初に、眠りに関する私自身の特異な性質を忠実に描写してみる。すべての人が私に倣えば、各個人特有と思われる多くの状況の中にも、皆とよく似たものが見つかり、特有な現象と一般的な現象との関係を示せるはずである。私は自分が述べる事実に十分注意を払い、うそや誇張がないようにする。しかし、それはせいぜい私自身の夢の性質を解明するだけである。どれほど私が他人と似ているか、または違っているかについて、私は決して正確に意識しているわけではない。しかしながら、特定の事例から一般的推論を導き出すことはやめた方がいいと、読者に注意するだけで十分である。

熱に浮かされ、あるいは錯乱しているときの妄想の一般的な例は割愛する。同様に単なる夢も割愛する。この話題に関する詳細なことは、いくら興味深い話でも、触れないことにする。

眠りと目覚めとの関係は何であろうか。

二、私は二、三年おきぐらいに全く同じ夢を三回ほど見たことをはっきり覚えている。それは一般的に夢と呼ばれるものとはまったく異なっていた。私と同じ学校で教育を受けたある若者の姿が、他の人たちの姿とは関係なく、私の夢の中に現れた。何年もたった今でも、彼の名前を耳にする時はいつも、夢の中に彼の姿がはっきりと現れた三か所のことを思い出す。

三、夢の中で、イメージは夢特有の連想を獲得する。それゆえ、ある特定の家の姿かたちが夢

の中で二度目に現れたとき、最初の時のその家の姿かたちと関係して思い浮かぶのだが、目覚めている時に見たり思ったりしたその家の姿かたちとは、まったく違ったものとなって思い浮かぶのである。

四、私自身のよく分からない性質と密接で説明しがたい関係を持つ様々な景色を見たことがあり、いずれもたまらなく印象的であった。私の思考になんら変な影響を及ぼさない景色も見たことがある。何年も経ってから次のような場所の夢を見た。そこは私の記憶に残り続け、人の情愛が染みついた形見にみられる執拗さで、時たま心に浮かぶ。私は再び同じ場所を訪れた。その夢はその風景から引き離すことができないし、風景も夢から切り離すことができない。また、夢と風景が結びつくことで呼び起こされる感情も切り離すことができない。しかし、この種のことでとても顕著な出来事が、五年前にオックスフォードで私に起った。その町の近郊を、私は一人の友人と興味深い会話に没頭しながら歩いていた。私たちは突然小道の角を曲がった。すると、ある景色が、それまで高い土手と垣根が隠していたのだが、姿を現した。じめじめした牧草地の一角に風車が石垣に囲まれて立っている景色であった。私たちが立っている道とその石垣との間にはでこぼこした地面があった。風車の向こうは長くなだらかな丘になっていて、灰色の雲が夕方の空を一面覆っていた。枯れかけのトネリコの細い枝から最後の葉が落ちたばかりの季節であった。その場面は確かにありふれたものだった。その季節と時間は、不法な考えを始めさせるように計算されたものではなかった。それは見慣れた面白くもない対象の寄せ集めであり、生真面目な話から逃れるために、夕方の暖炉のそばにある冬の果物のデザートやワインのことに思いをはせるようなものであった。その光景が私にもたらす影響を予想できなかった。長く——ある夢の中でそれと全く同じ景色を見たことを突然私は思い出した[一]。

メアリ・シェリーによる注

一　〈ここで私は、恐ろしさのあまり筆を置くことを余儀なくされた。〉この言葉で、一八一五年に書かれたこの断片は閉じられています。私は次のことをよく覚えています。執筆作業をやめてシェリーが私のところにやってきたことを。青ざめて震え、恐ろしい感情から逃げるために話をしようとして来たのです。この断片が証明しているように、シェリーほど鋭い感受性を持った人はいませんでした。彼の神経質な気質は、激しいまでの感受性のため健康を害し傷ついており、彼の活発な精神が何かについて長い間熟考し、感情的に結論を導き出す間、彼の空想はさらに活発になり、やがて空想と思考とが渾然一体となり、それが一つになり、夢中になり、荒れ狂い、身体的苦痛を引き起こすまでになるのです。

道徳について

甲元洋子訳

I　道徳論の計画

人間精神の性質と働きに関する偉大な科学は、一般的に「道徳」と「形而上学」に分かれる。「形而上学」は単に分類法に関するもので、様々な観念に異なった名前を割り当てる。「道徳」は最大にして最も安定した幸福を作り出すために、それぞれの観念をどう配列するかの決定に関係する。道徳的もしくは有徳な行動とは、その行動にまつわる問題[1]やもたらす結果をすべて考慮した上で、感受性豊かな最大多数の人々に最高の喜びをもたらすのにふさわしい行動のことである。感受性豊かなすべての人があらゆる喜びを同じように感じることはないので、自主的に喜びを振り分けてくれる人が必要である。その人が振り分ける際に従うべき法則については別の章で扱うことにする。

このささやかな論文は、道徳の基本原理の発展についてのみ書くことにする。この目的に関する限り、形而上学は単なる否定的真実の源としてのみ扱うことにする。[2] 一方、道徳は肯定的な結論を導き出すことのできる学問と見なすことにする。

人間の誤った想像力のせいで、道徳哲学に関して形而上学的探求が直接取り組むべき主要な任務は、〈真実でない〉ものを確認することになっている。道徳哲学そのものは、感情を持つ社会的存在としての人間が自発的にとる行動に関する学問である。自発的な行動は、頭の中で考えたことに左右される。しかし、多くの一般的な意見があり、きわめて開明的な人でさえ信じている意見をはじめ、真偽を確かめることが私たちの責務である意見まである。後者については、真偽を確かめてからでないと、自分自身や同胞を規制するために取るべき行動について確かな結論を導き出すことができない。また、行動につながる様々な考えを結びつける基本的法則を、事前に確認しておく必要もある。

人間社会の統治形態の目的とすべきものは、その形態の共同体に暮らす人々の幸福である。人々の幸福がどの程度推進できているかで、その統治形態が十分であるか、不十分であるか判断できる。

目的とすべきものは、感受性豊かな存在としての個々人が享受できる幸福の単なる量ではなく、社会的存在としての人々に幸福を配分する方法である。ある個人または階級の人々だけが最高の幸福を享受する一方で、別の個人または階級の人々が不釣合いな程の困窮を耐え忍ぶ。このような状況が生じていたら、まだ十分とは言えない。当然のことながら、皆が努力して作り出し、皆が注意を払って維持してきた物質的幸福は、各個人の正当な要求に応じて分配されるべきである。そうでなければ、生み出される幸福の量が同じであっても、社会の目指すべき目的が実現されないままになる。この目的は、生み出される幸福の量、その分配方法の整合性、社会的な存在である人間の基本的な感情、これらの結びつき方で達成度が違ってくる。

この目的を推し進めようとする人の意向を美徳と呼ぶ。美徳を構成する二つ、善意と正義は、人間のあらゆる自発的行動が真に目的とする唯一のことと、二つの点で関係している。善意とは善を行いたいと思う気持ちであり、正義とは善のためにとるべき方法を考え出すことである。

正義と善意は、人間精神の基本的な法則から生じる。

以下の人々の表現に見られる進歩的優秀さに関する試論―ソロモン、ホーマー、ビオン、ギリシャの七賢人、ソクラテス、プラトン、テオドロス、ゼノン、カルネアデス、アリストテレス、エピクロス、ピタゴラス、キケロ、タキトゥス、イエス・キリスト、ヴェルギリウス、ルーカーヌス、セネカ、エピクテトス、アントニヌス、スルピキウス、セウェルス、マホメット、マネ

ス、長老たち—アリオスト、タッソー、ペトラルカ、ダンテ、アベラール、トマス・アクィナス—教師たち。宗教改革者たち。スピノザ、ベール、パスカル、ロック、バークリー、ライプニッツ、マルブランシュ、フランスの哲学者たち、ヴォルテール、ルッソー、ドイツ人たち—光明派—ヒューム。ゴドウィン—一般社会の状態。完全性。

第一章　美徳の本質について

第一節、美徳の本質と目的に関する概観。—第二節、精神の基本原理に基づくものとしての美徳の起源と基本について。—第三節、精神の本質から生じ、精神の基本原理を人間の行動に応用することを規制する法則について。—第四節、美徳、人間の属性になりうるものについて。

私たちは自分と同じような多くの人たちの中で生きており、私たちの行動がその人たちの幸福に影響を与えることは明白である。

この影響を規制することが道徳哲学の目的である。知っての通り、強さや継続時間は様々であるが、苦しいとか、嬉しいとかいう印象を私たちはすぐに持ってしまう。喜びをもたらすものは善と呼ばれ、苦痛をもたらすものは悪と呼ばれる。これらは、過剰な苦痛や喜びをもたらす様々な種類の原因に関して用いられる一般的な名称である。しかし、積極的に幸福を生み出し広めるための道具に人間がなろうとするとき、その目的に対して最も有効な道具である原理は、いわゆる美徳である。そして、善を行いたいという欲求、つまり善意は、正義、すなわちその善がどのように行われるべきか考え出すことと結びついて美徳となる。

しかし、なぜ人間は慈悲深く正しくあるべきなのか。人間本来の感情としては、特に、全く自然な状態にあると、他人に苦痛を与え不当に支配しようと思うのである。他人が飢えて死んでも、自分の倉庫に有り余るほど蓄えておこうとする。他人を情け容赦なく隷属させながら、自分の自由はまったく侵害されないように懸命に守る。人間は執念深く、傲慢で利己的である。何のためにこうした傾向は抑制されるべきなのか。

人間は幸福の獲得に努めるべきだとか、他人に苦痛を与えるべきではないとかは、どういう理由で求められるのか。何らかの行動規範を取り入れる必要性を証明するために、その根拠が求められたとき、その導入に反対する者は何を要求するのか。その行動規範が最も効果的に人類の幸福を促進できる証拠を要求するのである。これを論証することが、道徳に存在理由を与えることになり、美徳の目的となる。

文字での表現において比喩的表現を悪用する多くの詭弁と同じく、一般的な詭弁は大変な混乱を生み出しており、道徳理論にも影響を与えている。道徳をおろそかにしても罰を受けないとなれば、誰も親切で正しくあろうとしなくなってしまう。義務は責務であって、強制力のない義務などあり得ない。美徳は法であり、定めた人は私たちが従うことを望んでいるが、従わなくてもひどい罰は受けないとなると、誰も従わなくなってしまう。この理屈が、奴隷制度[3]や迷信を支えている。

実際、束縛したり義務付けたりするには何らかの権力が必要で、それがなければ人を〈束縛したり〉、〈何かを義務付けたり〉することはできない。手足を縛られた人を見れば、誰かが縛ったのだと分かる。しかし、多くの人に恩恵を施す行動を進んで行い、その後満ち足りた気持ちで帰る人を見たら、その人が地獄の苦しみを予想して、あるいは天国での報酬を期待して、いやいやながら自分を犠牲にして行ったとは思わない……

＊　＊　＊　＊　＊

……質問そのものが、命題に関する名辞の誤用に基づいて行われている。どのように美徳の基本となる感情が人間の心の中に生じるのかが、まだ述べられていない。人の心の中で美徳が生まれる法則とは何なのか。美徳が人間の属性であることを、精神の原理はどの程度認めるのか。そして最後に、美徳がすべての人のために組織的な行動を起こす動機であると、人類を説得できる可能性はどの程度あるのか。

―――

善意

私たちが本能的に避けようとする種類の感情がある。人間の最初の状態とみなされる存在、つまり生後一ヶ月の幼児は、自分とよく似た性質を持つ他の存在をほとんど意識できない。幼児のエネルギーのすべては、絶え間なく自分を襲ってくる苦痛を取り除くことに注がれる。かなり経ってから、幼児は自分と似た感情を持つ生き物に取り囲まれていることを知る。このことを子供が知るにはかなり時間がかかる。ひどい痛みに苦しむ乳母や母親を見ても、子供が何の感情も示さないとすれば、それは子供が冷淡なためではなく、無知なためである。苦痛を訴える口調やしぐさが、それらが示す感情と結びついてはじめて、苦痛がなくなって欲しいという気持ちが、見る者の心の中に生まれてくる。このように苦痛自体が悪と認識されるので、苦痛の存在を知覚する上で不可欠なものは何かと、心に問う必要はない。我々の本来の感覚の傾向として、自己の維持保存が目的であることは確かである。しかし、それは受動的で無意識的なものである。精神が能動的な力を持つようになるにつれて、こうした傾向の支配領域は限られてくるであろう。(他人の苦しみに同情するとき、自分の苦しみを一時的に忘れることができる、このことは誰しも経験する。) 野蛮人であり、孤独な獣である幼児は、利己的である。なぜなら、自分に似た生き物が被っている苦痛の本質を正確に理解できないからである。高度に文明が発達した社会の住人は、あまり文明が発達していない社会の住人に比べて、他人の苦しみや喜びをより敏感に共有することができる。最良の詩や哲学の数々の例に親しみ知力を高めてきた人の方が、肉体労働のようなあまり洗練されていない仕事に従事してきた人より、共感しやすいのである。

想像力を鍛えることで、悪を知覚し忌み嫌う習慣を身につけることができる。個人的に直接経験し知ることのできる感覚の領域から、その悪がどれほど遠いところにあったとしても。想像力つまり予言的に物事を思い描ける精神力は、進歩のあらゆる段階を、いや、ごくわずかな変化だとしても、推し進めることのできる人間の能力である。苦痛や快楽は、詳細に分析することで、事前にすべて予測できるようになる。利己的な人と有徳な人との唯一の違いは、前者の想像力は狭い範囲に限られているのに対して、後者は幅広い状況を把握できるところにある。この意味で、知恵と美徳は不可分であり、それぞれお互いの判断基準であると言えるかもしれない。従って、利己心は、無知や間違いから生じるもので、分別のない幼児や孤独な未開人に見受けられるが、苦役や邪悪な仕事に携わり鈍感になってしまった人にも見受けられる。公平無私な善意は、洗練された想像力が生み出すものであり、社会的存在である人間に、名誉や威厳、力や安定をもたらす様々な技術と深い関係がある。従って、美徳は洗練された文化的生活そのものであり、人間精神が創り出すもの、というより、人間精神の中にある基本的な規則に従って、人間同士の関係が作り出す感情の組み合わせである。

人間性を洗練し高めるすべての理論、あるいは、人間の誤りや悪を軽減するための道具として考案された理論は、公平無視という基本的な感情に基づいている。この感情は、人間を威厳あるものにすると私たちは感じている。古代の共和国にあった愛国心は、個人的な損得を勘定することだと思われてきたが、決してそうではない。自分の腕を燃え盛る石炭へ差し出したムキウス・スカエウォラ、[4]カルタゴへ戻ったレグルス、[5]すぐに殺されると分かっていながら静かに拷問台の苦しみに耐えて、暴君に陰謀者の名を明かさなかったエピカリス、[6]これらの傑出した人物は、個人的な利益などほとんど考慮することはなかった。彼らは死後の名声が欲しかっただけだとしても、善のために不名誉など気にかけなかった人々の存在を証明する例は、歴史を見れば他にいくらでもある。しかし、利己的な名声に関して世間は大きな誤解をしている。確かに、個人的な満足を得る手段として名声を求める人はいる。しかし、名声への愛は、自分の気持ちを他の人に認めてもらい、解説してもらい、共鳴してもらいたいという欲望にすぎないことがよくある。この点で、名声を求める気持ちは、自己を自分自身の外へ引き出すものと関連する。それは「高貴なる心の最後の欠点」[7]である。騎士道は、同じく自己犠牲の理論の上に成り立っている。愛は、人間の心に対して途方もない力を持っている。それはひとえに、公平無私が人間の自然な性向と結びついているためである。こうした性向自体は、与えたり受け取ったりする喜びを想像できないと、あまり意味のないものになる。愛国心、騎士道、感傷的愛は、とんでもない災難の原因になるといって、否定されるべきではない。これらを引き合いに出すことで、精神の基本原理に従うと、人間は善そのもののために善を欲し、善を追い求めることができるという命題を確立できるのである。

正義

このように、善を行いたい性向は人間の精神に内在する。他人を幸福にしたいと駆り立てられ、他人を幸福にして満足をおぼえる。すべての生き物は快楽と苦痛とに敏感である。分け隔てなく人々と接するようにと、我々は善を行いたい性向に導かれる。しかし、懸命に注意を引こうとする人をえこひいきする傾向もある。人間は分別がなく盲目でもある。最後に恩恵が待っていても、苦しみを与えることを避けようとする。また、最後に災難が待っていることを考えずに快楽を与えようとする。人間は多くの犠牲を払って、やっと一つの恩恵を手に入れる。

人間精神には、善意を行動原理として用いようとする感情がある。これが正義感である。正義は、善意と同様、人間性の基本的な法則である。善意から快楽をもたらす財産を他の人にもあげたいと思ったとき、必要とする人数に応じて平等に分配するように仕向けるのは、正義という行動原理である。十人の男が難破して無人島で暮らすことになったら、残っている物はすべて平等に分かち合う。仮に六人が共謀して、残りの四人に分配しなかったら、それは不正行為と呼ばれる。

苦痛の存在を、人間精神は不満のある状況と見なしており、なくすことを望む。限られた人だけ享受している恩恵を、すべての人が平等に享受すべきだと望むことも、同じく人間精神の性質である。この命題は議論の余地のない事実に基づく証拠によって支持されている。一人の楽しみのために多くの人が犠牲になっている話を包み隠さずしてみるといい。人間本来の感情を害するそのような邪悪な制度のために働く人は、返答に窮してしまう。互いに初対面の二人に、相手の持ち物の中で役に立つものをそれぞれ要求させてみるといい。そうすると、二人は平等な請求権があると感じる。二人とも感受性豊かな人であり、快楽と苦しみは同じような影響を与える。

＊　＊　＊　＊　＊

第二章

習慣や狂信に対する陳腐な反対意見について論じることは、簡潔な論証の妨げとなり、この小論が取り扱う範疇のことではない。しかし、論ずべきことが二つある。一つはあらゆる政治的誤りの根底にあるもの、次に宗教的誤りに関する多くの原因と結果である。これらを論駁することは有益だと思われる。

最初に探究すべきことは、[「なぜ人は善意に満ち正しくあらねばならないのか。」この答は前の章で示している。]

なぜ人間は人類の幸福を促進しなければならないのか。この探究にこだわれば、道徳的行動に数学的または形而上学的根拠を求めることになる。この懐疑主義は、数学的または形而上学的事実に道徳的根拠を求めることより明らかに不合理であるが、どちらも現実として生じている。一つの円の半径はどこも同じ長さであることや、人間の行動は必ず動機により決定されることを認めない人がいて、こうした半径や行動が必ず最大の善をもたらすと証明できたら認めてやると言ったとすれば、理性を欠いたこの人の気紛れな考え方に誰もが驚くことになるだろう。

——

私が思うのに、人間の知性が進歩した今の時代では、哲学論文を書く人がこのような論客を相手にする必要はなくなっている。もしそのような人がいたら、様々な時代や国において宗教という名で人類の間に広がった、道徳に関する曖昧な意見に基づく様々な体系の一つは支持するが、その宗派の教令には従わないと言い張るであろう。さらに、このような論客が言い張るように、ある行動の結果が永遠の責め苦であったり幸福であったりすると、どの行動が正しくてどの行動が間違っているかを知る基準が到底持てないことになる。たとえ偽りの啓示によって、そんなことはあり得ないが、すべての行動の一覧を授かったとしても無理である。ある行動が徳高いか邪悪かは、道徳的行動をとった人がそれぞれ得をしたか損をしたかを検討して決めるものではない。確かに、あえてその行動をとることでその人に降りかかる個人的災難が大きければ大きいほど徳高いものになることはある。善であるか悪であるかは、その行動が感情を持つ人間に大きな喜びをもたらすか苦しみをもたらすかによるもので、単にその行動の結果本人に利益があったか損害があったかによって決まるものではない。さらに、美徳は行動の結果よりむしろ動機にある限り、こうした考え方は美徳の純粋性を汚すことになる。地獄で永遠の苦しみを受けたくないので人類の幸せのために骨を折る人は、その人の動機に美徳という名を付けることは難しい。なぜなら、そのような原則で行動した場合、普通の自然な結果として、天国で楽しむためであれば、人々を拷問にかけ、投獄し、生きたまま火あぶりにすることも厭わないからである。

私の隣人が権力を笠に着て、私に向かってあれをしろ、これはするなと命令し、従わない場合は、力の及ぶ限り身勝手な罰を与えようとする。彼の脅しによって私の行動が左右されるようなら、私の行動は美徳とは程遠いものになる。彼は正しい行動と間違った行動との判断基準を示していない。王、あるいは議会が、ある特定の行動に刑罰を科す旨の声明を出すことがある、［しかし、そうした刑罰が科されたからといって、その行動が不道徳であるとは言えない］。美徳という言葉は勝手に悪だと決めつけられた行動を慎むことを意味するのではない。これは何よりも明白である。ある行動それ自体が有益である場合、美徳とはそれを実行することではなく、実行することで自分に降りかかる結果にひるむことなく立ち向かうことである。

超自然的エネルギーを強引に手に入れた者は、地球全体を支配下に置こうとする。そのような者は、実に恐ろしい苦痛を伴う刑罰を科すために、前代未聞の新しい手段を手に入れるかもしれない。犠牲者たちの苦痛は甚だしく、永遠に続くかもしれない。だが、その「立法者の意志」が正しい行動と間違った行動に関する明白な判断基準となるわけではない。暴政の道具になることを拒む人々が、美徳を示す機会を増やすことになるだけである。

II　道徳哲学は人々の類似点ではなく相違点を考察することにある

……この状態が幸福であるか悲惨であるか。様々な行動が本質的に善であるとか悪であるとかの修正をもたらすものは――行動の源である精神の構造に由来する内的影響力である。

こうした区別の重要性を理解するために、想像力を使って、ある都市の出来事を見てみたい。そこに住む多くの人のことを思い浮かべ、それぞれの階級に属する人たちの行動に思いを巡らせてみよう。見ている限り人々の行動は明らかに画一的である。人間社会の安定は、構成員が自分自身についても他人についても画一的な行動をとることで、十分に維持されるようである。労働者は、一定の時刻に起きて、課された仕事に取り組む。政府や法曹界の役人はそれぞれの役所や法廷できちんと仕事をこなす。商人は商売に必要な一連の行動をとり続け、逸脱することはない。聖職者たちは使い慣れた言葉を用い、慎み深く穏やかな配慮を怠らない。軍隊は前へと進み、どの兵士も予定通りに行動する。将軍は命令を下し、その言葉は各軍隊へ次々と伝えられる。男たちの家庭での行動は、たいていの場合、見ただけでは他の場所での行動と区別がつかない。結婚、教育、友情など一般的名称で分類される行動は、絶え間なく続き、表面的にはどれも同じように見える。

しかし、もし物事の真実を見たいのならば、欺瞞に満ちた画一的な外観を剥ぎ取らなければならない。実際、それぞれの行動をじっくり観察すれば、一つとして他のものと本質的に類似したものはない。私たちが考察している巨大な集団を構成する各個人はそれぞれ固有の精神構造を持っている。人々の行動の大まかな特徴だけ見れば似ているように思えるが、各個人の顔立ちの細かなところまで観察すれば、それぞれ独特の色合いを持っていることが分かる。従って、全体として見れば、ある人の人生は他の人と似ているが、細かなところまで見ると、かなり違ってくる。そして、行動をさらに細分化すると、すなわち、他人や自分の幸福に決定的な影響を及ぼす種類の行動となると、次第に他の人との行動の違いが鮮明になってくる。

――「これらささやかな、名もなき、記憶に留められることもない親切と愛の行動」[8]

こうした行動は、目つきや言葉によるひどい侮辱、または稀であるが、顔にほとんど感情を表さないでひどい侮辱を加える行動と同様に、習慣的な行動より心のうち深くにある根源から生じる。既に述べたように、習慣的な行動は外的な根源から生じる。どちらの行動も今ある人生の姿を形成するとともに、すべての善悪の源ともなり、人生の表面を万遍なく覆っている。些細なことと言われるが、こうした行動の重要性を評価できない人たちが、無知の程度に応じてそう思うだけである。それぞれの行動の特徴がもたらす一般的な効果を正しく理解すること、そして、それぞれの行動が状況に応じてもたらす傾向について正しい知識を身につける習慣を養うこと、それが道徳哲学のもっとも重要な部分である。[9]この広大で数多い洞窟の最深部を、私たちは訪れる必要がある。

　人間が社会的であるか個人的であるかによって生じる違いがある。社会的か個人的かの区別が明確にできるとは考えられないし、他の人と比べてある人の特徴になっているとも言えない。むしろ、この区別はある程度すべての人が共有する二種類の力の働きを示している。実際、その力はすべての人に影響を及ぼし、いわば人間存在の表面に作用して、各人の振る舞いに明確な外観を与えるものである。すべての表面的な振る舞いは、人類の過去の感情を一般的に代表するもので構成された立法府[10]に従っている——政府や宗教や家庭の習慣に見られるように、様々な理由のせいでこの立法府は不完全なものである。口では従っていないと言う人も、実際には同じ権力に従っている。人々の振る舞いの外見的な特徴は、風の流れから雲が逃れられないように、この立法府の影響力から逃れられないことにある。自分の意見は偏見や俗悪性に染まらないように冷静にまとめたものだと思っている人も、よく調べてみると、その人が激しく反対した慣習そのものから必然的に生まれた異論にすぎないと分かったりする。心の中ではすべてのものが別の動き方をする。［それぞれの動きの］有効性、本質、活発さは、外的な要因とは全く関係ないもので特徴づけられている。ちょうど植物が、育てられた土のせいで大きさや形が違ったり、病気になったり、歪んだり、大きくなりすぎたりすることがあっても、他の植物とは全く異なる特徴を持ち続けるのと同じである。どんな土地に育っても、ドクニンジンは有害であり続け、スミレはその香りを出し続ける。

私たちは自分自身の性質をあまりに表面的にしか見ていない。他人と似ているところしか見ていない、そして、その類似したものが道徳的知識の材料であると思っている。実際には、違ったものの中にその材料はある。

原注

一　タキトゥス参照。

来世について

白石治恵訳

我々が死――感覚的知的機能のすべてが明らかに停止すること――を迎えた後も生き続けると、いつの時代でもまたどこの国でも大多数の人々が信じてきた。哲学者の中には存在の種があると主張する者がいる。それは生き物の体の各部分を構成要素にまで分解し、それ以上小さくなり得ないほど小さな分子にしたものである。しかし人類は誰もこの考えに満足しなかった。彼らは次のような考えに固執してきた。精神と物質に関するいくつかの名称を用いて、感覚や思考を死の対象から切り離し、その性質上、分解や腐敗をこうむりにくいものと見なした。肉体は分解して元素になるが、その肉体を動かす本源は永遠に変わらず残るという考え方である。その一方で、別の哲学者たちや、自然科学の領域で誠に素晴らしい発見をもたらした人々は、知性は物質の分子内のある組み合わせの結果にすぎないと考える。この考え方の人の中で、死後も生きると信じる人は、超自然の力の介在に頼ろうとする。超自然の力によって、すべての物質は本来の組み合わせを超えて、一旦バラバラになった後、他のものに吸収されると考える。

この二つの考え方へ至る議論の道筋をたどりながら、極めて重大な問題について我々がどう考えるべきか探ってみよう。議論の的となっている信念を生み出した理念や感情を分析し、注意深く言葉と思想の区別をはっきりさせよう。経験と事実に照らし合わせてこの問題について考えてみよう。人間の本質を隅々まで検討し、我々の構成要素についての正しく幅広い見解からどのような光がもたらされるか、自らに問うてみよう。そうすれば確信を持って、死後も我々は生きるか生きないか、言えるようになるだろう。

この主題を精査するにあたって、人間の常識にこびりついているすべての付属物を取り除く必要がある。神というものの存在、来世における報酬と懲罰は、この主題とは異質なものである。もし世界が聖なる力に支配されていると証明されたとしても、そこから来世に有利になるような推論が必ずしも導き出せるわけではない。実際、善と正義は神の属性とみなされてきたので、神は間違いなく、生前悩みわずらった高潔な者には報いを授け、傷つきやすい者は皆懲罰に値しないので永遠の幸福を授けるだろうと主張されてきた。しかし、このような見解は、退屈であるし発展させて公表するほどでもない。誰も納得させられないし、我々が今、解こうとしている結び目を切ってしまうだけである。さらに、宇宙の進行を統制する神秘的な原理に知性も感受性もないと証明されたところで、同時に次のように考えても矛盾はない。超自然的介入者とは無関係な法則により、肉体と最初に結びつき生気を与えた力は肉体が死んでも生き残るのだと。また、来世の存在が明確に証明されたところで、来世が報酬であったり懲罰であったりするとは限らない。

死という言葉によって我々は、自分たちに似たものがかつての状態ではなくなることを表現する。死んだ者は話すことも動くこともない。彼らが感覚や理解力を持っていたとしても、もはや我々と共に暮らすことはできない。人体の外部の器官や内部の繊細な組織、それらがなければ生きることも考えることもできないと我々が見なすものが、死者の場合散り散りバラバラになっている。死体は地下に埋められ、ある期間を過ぎれば原形さえ留めなくなる。このことを考えると本当に憂鬱になり、その影が世界を暗くする。普通の人は死体を見ると打ちのめされ、落ち込む。死者が生存を止めたことは墓を見れば分かるはずなのに、普通の人は虚しくそれに逆らおうとする。足元の死骸は己の運命の予言である。先に死んでしまった人の、やさしい声音、ほんのり暖かい灯火のような感触の手、行く手を指し示してくれる姿、これらに再び出会うことはない。感覚の器官は破壊され、それらに依存する知性の働きも、その源と共に消滅したのである。どうして死体が見たり感じたりできるのか。その目は蝕まれ、心臓は黒くなり動かない。腐肉と砕けた骨から成る二つのかたまりが、どのような交わりを持つことができるのか。しおれた花に鮮やかな色がとどまるのを、壊れた琴から音楽が流れ出るのを見つけられたら、死に生を探せばよい。死を見て不安にかられ、怖れながらこのように考えるのが、普通の人である。しかしながら、一般の宗教はこの考えを人が胸のうちで認めることを往々にして禁じている。

死という出来事によってすべての人が等しく抱く感情に加えて、自然科学者は、感情と思考の消滅が死と共に起ると、確信を持って見ている。精神力は体力の増減と共に変化し、身体のちょっとした変化にも反応することを、自然科学者は知っている。眠りは生命と知性の本源となる機能の多くを一時的に停止させる。酩酊と病気[1]は一時的もしくは永久に多くの機能を狂わせる。狂気と白痴は最も繊細で優れた機能を完全に停止させる。老年になると精神は次第に衰える。精神は身体と共に成長し強くなるのだが、身体と共に衰えてゆく。このことは、身体の器官が死の法則のもとに置かれるや否や、感覚、知覚、認識力も終わりを迎えるという事実に確かな説得力を与える。おそらく我々が思考と呼ぶものは、実在のものではなく、宇宙を構成する無限に変化する塊の部分的な相互関係に過ぎないのである。その関係は、各部分がお互いの位置を変えると存在しなくなるものである。このように、色、音、味、香りは相対的にしか存在しない。しかし、思考は特別な物質であって、生気ある生き物の中で満ち溢れ、生気の源であると考えてみたらどうか。なぜその物質だけ他のものと本質的に異なり、他の物質が逃れられない法則に従わなくてよいことになるのだろうか。確かに思考は他のすべてのものと異なる。ちょうど電気、光、磁力、そして大気や大地を構成するものが、それぞれ異なるように。これらはそれぞれ変化し、朽ちてゆき、別の形へと変異してゆく。しかし光と大地の相違は、生命や思考と火の間に存在する相違と同じである。光と大地は違うことが、どちらかが最初に我々が認知したときの形のままで永遠に存在することの論拠になるわけではない。なぜ生命と火は異質であることが、両者の存在が明らかな終焉を迎えたときに、片方の生存だけが延長される論拠になるのか。火は火としての特性、すなわち光、熱などを明示しなくても存在できるとか、生命の源は、意識や記憶、欲求や動機がなくても存在できると主張することは、ぶざまな言葉の歪曲であり、この議論を受け入れがたいものにする。生命の本源は様々な形のものの配列にあると唱えることは、真偽の証明が不可能な主張である。しかし、生命の本源が本当に配列にあるとしたら、死後も存在できるという希望がすべて消え去ることになる。とにかく、死は人間の希望と恐怖にかかわる問題である。とは言え、知性と生命の本源は、他のすべての既知の物質とは本質的に異なると想定してみよう。つまり、他のすべての物質に見られる類似点を、知性と生命の本源は持っていないと考えてみる。このような譲歩をしたところで、生命の不滅の主張が一体どのように可能になるのだろうか。我々が目にし、もしくは知っているものはすべて消滅し変化する。確かに、生命と思考は他のものと異なっている。だからといって、異なることや違うことが、生命と思考が経験上あり得ないほど長く生き残ると証明する手立てになることはない。生き残ると我々が推測したり想像したりしたいだけのことである。

我々は生まれる前に存在していたのか。この可能性を考えることは困難である。動植物の発生原理によると、周囲にある物をそれと似た物に変える力が作用する。すなわち、物質の基本的な各部分の関係は、変化して新しい結合を行うことにある。というのは、我々が〈本源〉、〈力〉、

〈原因〉などの言葉を使うとき、実際に存在するものを表現しているわけではなく、ただこれらの用語の下に一連のよく似た現象を分類しているだけである。しかし、この本源は化学者や解剖学者には観察不可能な実体を持っていると想定してみよう。確かにそういう想定もあり得る。とは言え、その考え方も可能だからといって、真実の証明になると言うのは、まったく論理的でない。本源は、感覚を生み出す器官と結びつく前に、見たり聞いたり感じたりできるのだろうか。感覚だけが伝えることのできる観念を用いることなく、本源が論理的に考え、想像し、理解することができるのだろうか。我々がこの世に誕生する前に存在していなかったとしたら、つまり、思考と生命が依存する我々の体の各部分が造られたと思われる時期に、思考と生命も造られたとしたら、要するに、我々の存在が明らかに開始する以前に我々が存在していたと考える理由が見つからなかったら、我々の存在が明らかに消えた後にも存在し続けると考える根拠もなくなる。思考と生命に関する限り、生前と同じように死後も、我々には同じことが起こるのである。

現在の我々には全く思いつかない方法で、人間が存在し続ける可能性があると言われている。これはまったく非合理的な憶測である。人間は存在し続けないことを、霊魂消滅説の信奉者に証明させればよいし、霊魂不滅説を裏付ける主張などもまったくない。この問題は、人間悟性が経験から判断できる範囲を超えている。誰も知らないことに関して仮説を立てて、矛盾しない程度に辻褄が合っていれば、反論を抑え込むことは簡単である。放縦な想像の世界で考えたことでも、勝ち誇って起こり得ると擁護できるようになる。こうした仮説は既知の自然法則に矛盾したり、経験の限界を超えていたりするので、検証すればその虚偽や不適切性がすぐに明らかになる。それで十分である。このような仮説は説得されたいと望む人だけを説得すればいい。

永遠に今の自分のままでありたいという願い、つまり、未経験の激しい変化を受けたくない気持ちは、宇宙の生物、無生物すべての組み合わせに共通しており、実際、来世にまつわる様々な意見を生み出す秘密の信念である。

文芸の復興について

甲元洋子訳

西暦一五世紀に新たに起こった驚くべき大事件[1]がヨーロッパを奮い立たせて、無気力状態から脱却させ、現在の卓越へと通じる道を整えた。一三世紀のダンテの作品や一四世紀のペトラルカ[2]の作品は、名声の丘を登ろうとして行き暮れた旅人たちにとって、行き先を照らす文芸知識という名の輝かしいランプであった。しかし、コンスタンチノープル陥落[3]の時に新しい光が突如として現れた。無知の黒雲は遠くへ去り、学識ある僧侶たちが荒廃した町から学識の宝庫たる写本を大量に携えて、ヨーロッパに押し寄せた。トルコ人たちはコンスタンチノープルに住み着いたが、ギリシャ人の邪悪な習慣以外は何も取り入れなかった。彼らはギリシャの古い学問の遺物をことごとく無視した。しかし、その遺物は異教の哲学やキリスト教哲学と無秩序に交わって、様々なものが取り除かれ変質していた。それでもヨーロッパの手に渡ると、徐々に世界中に知識の光を拡げる輝きがあることが証明された。

イタリア、フランス、そしてイングランドには―ドイツは周辺の国々より何世紀も文明化が遅れたままであった―学識ある僧侶たちが押し寄せ修道院も増えた。それまでは迷信が、世俗・超俗の種類を問わず、人に重圧をかけ、動きを鈍らせて地面に縛りつけ、才能が空高く飛翔することを妨げていた。しかし、もともと人間の冒険心とその効果には計り知れないものがある。自然が作り出したものは物質的で触ることができる。私たちはそれらを不完全ながら見通すことができ、多くの場合、確実に自然の働きかけの効果を予測することもできる。その具体性に引き替え、精神は目に見えて実在する手段を用いずに世界を支配している。いつ生まれたか分からない。その働きや影響を知覚することもできない。そして、精神は永遠に存在しているように思える。このことを考えてみれば、思いやりがあり哲学に通じた精神の持ち主にとって、迷信がどれほど知性の発展を遅らせ、その結果人間の幸福を妨げてきたか考えることほど悲しいことはない。

修道院の僧侶たちは、くだらない馬鹿げた議論ばかりやっていた。彼らは自分たちの宗派の教義を教えることに満足し、せかせかと大学に駆け込んでは、神聖な外見には似つかわしくない辛辣で卑劣なやり方で討論をした。しかし、僧侶というのは、残忍な考えを得意とする頑迷さが思いつく、最も不自然な職業である。彼らの悪行は、数人の高慢で利己的な主教たちが安楽に暮らせるようにと、策略をめぐらせ全世界を隷属させるためであったとすれば、赦免されるのかもしれない。

僧侶が作った学派の討論はほとんどがスコラ哲学者風であった。それは言葉についての議論であり、道徳とは無関係であった。道徳―人間の偉大な手段と目的―が、ある一冊の書物[4]の数百ページにわたって書かれていると彼らは断言する。一方で、その書物は殉教者の臨終の言葉を寄せ集めて世界に押し付けたものにすぎないと考える人もいた。洗練されたスコラ哲学[5]によると、世界はわずかに残っている本当の知恵を喪失する危険があるようだ。唯一僧侶たちの討論で価値あることは、アリストテレス学派の哲学者たちの体系を発展させたことである。最も賢明にして深遠なプラトン、最も思いやりがあり寛容なエピキュロスは完全に無視された。プラトンは、聖なる事柄に関する僧侶特有の考え方の妨げであった。またエピキュロスは、人間には快楽と幸福を得る権利があると主張した。これは、僧侶たちの暗くて惨めな道徳の法典に対し全く逆の魅惑的な論になってしまう。とは言え、聖職者たちも、暇な時間には、禁じられていたエピキュロス崇拝を行って楽しんだ。また、少数の者であらゆる権利を独占し、皆の権利を主張する哲学を冒涜したと言われている。つまり、こういうことである。自然の法則は不変であるにもかかわらず、人間は自然の法則を一度捨て去って、再び迷宮の中でそれを捜し求めて楽しもうとするのである。

快楽は、率直で無邪気に見えるため、ある奇妙な論法によって悪徳と呼ばれる。しかし、人間は（しっかりと必然の鎖に繋がれており、抗いがたく自分の存在の目的を果たそうとするので）、どんな代価を払ってでも快楽を求めようとする。そのためには人間は偽善者にもなれるし、どれほど辛い非難にも立ち向かえる。

ギリシャ文学――人間が生み出した最良のもの――は、ついに復活した。時間による荒廃やゴート人による略奪、そして更にもっと野蛮なトルコ人による略奪を逃れた写本から、私たちはギリシャ文学の形態と様式を知った。アレキサンドリアの図書館の焼失[6]は大変な災難であった。この図書館は、選りぬきのギリシャ人作家の書物を多く蔵していたと言われている。

友情について

甲元洋子訳

［かつて私には一人の友人がいたが、自分ではそのつもりはなかったものの、込み入った様々な事情の為に彼を無視せざるを得なくなってしまった。その彼にこの小論を捧げます。私がこの文を書くことで自分を責めていることに気付いて、私を許してくれないだろうか。］

―――

恋愛や友情の特質についてはほとんど理解されておらず、またこれら二つの感情の違いもほとんど立証されていない。友情―少なくとも、同性のある人物に対する、不純な肉欲が微塵も混じっていない深い愛着を、我々は往往にして恋愛よりも重視する。単に、友情には肉欲という不純物がないと言うだけでは正しくない。友情は、高尚で想像力に富む思考以外はすべて蔑んで拒絶し、男女の場合であれば最後には性的に結ばれる愛の過程も始まることはない。私は、この種の愛着を学校時代に育んだことを覚えている。それはいつの出来事だったか正確な日付は思い出せないが、一一歳か一二歳の頃であったと思う。

このような感情を向けた私の相手は同じ年頃の、際立って寛大で、勇敢で優しい少年であった[1]。人間味あふれる様々な感情が、生まれた時から彼の中で気持ちよく混ざり合っているようだった。彼の態度には優美さと飾り気のなさがあり、言葉にしがたい魅力があった。残念なことに学校を出てから彼に会っていないのだが、昔彼について何か思い違いをして、それが現在の記憶になっているのでなければ、彼は今も周囲の人々にとって誇りであり、誰にも幸福をもたらしているはずである。彼の声はとても優しく魅力的であったので、一言一言が私の心に染みた。また、あまりに哀感に満ちた声なので、聞いているうちに思わず涙が溢れてくることが度々あった。私が初めて友情という神聖な感情を抱いたのは、このような人物に対してであった。母親に手紙を書き、その中でありのままに彼の素晴らしい性質や彼への献身的な思いを長々と説明したことを覚えている。母は私が正気を失っていると思ったらしく、返事をしてくれなかった。休み時間はずっと彼と苔むした柵のそばを行ったり来たりして、少年らしい話をして互いの心を打ち明けあった。いつも互いに好きになった女性のことを語り、恋人への永遠の愛情と、お互いへの永遠の友情を確かめ合ったことを覚えている。自分の友情を非常に美しいものだと考えていたことも思い出す。毎晩、おやすみのキスをしてから、それぞれ眠りについたことも覚えている。

愛について

新名ますみ訳

愛とは何か。生きている者に、生とは何かと聞いてみるがよい。信者に、神とは何かと聞いてみるがよい。

私には他人の内面など分からないし、今話しかけているあなたの心であっても分かりようがない。もちろん外から見るかぎりでは、私の心と似ているところもあるだろう。だがその外面に惑わされて、何かしら相通ずると思って心の奥底を吐露してしまうと、実はその内容は、遠い野蛮な国の言語と同じように全く理解されていないということになってしまうのだ。そのような経験をしているうちに、お互いの溝は広がっていくし、共感もどんどん得難くなるばかりだ。私の心はひ弱で傷つきやすく、そのようなことに耐える力もないのだが、それでもあちらこちらで理解し合えそうな人を探し求めては、はねつけられ失望することを繰り返しているのだ。

それでも君は聞くのか、愛とは何かと。それは、感じたり、恐れたり、望んだりする対象に、どうしようもなく我々を引きつける強い力のことだ。自分の心の中に満たされない空虚を見つけ、心に浮かんだことを分かち合いたいと望んだ時に生じるものだ。我々が理を尽くして話せば、相手も理解してくれるだろう。我々が想像力を働かせれば、想像の結晶が相手の心にも浮かぶだろう。我々が感じれば、相手の心も感じて震え、目の光も一瞬にして燃え上がり、我々の目の光と溶けて一体となる[1]ことだろう。もし片方が無感情な冷たい唇であれば、熱い心の血に震えたぎる相手の唇には応えられないことになる。これが愛なのだ。愛とは、人と人とだけでなく、人と存在するすべてのものとを結びつける絆なのだ。人間はこの世に生まれた瞬間から、自分と似たものを飽くことなく求めていく[2]ところがある。これはおそらく赤ん坊が母親の胸から乳を飲むのと同じで、成長するにつれ更に追い求めていくことになるのだ。[3]知性の中には、理想の自分の姿をおぼろげながらでも見えることがある。それはそっくりそのままの自分ではあるが、非難し蔑むべき部分はなくなっており、人間として考えられる限りの素晴らしく美しいものがすべて備わった理想の原型である。[4]それは外面だけではなく、我々の性質を形作るすべての細かな部分をも映し出したものなのだ。いわば、清らかさと輝かしさだけを映し出す鏡といってよい。苦痛も悲嘆も悪も踏み込めない楽園の周りを回っている、魂の中の魂[5]である。我々にとってすべての感性はここから湧き起こったものであり、その感情が少しでも理想の自分に近づければいいと願うものである。その理想を人の中に探すこと。自分たちの知性を正しく理解してくれる知性に出会うこと。自分の繊細な性質をそっと打ち明ける際にも、共感して理解してくれるような想像力を見いだすこと。二つの優れた竪琴の弦のように、片方の喜ばしい声に合わせて震える琴線を持った心[6]に出会うこと。これらの性質すべてが、理想の自分と同じ形で存在していること。この遥か彼方の理想の状態こそが、愛が目指すものなのである。それに到達するためには、人はかすかな影であっても愛を捕らえなくてはならない。手に入れなくては、愛の支配下にある心は一時の安泰もなくなってしまうのだから。[7]このようなわけで、我々は孤独にあっても、また人に囲まれていながら誰とも心を通じ合えないという惨めな状態であっても、花を愛し、草や水や空を愛すのである。そうすると、相手が単なる春の木の葉の動きであっても、青い空であっても、目に見えないところで自分の心と繋がっているのが分かるのだ。物言わぬ風は雄弁に語り、流れる小川にも川岸の葦のざわめきにも音楽がある。それらは人の魂と思いもよらず響き合うため、心が目覚めて喜びに踊り出したり、眼には自然と静かな涙があふれたりするのだ。それはまるで、愛国の熱情が実を結んだ時や、愛する人があなただけに歌いかけた時のようなものである。スターン[8]が言うには、もし彼が砂漠にあれば、糸杉でもいいから愛するだろうとのことだ。このような愛への渇望や力がなくなったら、人は生ける屍となり、残ったものはかつての自分の抜け殻だけとなるだろうから。

原注

一　この表現は力もなく、比喩ばかりで本当の事を表していない。たいていの言葉はそうだ。役立たずなのだ。

生について

新名ますみ訳

生と世界、つまり我々の存在と我々が感じているものを何と呼ぼうが、それは驚くべきものである。いつも見慣れているせいで、自分たちの存在の素晴らしさが霧の中に隠れてしまっているだけだ。[1]我々は生が次々と移り変わっていくことに驚嘆するのだが、生はそれだけで既に偉大な奇跡である。生と比べれば、帝国の興亡や王朝の衰退や、それに賛同していた意見など何だというのであろう。宗教や政治体制の盛衰が何だというのであろう。我々が住む地球の公転がどうであるとか、地球が何でどう出来ているとか、生に比べれば何でもない。宇宙は我々の地球も含めた惑星や恒星からなっているが、それが何だというのだ。運行も命運も生に比べれば取るに足らないではないか。偉大なる奇跡である生を、我々は敬わない。何故なら敬うにはあまりにも奇跡的であるからだ。とはいえ、親近感のせいであまりに確かであまりに深遠な実像が見えないように遮断されているのは、又いいことなのかも知れない。そうでなければ、我々の感覚はその驚嘆の念に圧倒され呑み込まれてしまうからだ。

実際にこんなことをしたと言うのではない、もしもこんなことがあればという話だが——誰か芸術家が太陽や恒星や惑星の有様を、存在もしないのに頭の中だけで想像し、我々なら夜空を見上げれば見える光景を、言葉や絵画で描き、天文学の言葉で語ることができたら、我々はさぞかし驚嘆することだろう。又は、その芸術家がこの地上の風景を——山や海や川、草や花、様々な形や数の木の葉、夕日や朝日が作り出す彩り、嵐の時や穏やかな時の大気の色合いを——実際には以前存在もしなかったこれらのものをすべて想像できたとしたら、我々は驚嘆するだろうし、「神と詩人以外に創造者と言える者はいない」[2]と言われても、あながち空自慢と馬鹿にできなくなるだろう。だが、こういうことは、実際には大して感心もされない。このようなことに心から感嘆できれば、それは洗練された稀な人ということになる。しかし、大衆というものはそのようなことには構わないものだ。生に対する態度とはそんなものだ。生は一切のものを包含しているというのにである。

生とは何か。様々な考えや感情が、意志と関係があろうとなかろうと沸き上がり、人は言葉を使ってそれを表そうとする。人は誕生するが、それを覚えてはいない。幼児期のことは覚えていても、ところどころである。人は生きていく中で、生とは何かという概念を見失ってしまう。人の存在の神秘を言葉で表そうとして何になるだろう。正しく表現したところで、生について如何に知らぬかを思い知らされてしまう。それだけのことだ。[3]我々は何のために存在しているのか。どこから来たのか。そしてどこへ行くのか。誕生が始まりであり、死が生の終わりなのか。そもそも、誕生と死とは何なのか。

最も純粋な理論だけが、生の概念を導き出せるものである。その概念とは、驚くべきことだが、生の様々な場面が日常的に繰り返される中で消えてしまっただけで、元は我々の中にあったものなのである。それは、いわば、この世のものから色のついた偽りのカーテン[4]を剥ぐ役目をしている。実を言うと、私自身も他の人と同様に、知覚されないものは存在しない[5]という哲学者たちの結論に賛成せざるを得ないのである。

それは我々が思いこんできたことと対立してしまう論であり、長いこと間違った考えを抱いた挙げ句にようやく、この揺るぎない外面的世界が実は「夢を作っているのと同じもので出来ている」[6]と知ることになるのである。精神と物質に関する大衆的な哲学は本当はひどく馬鹿げたものであり、道徳観に致命傷を与え、すべてのものの根源に関して極端な独断主義をとってしまうのだが、私もそれに惑わされて唯物論を信じていたこともあった。この唯物論[7]は、考えの浅い若者には誘惑的である。その論に囚われると、話はしていても、結局何も考えていないことになってしまう。私はその唯物論的な物の見方が不満だった。人というものは高い理想を抱く生き物で、「前後を見極め」[8]、「思考を永遠に馳せることもでき」[9]、無常や死からも決別できる。自分の魂の消滅など考えられず、未来と過去にのみ生き、今の自分ではなく、今までの自分とこれからの自分として生きるのだ。本当にたどり着く所が最後にはどんな所であろうと、人の中には無や死とは対立する精神が存在する。この精神こそ、一切の生と人の在りようなのだ。人間一人一人が、中心であると同時に円周である。[10] つまり、すべてのものが指向する点であり、すべてのものを包み込む線ということだ。このような考えは、唯物論や、精神と物質に関する大衆的な哲学とは並び立たない。両立するとすれば、主知主義[11]の学説だけである。

知的探求心の強い人は難解な書物を読み慣れているから、今更長々と既に承知の事柄を繰り返すのは意味がなかろう。主知主義の学説を最もはっきりと熱心に説明しているものは、ウィリアム・ドラモンド卿の『学問的諸問題』[12]であろうか。このような論文の後では、同じことを他の言葉で語ろうとするのは無駄なことだ。言葉を変えれば、元の力も的確さもなくなってしまうからである。一点一点を調べたり、一語一句にこだわったりすると、書かれているはずの結論に行きつけない推理にはまり、どんなに鋭い知性の持ち主でも、考えがまとまらなくなる。

そのことを認めたところで何が得られるだろうか。それでは新たな真実も生まれないし、人間の隠れた性質やその行動について更なる発見もない。哲学は、その意気は盛んながら、未来を切り拓くにはまだまだすべきことが多く残っている。哲学はこの目的に向かって一歩ずつ歩みを進めていき、誤りとその原因を潰していくのだ。これは政治や倫理の分野でも改革者の義務であるのだが、そうやって後世のために余地を残しておかなくてはいけない。つまり、誤りをなくして、精神に自由を与えるのだ。言葉や記号は思考そのものが作り出した道具なのだから、誤って使われることがなければ、自由に考えることができるようになるというわけである。（ところで、記号というのは、広い意味では記号そのものの意味もあれば、筆者なりの特別の意味もある。後者の場合、身近にあるものはほとんどすべて記号であり、一つの考えのみならず他の様々な考えも導き出すという意味で、自身のみならず他の事物も表すのである。[13]）このように、我々の生涯というのはすべて過ちから学んで成り立っているのである。

子供の頃の感覚を思い出してみよう。世の中のことも、自分のことも、なんと鮮明に強烈に受け止めていたことだろう。今では何の意味も持たないというのに、あの頃は社会生活の様々な場面が重要であった。しかし、このようなことを較べようというのではない。あの頃は、見たり感じたりした事柄と自分とを区別しようとはあまりしていなかった。いわば、すべてが一体となっているようだった。この点では、大人になった今でも子供だと言える人がいる。空想にふけりやすい人は、自分の心が周りの世界に溶け込んでいると感じたり、逆に世界が自分の中に入り込んでいると思ったりする。このような人には境界線などない。このような精神状態は、生を強く鮮烈に感じ取っている最中や、その前後にしか得られない。人は大人になっていくと、この力を普通は失ってしまい、機械的に習慣的に生を見るようになる。[14]だから、人はこう感じたとか考えたとか言うけれども、それも結局は、出来事が何度も起こったためにいろいろと思いや印象が引き出されて、それが合わさって出来上がったものである。[15]

主知主義的な哲学が提示する中で最も高度な生の概念は、知覚するものと知覚されるものが同一のものであるという考えである。つまり、知覚されないものは存在しないということだ。世間では観念と外的な事物という名称で区別されているが、この二種類の考えに実は違いなどほとんどない。[16] 同じ論理で考えると、それぞれ個人の精神が存在することは、今その性質を考えている最中のあなたもそうだが、錯覚にすぎないことになる。〈私〉〈あなた〉〈彼ら〉という言葉は、思考の集合体同士に実際違いがあることを示すための記号ではなく、唯一の精神にも様々な形があるということを単に表しているだけなのである。

ここで誤解しないでいただきたい。このように説いたからといって、今この文を書き考えている私がその唯一の精神であるなどと、とんでもない思い上がりをしているわけではない。私はその精神の一部分にすぎない。〈私〉〈あなた〉〈彼ら〉という言葉は、便宜的な文法上の表現であって、そこには通常付け加えられている特別な、限られた意味は全くない。主知主義の難解な考えを表すのに、適当な語句を見つけるのは容易なことではない。我々は今、言葉が役に立たないというぎりぎりの崖っぷちに立っているのだ。我々の無知という真っ暗な谷底を覗きこんで、めまいを起こしたとしたら、どれほど驚くことだろう。

どんな学説に拠ろうと、〈物事〉の関係は変わらないものである。考えている対象が何であれ、〈物事〉という言葉で理解されるはずだ。つまり、それがどんな考えであれ、それと区別するために他の考えが使われるのであれば。この物事の関係は変わらない。そして、このような素材を使って人間の知識は組み立てられている。[17]

何が生を生み出したのだろう。つまり、どうやって生は創られたのか。媒体となり働きかけたのは生ではないものであろうが、それは何なのか。有史以来、人々は皆この質問に無理にでも答えを捻り出そうとしてきた。その答えというのが「宗教」である。しかし、大衆的な哲学はすべての事物の基となるのは精神であると認めているが、そうでないことは十分に明らかである。[18]精神というのは、経験からその力を知る限りでは、経験に基づかないで論じようというのは全く意味がないことだが、何事も創り出すことはできず、ただ認識するだけである。また、精神が生を生み出した原因だと言われることもある。だが、原因というのは、二種類の観念をお互いに関連づけて捉えようとする思考の状態を表す言葉に過ぎない。[19]もし大衆的哲学がこの重大な質問に対して如何に無力か知りたければ、自分の頭の中で考えがどのように広がっていくかを、冷静に見てみるだけでよい。精神を生み出したものが、つまりは存在自体を生み出したものの原因が、精神そのものと似通っているなどということはあり得ないのである。[20]

解題と訳注（それぞれ翻訳者による）

理神論への反論　ある対話（*A Refutation of Deism*）

制作はおそらく一八一三年頃で、一八一四年に一部の知識人向けに匿名で出版された。ジョン・ロック（John Locke, 1632-1704）からデイヴィッド・ヒューム（David Hume, 1711-76）に至るイギリス経験論哲学者だけでなく、トーマス・ペイン（Tomas Paine, 1737-1809）やドルバック（Paul Henri Thiry d'Holbach, 1723-89）の影響を受けて書かれた。E・B・マレーによると、二人の登場人物の名前、ユーシビーズは「敬虔な」とか「信心深い」、シオソファスは「聡明で神のことをよく知っている」という意味である。この作品は、『無神論の必然性』を出版してオックスフォード大学を放校になった後、父親のティモシー（Timothy Shelley, 1753-1844）や、友人のホッグ（Thomas Jefferson Hogg, 1792-1862）の父親が雇った英国国教会の教区牧師、ジョージ・スタンリー・フェイバー（George Stanley Faber）らとの議論が根底にあると思われる（『シェリー書簡集』第一巻四二、四五、五〇頁参照）。翻訳にはマレー編を用いた。

訳注

1　OED は「神智学的」（Theosophistic）という言葉をけなした意味を込めてはじめて使った例としてこの部分を引用している。パラケルスス（Paracelsus, 1493-1541）やベーメ（Jakob Bohme, 1575-1624）のような作家に見られる自然を錬金術的神秘主義によって神格化したものと、理神論者が自然の観察結果から神の存在や属性を合理的に解釈したものとを、結びつけることがシェリーの意図であった（マレー）。
2 旧約聖書のこと。
3 ここではユーシビーズのようなキリスト教徒もシオソファスのような理神論者も含まれる（マレー）。
4 旧約聖書、「詩篇」六一篇三節、九一篇二節他によくある表現。
5 イエス・キリストのこと。
6 「創世記」一章二七節「神は御自分にかたどって人を創造された」。
7 旧約聖書「ホセア」一章、九章、「エゼキエル」六章、一六章、二三章（クラーク）。
8 モーセのこと（マレー）。
9 「出エジプト記」の二五章十節と、「サムエル記上」の六章八節との融合（マレー）。
10 キケロ（Tullius Marcus Cicero, 106-43 BC）の『神々の本性について』(*De Natura Deorum*, 45 BC) 第三巻　九〇からの引用（マレー）。
11 「マタイによる福音書」一〇章三四節。
12 「マタイによる福音書」七章一七節、一二章三三節。
13 バラモン教において宇宙の最高原理と見なされる概念。
14 「ルカによる福音書」一六章八節参照。
15 一八一一年六月二五日付のエリザベス・ヒッチナー（Elizabeth Hitchner, 1782?-1822）への手紙でも信心深い人は無神論者を怪物と呼ぶと書いている（マレー）。
16 キケロの『神々の本性について』第一巻　五四―五五からの引用（マレー）。
17 セネカ（Lucius Annaeus Seneca, 4 BC-AD 65）の『善行について』(*De Beneficiis*) からの引用（マレー）。

18 ピエール・シモン・ラプラス（Pierre Simon Laplace, 1749-1827）のこと。フランスの数学者、天文学者（マレー）。

19 アイザック・ニュートン（Isaac Newton, 1642-1727）の『プリンキピア（自然哲学の数学的原理）』（*Philosophiae Naturalis Principia Mathematica*, 1687）からの引用（マレー）。

20 ローマの詩人、オウィディウス（Publius Ovidius Naso, 43 BC-AD 17）の『変身譚』（*Metamorphoses*, AD 8）からの引用（マレー）。

21 引用先不明。

22 キケロの『神々の本性について』第一巻八三からの引用（マレー）。

23 ここでは経験主義的理神論者のこと（マレー）。

24 オランダ生まれのユダヤ系哲学者（一六三二―七七）。

死刑に関する試論（"On the Punishment of Death"）

この断片は一八四〇年シェリー夫人によって初めて出版された。執筆の時期は、一八一三年から一八一四年というのがクラークの説である。一八一四年三月一六日、シェリーがホッグに宛てた手紙で、死刑廃止論の嚆矢ともいうべきイタリアのチェザーレ・B・ベッカリーア（Cesare Bonesana Beccaria, 1738-94）の『犯罪と刑罰』（*Tratto dei Delitti e delle Pene*, 1764）を読んでいると書いているからであり、また一八一二年、パンフレット活動で「権利の宣言」の第一九条、「人は同胞を殺す権利を持ち合わせていない」（『飛び立つ鷲』、一一二頁）や「アイルランド人民に告ぐ」（『飛び立つ鷲』、三〇頁）など同様の主張をし始めているからである。P・M・S・ドーソンは一八二〇年の執筆としている。

一八世紀フランス啓蒙思想の死刑廃止運動の主な理由は死刑の濫用であったが、ベッカリーアは完全廃止論者であった。明快な論旨のベッカリーアに対し、シェリーは名声に値するほどの書ではないと一言書き加えるのは、「死刑とは何か」という視点からの考察を含むからであろう。シェリーは、善悪は相対的である、と先ず述べ、相対的善悪の世界で死刑を科することは意味を持たないと論じる。公開処刑の観衆に対しても、犯罪抑止にはならないと、議論を展開していく。大英帝国で全面的に死刑廃止となったのはシェリーの時代から一五〇年以上も後の一九七〇年である。翻訳にはジュリアン版を用いた。

訳注

1 ヒュームの不死、死に関するエッセイにこの一節の要旨が見られる（クラーク）。
2 キリスト教のこと。
3 シェリーは善悪に関して絶対的なものはどんなものもあり得ないと信じていた。善悪は相対的な表現であり、すべてのものの中に混在している。ヒュームも同様なことを言っている。『人間本性論』（*A Treatise of Human Nature*, 1739）の道徳を扱っている第三巻、参照（クラーク）。
4 ここのシェリーの考えは当時の考えと軌を一にしている。ペインの考えと比較のこと（クラーク）。
5 「ルカによる福音書」一三章四節。「また、シロアムの塔が倒れ落ちて死んだあの一八人は、エルサレムに住んでいるだれよりも罪深い人たちとでも、思うのですか。」
6 「ヨハネによる福音書」八章一―一一節。
7 シェリーが生涯抱いていたイエスとキリスト教に対する考えである。一八一二年『聖書抜粋』をトマス・ジェファソンのように編纂する時、自分の聖書の版の編纂には、イエスの教えから神秘と不死を取り去った。一八一二年、二月二七日のヒッチナー宛ての手紙で、シェリーは、「イエスの道徳的教えは神秘と不死から抜粋すると、非常に役に立つだろうとしばしば僕は考えるんだ。これが僕が今頭に入れている小作品なのだ」と書き送っている。

奇跡について（"On Miracles"）

この作品は断片として見つかり、題名はついていなかった。クラークによると制作は一八一三年―一八一五年頃で、シェリーが自分の宗教観を確立しようとしていた時期であった。翻訳にはジュリアン版を用いた。

訳注

1 因果律における不動の動者、当時理神論者たちが考えた神と同義。
2 旧約聖書の「民数記」「ヨシュア記」に登場するイスラエル人の指導者。
3 イスラエル人がカナン諸部族の一つであるアモリ人との戦いで勝利した時、ヨシュアが「日よ　とどまれ」と賛美すると、その通りになった。（「ヨシュア記」十章一二―一三節）
4 「ヨシュア記」一章一―二節。
5 「マルコによる福音書」三章二二節、「マタイによる福音書」二四章四―二六節。

アサッシンたち――物語（断片）（"The Assassins: A Fragment of a Romance"）

「アサッシンたち」は、大部分が一八一四年八月下旬から九月にかけての執筆。*Essays, Letters from Abroad* (1840) において、初めて世に出た。執筆当時シェリーはメアリ (Mary Wollstonecraft Shelley, 1797-1851) とヨーロッパに逃避行中であった。九月以降執筆を中断したが、一八一五年四月八日頃に再開した。結局は、第四章の途中で未完成のままになっている。口述筆記を担当していたメアリも、シェリーが抱いていた最終的な構想は知っていない。

表題となっている「アサッシン」は、歴史的に言えば、一一―一三世紀にペルシア北部を治めていたイスラム教シーア派の中のイスマイル派(ニジール派)のこと。戦いの際は凶暴であり、暗殺を宗教的行為と考える集団であった。シェリーがこの一派の名を、原始キリスト教を遵奉する平和的な集団に使ったことには疑問が残るが、メアリによれば、アサッシンは一一世紀にレバノンの奥地に住んでいたイスラム教徒のことであり、歴史上のアサッシン派とは関係がないことになる。レバノンは当時ラッシード・アッディーン(Rashid ad-Din, ?-1192)の支配下にあり、一派は彼の指導の下に暗殺を繰り返していたため、関連性のない二派を混同することがヨーロッパにおいてはあったと、メアリは説明している。従って、シェリーがその誤解を解いて、本来の平和的なアサッシンの姿を描いたとも考えられるが、第三章から登場する客人の性質を考えると、逆に意図的に混同したという可能性もある(マレー)。客人の影響で、アサッシンたちの平和主義が暴力的・排他的になるという意味においてである。なお、翻訳はマレー編によった。

訳注

1 第一次ユダヤ戦争におけるエルサレム攻囲戦のこと。エルサレム市内には西暦六六年からユダヤ人の反乱軍が籠城していたが、皇帝ティトゥスに率いられたローマ軍によって七〇年に陥落した。その際にエルサレム神殿が破壊されており、その悲劇は多くの絵画や文学のモチーフとなっている。

2 原語では“strangers”。このエルサレム攻囲戦の後、世間から隠遁するアサッシンたちを、先回りして表現しているとも考えられるが、単に市内にいた外国人全般を指している可能性も高い(マレー)。

3 一―三世紀において見られた原始的なキリスト教の一派。シェリーは、グノーシス主義的な性格を付与することで、平和、平等、人類愛、慈愛、正義、好奇心というアサッシン像を作り上げた。

4 グノーシス主義では、理解力と知識をもって救済ができると考えられていた。ウィリアム・ゴドウィン（William Godwin, 1756-1836）の『政治的正義』（*Political Justice*, 1793）では、同じ理解力と知識で美徳が得られることになっている（マレー）。

5　「形而上学について」や「道徳について」でも言及されている。「アサッシンたち」と同じ種類の紙で書かれているので、同じ観念を基に書かれた可能性が高い（マレー）。

6　シェリーは新約聖書「ルカによる福音書」一二章二四節と二七節を混用した上に、間違えて引用している（マレー）。

7　ルーカーヌス（Marcus Annaeus Lucanus, 39-65）は『内乱　パルサリア』（*Bellum Civile Pharsalia*）の中で、内戦によってローマが荒廃するだろうと予想している。シェリーがこの書を読んだ記録は「アサッシンたち」執筆の一年後だが、初めて読んだのではないという記述がある（ホッグに宛てた手紙一八一五年八月）ので、ここはルーカーヌスを想定している可能性がある（マレー）。

8　シェリーの好むイメージである「さまよえるユダヤ人」（“The Wandering Jew”）を最も連想させる描写（マレー）。

9　実在しない地名。「悪魔の家」という意味だと思われる。アサッシンの教義とは矛盾するが、第三章で登場する客人に影響された。アサッシンの行動が純粋無垢から、本来の意味である「暗殺」の方向へ向かう可能性を暗示しているとも考えられる（マレー）。なお、次の個所も参照。*Percy Bysshe Shelley, Zastrozzi and St. Irvyne*, ed. Stephen C. Behrendt (Broadview Press, 2002), 256 n.

10　「アサッシンたち」の執筆は、ヨーロッパ旅行中であったので、この谷の描写は途中のスイスの風景を模していると考えられる（マレー）。

11　霊感の示唆。霊感（inspiration）は神の息吹を吹き込まれるという意味合いがある。

12　「理想美に寄せる詩」（“Hymn to Intellectual Beauty” 1816）一三―一七行目参照（マレー）。

13　『アラスター』（*Alastor*, 1816）の“sweet human love”(430)。主人公の詩人は、人との交わりを拒否し

たために、復讐の女神により死に追いやられた。「キリスト教について」、「道徳について」、「形而上学について」、「愛について」にも、同じような考えが記されている（マレー）。

14　「革命」とは、例えば軍人皇帝時代などに悪政や暗殺などが横行し、短命の皇帝が乱立したことを指していると思われる。この実質的には内乱状態が、ローマ帝国を弱体化させた。

15　人間が精神的には不滅であることを示唆している。『クイーン・マブ』(*Queen Mab*, 1813)、『鎖を解かれたプロメテウス』(*Prometheus Unbound*, 1820) にも類似の考えがある（マレー）。

16　アサッシンたちの感情面での公平性を表す。ホラス・ウォルポール (Horace Walpole, 1717-97) の『オトラントの城』(*The Castle of Otranto*, 1764) を反映している（マレー）。

17　社会と関わることなく、平和に暮らしているアサッシンだが、実は本来の意味である暗殺集団としての素地を持っていることを、この記述は暗示している。

18　この記述があることで、次の章における客人との出逢いが、アサッシンの行動を変えていくことが予想される。

19　アラビア語で「満月」。美しい顔つきを示唆する。ロバート・サウジー (Robert Southey, 1774-1843) の『サラバ』(*Thalaba*, 1801) にこの名前が出てくる（マレー）。

20　この悲惨な怪我の様子は、『ザストロッツィ』(*Zastrozzi*, 1810)、マシュー・ルイス (Matthew Lewis, 1775-1818) の『修道僧』(*The Monk*, 1796) に類似の箇所がある。フラー (Jean Overton Fuller) は、当時メアリが読んでいた『山の老人』(*Le Vieux de la Montagne*) にも、高みから落ちる表現があると指摘している（マレー）。

21　この符号は、当時ゴシック小説における流行で、恐怖や悲哀を表すために使われた。符号が二つ（原文ではピリオドが二つ）であるのは、サウジーの模倣か。サウジーの使用例は、『サラバ』の第十巻や『ケハマの呪い』(*The Curse of Kehama*, 1810) の第一巻にある（マレー）。

22　当時の歴史的なアサッシンの教義に、肉体を形骸と捉え、魂に重きを置くというものがあった。
23　この符号の多用は、男の支離滅裂な性格を表している（マレー）。
24　この独白には、男の遺恨や復讐心、また国家君主を抹殺しようとする暴力主義が読み取れる。彼が客人になることにより、この性質がアサッシンたちに影響を与えていくことが予想できる。
25　シェリー作品に多いアイオロスの風琴の比喩。風琴を窓辺に置いておくと、風の力で自然と奏でられる。シェリーは風と風琴の関係を、霊感と詩人と捉えた。『詩の弁護』（*A Defence of Poetry*, 1821）参照（オックスフォード版　六七五頁）。
26　「不滅」の意味。実際には男性名である（マレー）。
27　メイムナは「幸福な、恵まれた」という意味。アブダラは「神の召使い」という意味。メイムナの名前は、アルベディアと同様サウジーの『サラバ』に登場し、またボアンヴィル夫人（Mme. Boinville）にシェリーがつけた愛称でもあった（マレー）。
28　エデンの園的な描写（マレー）。
29　ピーコック（Thomas Love Peacock, 1785-1856）によると、シェリー自身も紙で作った小舟を池に浮かべて遊ぶのが好きだった。
30　グノーシス主義では、蛇は悪に対抗する善として、人間の理性を表している。それをメイムナが胸に抱くのは象徴的と言える。『レイオンとシスナ』（*Laon and Cythna*, 1817）では、善の象徴としての意味が更に強い（マレー）。少女に抱かれる蛇の姿は、『レイオンとシスナ』第一編二〇で描かれている。

菜食主義について（"On the Vegetable System of Diet"）

制作は一八一四年―一八一五年頃。翻訳にはマレー編を用いた。一八一三年に出版された『自然食の擁護』（"A Vindication of Natural Diet", 1813）の続編のような作品である。心身の健康と病気との関連を説明し、さらにそれが人間社会全体にも影響を及ぼすことを指摘し、肉食をやめて菜食になることの必要性を説いている。シェリーの菜食主義に影響を与えた人物等については、『飛び立つ鷲――シェリー初期散文集』の「自然食の擁護」につけた解題と注の中で解説しているので、参考にしていただきたい。

訳注

1 脳のこと。
2 キケロ『神々の本性について』第一巻五四‐五五からの引用（マレー）。
3 聖母マリアのこと（マレー）。
4 プルタルコス（Plutarchos, 46-125）が書いた『モラリア』（*Moralia*）の中の「肉食について」（"On the Eating of Flesh"）九九七Aを意識している（マレー）。
5 旧約聖書「創世記」に登場するアダムとエバの長男で、弟のアベルを嫉妬から殺したカインのこと。

エリュシオンより（"The Elysian Fields"）

制作は一八一五年か一八一六年頃。翻訳にはマレー編を用いた。ジュリアン版には「ルキアノス風の断片」（'A Lucianic Fragment'）という副題がついていて、ギリシャの諷刺作家ルキアノス（Lukianos, ca. 120-ca. 180））の作品の模倣であるとしている。この作品の語り手はシャーロット王女に語りかけているとマレーは解釈し、クラークは摂政ジョージ（George IV, 1762-1830, King of England from1820 to 1830）に語りかけていると解釈する。

訳注

1　題名からは楽園のようなところであるべきだが、地下の死者の国のようである。

2　Frederick the Great（1712-86, king of Prussia from 1740 to 1786）。啓蒙専制君主の典型と言われ、フランスの啓蒙思想家のヴォルテール（François-Marie Arouet, 1694-1778）と文通していた。

3　Felipe II（1527-98, King of Spain from 1556-98）。「太陽の沈まぬ帝国」と呼ばれた時代の国王であるが、イギリスに無敵艦隊を派遣し敗れた。

4　Pisistratus（600?-527BC）アテネの専制君主。一度国外追放されたが、戻ってきてから死ぬまで専制政治を行った。息子の一人は暗殺され、もう一人は国外追放された。

5　Tarquin（535-495BC）古代ローマ第七代目で、最後の伝説的な王。

英国連合王国全域の選挙改正実施案（*A Proposal for Putting Reform to the Vote throughout the Kingdom*）

このパンフレットは一八一七年二月に執筆され、三月に五〇〇部「マーローの隠者」と匿名で出版されている。マーローはバッキンガム州にあるロンドンから西に直線で二一マイルのところにある村で、メアリと結婚したシェリーは多くの作品をここで書いている。このパンフレットは、マーローに来る前に書き上げており、シェリーは出版者オリアーに「このパンフレットの宣伝にはお金の糸目をつけないでやってほしい」と書き送るほどの気の入れようで、この「実施案」でもシェリーは年収の一割を賛同するものには出して構わないという。

執筆の背景は、シェリーが「代表者を議会に送れない悲惨」（「アイルランド人民に告ぐ」、『飛び立つ鷲』六九頁）、「政治体制とそれに伴う諸悪が人々の不満の種」（「博愛主義者協会設立の提言」、前掲書九四頁）と述べているように民意が反映できない政治体制への不満であり、議会へ民衆を送る提案である。

シェリーがこのパンフレットを出す五〇年以上も前に同様の普通選挙、毎年改選案は議会に提案されていたが、実ってはいなかった。一八一七年二月の執筆時期はまさにフランスとの戦争終結（一八一五年）後、民衆は選挙改正、生きるためのパンを求め抗議が行われた。一八一六年一一月、一二月のスパー・フィールズ（ロンドン）の民衆の暴動で、一人が一七年春、公開処刑された。ちょうど同じ時期、一七年一月、二月は、マンチェスターでサムエル・ドラモンドら急進派による三月のロンドンに向けての抗議行進が企画されていた時である。このパンフレットが出版された時は、毛布をもった六〜七〇〇名の労働者たちがロンドンに向かって小雨の中を行進した時であった。シェリーの文に「ロンドンに行くことができる者は行き……」と言及されている。このパンフレット執筆直後の『レイオンとシスナ』で、シェリーはフランス革命の「美しき理想」が主題とされ、隷属の民の解放、圧政者の無血排除、宗教の欺瞞の暴露などを書いているが、一八三二年の選挙法の改正を見ないで、シェリーは一八二二年逝った。翻訳にはマレー編を用いた。

訳注

1　一八一七年一月、二月マンチェスター、ピーター・フィールドでジョン・バギュリィ、サムエル・ドラモンドの二人の急進派が「ブランケティアズの行進」を企画し、三月初旬小雨の中を六〇〇〜七〇〇名の労働者がロンドンに行進した。警官に途中で、追い払われたり、逮捕されたりして、ロンドンに辿りついたのは、わずかにアベル・コウルドウェル一人で、この人物が請願書を提出した。

2　これを書いたときの妻はメアリである。一八一六年一二月に結婚した。シェリーの最初の妻、ハリエット・シェリー（Harriet Shelley, 1795-1816）が一二月十日に自殺したため、駆け落ちしていたメアリとの結婚（一二月三〇日）が法廷で認められたが、ハリエットとの子供たち、アイアンシー（Ianthe, 1813-76）とチャールズ（Charles, 1814-1826）は養父母に預けられた。メアリとの間には結婚前に生まれたウィリアム（William, 1816-19）がいる。またその前の女児（一八一五年二月二二日―三月六日）が生まれているが、すぐ亡くなっている。

3　一七八〇年にリッチモンド公爵が、普通選挙、毎年の選挙改正案を議会に提出。以後、ウィリアム・ピット（William Pitt, 1759-1806）は、八二、八三年、八五年と同じ法案を提出する。毎年の改選というのは、賄賂、威嚇などのチェックが効くというからである。また、毎年行われる議員の選挙は、トーマス・ペインの『コモン・センス』（*Common Sense*, 1776）にも述べられている（六二頁）。これはまたチャーチスト運動（一八三八―四八年）の目標の一つである腐敗選挙の防止のためとして掲げられたが、この項目だけは実現を見ていない。なお、チャーチスト運動の他に五つの目標は次の通り。二一歳以上の成人の一般選挙。匿名選挙。貧富関係なく選挙区の平等。議員の報酬。議員に財産資格を設けない。

4　William Cobbett（1763-1835）急進的政治家、文筆家、編集者。一八〇三年に週刊新聞『ポリティカル・レジスター』（*Political Register*）を発行、労働者も購入できる安価に販売。シェリーはコベットの『ポリティカル・レジスター』の愛読者であった。

5　John Cartwright（1740-1824）政治改革者。アメリカ独立の支持者で海軍少佐。

6　『コモン・センス』、『人間の権利』（*Rights of Man*, 1791）など、フランス革命によって影響を受けたアメリカ独立の支柱となった人物。

7　「改革に関する哲学的考察」（"A Philosophical View of Reform", 1819）の第三番目の論点に、同様な意見が書かれている。

改革に関する考察（断片）（"Two Fragments on Reform"）

執筆時期は、マレー編によれば一八一七年。「改革に関する哲学的考察」との関連が考えられる。前半のAの断片が初出版されたのは、Dr. Garnett による *Relics of Shelley* であり、その時はタイトルがついていなかった。その後 Forman によって "Fragment on Reform" という題がつけられて再出版されている。後半のBの断片には、"Fragment on Reform" というタイトルで書かれたことが窺われ、その手書き原稿は Sir John Shelley-Rolls のコレクションに含まれていた。このBの断片に関しては、ジュリアン版で初めて出版された。なお、マレー編ではBの部分は後に書かれたとして省いているため、翻訳はクラーク編によった。P・M・S・ドーソンはAの断片は一八二〇年に、Bの断片は一八一七年に執筆されたと見ている。

『フランケンシュタインあるいは現代のプロメテウス』の序文（"Preface to *Frankenstein; or, The Modern Prometheus*"）

『フランケンシュタイン』（*Frankenstein; or, The Modern Prometheus*, 1818）はメアリ・シェリーの作品であるが、この序文はシェリーがメアリの立場で書いている。そのことをメアリは一八三一年版の前書きの中で明らかにしている。制作は一八一七年五月。翻訳にはマレー編を用いた。

訳注

1　エラズマス・ダーウィン（Erasmus Darwin, 1731-1802）のこと。医師、詩人、自然哲学者で、チャールズ・ダーウィン（Charles Darwin, 1809-82）の祖父。チャールズは『種の起源』（*On the Origin of*

Species, 1859）において進化の理論を確立し、自然界の多様性を説明したが、エラズマスの方が先に進化という概念を生物界に持ち込んだ。シェリーの『クイーン・マブ』はエラズマスの『植物園―二部からなる詩』（*The Botanic Garden; A Poem, in Two Parts*, 1791）の影響を強く受けて書かれた。

2　最高の快楽とは、悲劇における快感、あるいは愛、友情、自然をめでる法悦、詩歌の享受、創作の喚起などの純粋な快感である。これらの快楽を生むのは詩人であり、詩人哲学者であると、シェリーは『詩の弁護』の中で述べている。

3　フランス語版の『ファンタズマゴリアナ』（*Fantasmagoriana*, 1812）のこと（マレー）。

4　パーシー・シェリーとバイロン（George Gordon Byron, 1788-1824）を指すと思われる。ただ、最終的に物語を書いたのは、メアリとポリドリ（John William Polidori, 1795-1821）であった。ポリドリは『バンパイア』（*The Vampire*, 1819）を出版した。

5　バイロンとパーシー・シェリーのこと。

フランス、スイス、ドイツ、オランダの一地域をめぐる六週間の旅行記（"History of a Six Weeks' Tour through a part of France, Switzerland, Germany, and Holland"）

翻訳にはマレー編を用いた。ここに訳出したのは、正式名称を『フランス、スイス、ドイツ、オランダの一地域をめぐる六週間の旅行記　ジュネーヴ湖周航とシャモニーの氷河を描写した書簡付き』（*History of a Six Weeks' Tour through a part of France, Switzerland, Germany, and Holland with Letters Descriptive of a Sail round the Lake of Geneva, and of the Glaciers of Chamouni*）とする旅行記の一部である。

旅行記全体の構成は、紀行「六週間の旅行記」、ジュネーヴとシャモニーからの手紙四編、詩「モンブラン」の三部からなり、冒頭にパーシー・シェリーの書いた序文が置かれている。この内、紀行「六週間の旅行記」は、一八一四年の大陸駆落ち旅行から始まる二人のシェリーの共同日記を元に、旅行に同行したメアリの義妹クレア・クレアモント（Claire Clairmont, 1798-1879）の日記も一部取り入れられている。一方ジュネーヴとシャモニーからの四編の手紙と詩「モンブラン」（'Mont Blanc', 1816）は、一八一六年ジュネーヴでバイロンと合流した二度目の旅行が元になっている。

一八一七年九月二八日メアリはシェリーに宛てた手紙で、共同日記を元に旅行記出版の意欲を伝えている。一八一七年夏から秋にかけて『フランケンシュタイン』の校正と前後して「六週間の旅行記」の編集が進められ（八月に日記を改稿、十月に書簡を改稿）、一一月に作者を伏せて出版された。シェリーの一二月一六日の手紙は「二つの書簡はSと署名されたものは自分が、Mと署名されたもう二つの書簡と日記はシェリー夫人が書いた」と記している（日記とは「六週間の旅行記」）。

現在「旅行記」は、シェリーとメアリの著作集にそれぞれ収められており、ふたりの果たした役割をめぐっては編者に温度差がある。シェリーの著作集編者マレーは、意見の一致には至っていないとしながらも、すべてを考慮すれば、これまでシェリーの作品として刊行され続けていることが、彼の作品である何よりの証拠であると言う。ただし一八三九年十月五日（？）のリー・ハント（Leigh Hunt, 1784-1859）宛の手紙で、メアリは、「シェリーが印刷および校正をした」が、その一方で「自分が書いた」ものゆえに、夫の作品として出すべきかどうか決めかねていたという但し書きを添えている（マレー　四三二）。またマレーは、一八四〇年再出版した時、『アシーニアム』（*Athenaeum*）は、「何も興味を引くことが語られていないし、詩人ではなく、現在の編者（メアリ）が書いたものなので」、すっかり省くことも出来たかもしれないと評した（一八三九年一二月一四日付）と、メアリの編集を裏付ける傍証を挙げている（マレー　四三四）。

一方メアリの「旅行記」の編者モスカルは、それぞれのシェリーがある意味で編者の働きをしていると し、慎重に言うならば共著であるが、「六週間の旅行記」編集ではメアリが特権的立場にあったようだと述べている。「六週間の旅行記」の八五〇〇語余のうち、およそ一一五〇語はシェリーの日記の記述から選ばれ、逐語的に再現、あるいは言い換えに近い形で手を加えられた。すべてではないとしても、「崇高な」描写の大半の説明がそれでつく。彼女自身の日記の記述の場合、削除、詳述、完全な書き換えによって、一八一七年の作品に仕立て上げ、もとの言葉使いはほぼ何も残っていない。「六週間の旅行記」には、一八一四年の日記に対応する部分がない文章が多いが、それらは一八一七年前半の『フランケンシュタイン』草稿から削除された素材を再加工したものである（とりわけオランダ旅行）（モスカル 二一―三三）。過不足ないモスカルの説明に加えるとすれば、「旅行記」中の、ウルストンクラフト（Mary Wollstonecraft, 1759-1797）やモンタギュ夫人（Lady Mary Wortley Montagu, 1689-1762）といった先輩女性旅行記作者への言及から、当時、作家修行中であったメアリの「旅行記」編集と出版に寄せる意欲のほどが伺えることである。

訳注

序

1 「気ままな（desultory）旅の記録」は、メアリ・ウルストンクラフトの北欧旅行記（通称『北欧便り』）、正式名『スウェーデン、ノルウェイ、デンマーク短期滞在中の手紙』（*Letters Written during a Short Residence in Sweden, Norway, and Denmark*, 1796）の「とりとめのない手紙」（desultory letters）を想起させる。ウルストンクラフトは、メアリ・シェリーの母親、近代フェミニズムのパイオニア、『女性の権利の擁護』（*A Vindication of the Rights of Woman*, 1792）等の著作で知られる。『北欧便り』は、シェリー、メアリ、クレア一行の愛読書で、一八一四年の大陸駆落ち旅行に携えていき、朗読を楽しんだ（『クレアの日記』一八一四年八月三〇日、三一日、九月一日）。

2 シェリーは「二つの書簡はSと署名されたものは自分が、Mと署名されたもう二つの書簡と日記はシエリー夫人が書いた」（一八一七年一二月一六日トマス・ムア宛の手紙）と記している。

3　「旅行記」は匿名で出版されたが、筆者とはメアリをさす。序文を書いたのは夫パーシーである。「旅行記」と前後して校正が進められた『フランケンシュタイン』の序もシェリーが書き、一八三一年版でメアリが新たな序を書いた。

4　妹＝クレアは、ゴドウィンの二番目の妻の連れ子で、メアリと血縁関係はない。メアリが一八一四年版の「妹」を一八三九年版では、「友人」に改めた。シェリーは一八一四年駈落ち旅行の時は、まだ夫ではなかったが、一八一六年一二月十日彼の妻ハリエットが自殺した年の暮れにふたりは結婚し、「旅行記」を編集した一八一七年には夫となっていた。

5　従来はシェリーとされていたが、モスカルはバイロンとみる。バイロンは『チャイルド・ハロルドの巡礼』(*Childe Harold's Pilgrimage*, 1812) 第一巻、第二巻で一朝にして名声を得るが、異母姉との関係がスキャンダルとなり英国を後にした一八一六年夏、シェリーたちと合流。その年五月ライン川を航行し、夏にライン川の描写（四六—六一連）を含む『チャイルド・ハロルドの巡礼』第三巻を完成させた。

6　ジュネーヴ湖畔に建つ中世の城。一六世紀、宗教改革者ボニヴァール (François Bonivard, 1494?-1570) が、ジュネーヴ独立のため支配者に抗して幽閉された地下牢がある。シェリーとジュネーヴ湖周航の途上ここを訪れたバイロンは、彼をしのんで『ションの囚人』(*The Prisoner of Chillon*, 1816) を書いた。

7　メイユリは、ルソー (Jean-Jacques Rousseau, 1712-78) の書簡体小説『新エロイーズ』(*Julie, ou la Nouvelle Héloïse*, 1761) のジュリとサン＝プルーの愛の思い出と試練の地。一八一六年夏シェリーとバイロンは湖周航の途上、小説ゆかりのメイユリ、クララン、ヴヴェイを訪れルソーをしのんだ。バイロンは、『チャイルド・ハロルドの巡礼』第三巻九九—一〇四連でクラランを歌った。『新エロイーズ』は、バイロンやシェリーのみならず、ジュリ詣に読者を誘う人気ぶりだった。

8　モンブラン麓の町。ここを起点に一七八六年初登頂がなされた。一八一六年シェリー、メアリ、クレアはここを訪れ、シェリーは「モンブラン」を、メアリは『フランケンシュタイン』を着想し、クライマックスの舞台として用いた。

9　「モンブラン」は当初「旅行記」巻末に収めて出版されたが、一八三九年改訂版では省かれた。

六週間の旅行記

1　フランスの海岸に最も近い港町。ここから、カレーへ船で渡る。シェリー一行が旅行した当時は、風が頼りの帆船だったが、それから数年後には蒸気船が運行するようになった。

2　ヨーロッパで海水浴が保養や娯楽として一般に普及するのは一八世紀後半から一九世紀にかけて、当時ドーヴァーには bathing machine が備えられていたが、メアリがどのように海水浴をしたのかは不明。

3　フランス北部、ドーヴァー海峡に臨む、イギリスへ最短の港町。

フランス

1　シェリー一行より四半世紀前にドーヴァーからカレーに上陸した英国人医師リグビーも、イヤリングをつけたフランス人男性について記しており、男女を問わず英国人の目をひくファッションであったことが伺える。

2　百年戦争（一三三七―一四五三年）の最中一三四七年、エドワード三世が一一ヶ月にわたりカレーを包囲、征服し、カレーは一五五八年まで英国の支配下に置かれた。

3　カブリオレは、二輪の二人座席折りたたみ式幌のついた馬車で一頭立てが多いが、これは異なる。

4　フランス北部、ドーヴァー海峡に臨む港町。

5　地主による農業生産高を増すための「囲い込み」は、議会の認可のもと、ナポレオン戦争時代に拍車がかかり、農業労働者や村人は昔からの土地使用の権利を失い、社会不安をもたらした。モスカルは、この文章は、ローレンス・スターン（Laurence Sterne, 1713-68）のセンチメンタル・ジャーニー』（*A Sentimental Journey through France and Italy*. 1768）冒頭の 'They order, said I, this matter better in France ---,'（「こういうことはフランスではもっとうまくやってのけますね、とわたしは言った」（松村達雄訳））にあると指摘する。（つまりイングランドよりフランスの方が、ましだ。）

当時の旅行者のひとりクェーカーの農業経営者モリス・バークベック（Morris Birkbeck,1764-1825）は、ナポレオン戦争後のフランスの方がイングランドより、人間も獣もましな食べ物を食べているようだ、と論評している（モスカル）。

6　パリで宿泊したのは、オテル・ド・ビエンヌ（*SC* III, 361-2）。

7　一五六三年カトリーヌ・ド・メディシスの命で造営された宮殿のフランス式庭園。一八七一年パリ・コミューンで宮殿は焼失した。

8　「面白みのない」という論評の背景には、一八世紀にはじまるグランドツアーによる風景への開眼と、対仏意識が生んだ、時代の感受性ピクチャレスクが伺える。

ピクチャレスクは、イタリア語 pittoresco「画家流に」に由来し、自然を一幅の絵として見る審美的態度であり、絵画、造園、建築におよんだ。平坦ではなく蛇行、滑らかさではなく粗さとごつごつした肌理、整然ではなく不規則な突然の変化に美を認める。ウィリアム・ギルピンは粗さとごつごつした性質を、またユヴデイル・プライスは、突然の変化、そして時を経て滑らかさや瑞々しさが失われたもの（廃墟、ジプシーや乞食という人間の廃墟）をピクチャレスクと定義した。

「旅行記」では、整形庭園だけではなく、地平線のかなたまで広がるフランスの田園地帯が退屈を誘うという描写が繰り返される。「ピクチャレスク」という語が直接使われているのは、ポンタルリエに向かう途上、日没の光の中に見える「絵のように美しい木々の茂み」と、ケルンに向かうラインの船旅で、島の葉影に姿を見せる「荒涼とした廃墟」の描写であるが、その他プロヴァンスで山頂から眼下に見下ろす町、切り立つ岩山、廃墟を臨む眺めを「絵になっていた」と記す所にも見ることができる。

9　鹿島茂によれば、レピュブリック広場からマドレーヌ広場に至る広い並木のある大通り。馬車四台が並んで走れる車道と、その両側に二列の並木があり、周辺にはおしゃれなカフェやレストランがあった。元来は、町を取り巻く城壁跡を利用した遊歩道だった。グラン・ブールヴァールは一八六九年代以降の呼び名。

10　ルイ・ル・グラン凱旋門。太陽王ルイ一四世の栄光を讃え一六七二年に建てられ、儀式の隊列がパリの街に入る伝統的な入口であった。

11　「野蛮で残虐な者たちの振る舞い」とは、四一〇年のゴート人によるローマ掠奪を想起させるような蛮行を意味する。凱旋門が、一八一五年対仏占領連合軍の標的となった可能性を示唆しているのかもしれない。ナポレオンがイタリアから奪った絵画や彫刻は、彼の敗北後、フランスを占領した英国軍の監視下、奪還された。パリのモニュメントの破壊は、一八一四年当時すでに進行中で、シェリー一行は、民衆を教唆してナポレオン像の破壊に一役買ったと自慢する王党派フランス人、ルーヴ＝ド＝サヴィ氏（M. Rouve-de-Savy）に出会っている（『メアリの日記』一八一四年八月五日）。フランス人は芸術作品を大切にすることで知られており、それらの奪還に、むしろメアリは反対の立場をとったのかもしれない（モスカル）。

12　パリ滞在中、ノートルダムとルーヴルを訪れ、『大洪水』がすばらしいとシェリーは記している（『メアリの日記』一八一四年八月五日）。アンドレ・カジル（Andre Koszul）によれば、おそらくプッサン（Nicolas Poussin, 1594-1665）の『冬　大洪水』（*Winter; or Deluge*, 1644）。（『メアリの日記』第一巻十頁注）。

13　一行はルツェルン湖のウリまで徒歩で行くことを決めた（『メアリの日記』一八一四年八月七日）。ニューマン・ホワイトが指摘しているように（第一巻三五二）、もし彼らがウィリアム・ゴドウィンの小説『フリートウッドあるいは新しい感情の人』（*Fleetwood; or, the New Man of Feeling*, 1805）のタイトルに名のある主人公のルートを辿ろうとしていたとすれば、彼らの旅行計画からメアリが連想した「わくわくするような空想」は、高まったかもしれなかっただろう（マレー）。

徒歩旅行に関しては、ワーズワスが一七八〇年フランスを徒歩旅行し、『叙述的素描』（*Descriptive Sketches*, 1793）でその経験を語っている。シェリーたちは、当時の徒歩旅行ブームに影響を受けたのかもしれない。また読書リストには挙げられていないが、フィリップ・モリッツ（Carl Philipp Moritz, 1756-93）の『一七八二年英国のいくつかの地方をめぐる徒歩旅行』（*Travels, Chiefly on Foot, through Several Parts of England in 1782* (translated in 1795)）を知っていた可能性もある（モスカル）。

徒歩旅行は、もともと浮浪者や追い剥ぎなどの不法性や、社会規範からの逸脱という性格を帯びていたのだが、一八世紀後半になると、むしろ移動の不安定さを楽しみ、社会通念から逸脱し、自分の属する階級の規範を拒絶するという政治性を帯びはじめたと言う（木下卓　一八三、一八七）。シェリー一行の徒歩旅行は、経済的要因もさることながら、ナポレオン戦争直後、兵隊がうろついているから危険だという宿の女主の忠告をものともせず、わくわくする計画だと記すところに、新たな意味を帯びた徒歩旅行の走りであったことが伺える。

14　女主人の忠告は、除隊したナポレオン軍兵士によるレイプの危険性を意味する。この記述は、ウルストンクラフトの『北欧便り』第一の手紙の 'the other evil which instantly ... runs foul of a woman's imagination' をエコーさせ、メアリは母親譲りのしたたかさを見せている（モスカル）。

ウルストンクラフトは、連れは赤ん坊と乳母という女性ばかりの旅の不安を記した件で、強盗や殺人以外の「悪事」と、レイプを婉曲的に述べた。

一八一四年シェリーたちが辿ったルートは、対仏連合軍の進軍行路であり、キャメロンは数ヶ月前まで戦闘のあった地域であったことを跡づけている（*SC* III, 363-4)。旅行当時は、ナポレオンによる大陸封鎖（一八〇六―一二）が解かれ、大陸旅行が復活しはじめたばかりだった。

15　フランス独特の四頭から六頭立ての大型の遠距離乗合馬車。客室は三つに仕切られ、料金が異なるため客層も分かれていた（鹿島二二―二三）。

16　個人が雇う小型四輪有蓋の辻馬車。現在のタクシーに相当（鹿島二一三―一四）。

17　フランス東部に発し、パリを北西に貫流してドーヴァー海峡に注ぐ、全長七七〇キロメートルの川。

18　二〇フラン金貨。一フランは約千円に相当。

19　セルヴァンテス（Miguel de Cervantes, 1547-1616）『ドン・キホーテ』（*Don Quixote*, 1605, 1615）の主人公。彼らは旅の道中、しばしば星空の下で食事をした。

20　この宿はオテル・サントーバルブで、建物は現在もパリ通二にある。ナポレオン一行が宿泊したのは一八一四年二月一六―一七日（*SC* III, 362)。『メアリの日記』（一八一四年八月九日）に、「ナポレオンと司令官たちが宿泊したことを聞いた」とある。

21　ジョセフィーヌ（Empress Josephine, 1763-1814）はナポレオンの最初の妻、マリー・ルイーズ（Marie Louise, 1791-1847）は二番目の妻。前者は困窮した貴族の娘。後者は、神聖ローマ帝国皇帝フランツ二世の娘。

22　フランス北部、パリから東南東に八〇キロメートルのところにある中世の面影をとどめる町。

23　原義はトルコ語で「自由人」、「豪胆な者」。ロシアの広大な平原に住み、強力な騎馬集団は、対仏戦争で活躍する一方、略奪や破壊行為でも知られる。

24　ナポレオンによるロシア遠征（一八一二―一三）で、モスクワは炎上しロシアの村々は焦土と化した。

25　フランス北東部、パリから南東におよそ一五〇キロメートル、セーヌ川畔の町。周辺には平野が広がる。

一八一四年二月一日ナポレオン軍がラ・ロティエールで打ち負かされた後、モルマンとナンジで反撃に出るが、フランス北東部の町トロワとショーモンで連合軍に後退を余儀なくされた（『メアリの日記』第一巻一二頁注）。

26　フランス東部、ブルゴーニュの村。ノジャン以降のメアリの日記（一八一四年八月一一日—一四日）は、サントーバンをはじめコサックが破壊した村は、もとは風景美に恵まれた所であることを伝えている。

27　一リーグは、約四・八キロメートル。

28　居酒屋をかねた宿屋。

29　シェリー一行がフランスを横断した一八一四年八月、ナポレオンはエルバ島に追放されていた。

30　メアリは、宿泊したところが、「話に聞いた不潔なアイルランドの家や汚さの極みのスコットランドの家よりもひどく」、「食べ物も喉を通らない」と記した（『メアリの日記』一八一四年八月一二日）。

31　ルーカーヌスの叙事詩『パルサリア　内乱』第九編四三八—四〇、五一一—三〇行のエコー（モスカル）。灼熱の太陽の下、不毛な砂地で渇きに襲われた兵士のひとりが小さな川筋を見つけたという件。

32　フランスとスイスの国境の町。

33　フランス中部、パリ盆地南東部を流れるセーヌ右岸の支流、全長二四八キロメートル。

34　シェリーはコサックの破壊の爪痕とともに、ピクチャレスクな風景を記録しており、ヴァンドゥーヴルやバール・シュル・オーブの描写もそのひとつである。編者メアリは、それらの描写を生かしている。

35　クレアは、シェリーがどのように気象現象に反応したかを引用している。「Sは—言った。見てごらん、沈みゆく太陽が、侘しさを増す空に名残惜しそうなまなざしを向けている様を」（マレー）（*SC* III, 342)。

36　フランス東部、ジュラ山脈北西部の都市。フランスで最も標高が高い。

37　アンドレ・カジルによれば、ブザンソンからポンタルリエという最悪のルートをとったのは、距離が短いこととピクチャレスクな風景ゆえだったようだ。ルートはオルナン経由の遠回り道ではなく、三〇年代まで改良されなかった傾斜路の旧道。御者が言うことを聞かなかった理由もそこにあったと思われる（モスカル）。

38　日記によれば、シェリーとメアリは、ウルストンクラフトの小説『メアリ』（*Mary*, 1788）を、クレアは『お気に召すまま』（*As You Like It*, 1599）をそこで読んだ。クレアは、「眼前の風景と自分の感情が、『お気に召すまま』の奔放でロマンティックなタッチが合っていると思った」。また書き直した日記で「室内で読む詩は、美しい場所や戸外や空の下で読んだように、魂に触れることがない、とシェリーが言った」と記した（モスカル）。

39　この描写は、『縛めを解かれたプロメテウス』第二幕第三場一九—二七行目にエコー（マレー）。

Beneath is a wide plain of billowy mist,
As a lake, paving in the morning sky,
With azure waves which burst in silver light,
Some Indian vale. Behold it, rolling on
Under the curdling winds, and islanding
The peak whereon we stand, midway, around,
Encinctured by the dark and blooming forests,
Dim twilight-lawns, and stream-illumed caves,

And wind-enchanted shapes of wandering mist;

下方には　たゆたう霧の大平原
湖のように　朝の空の下
一面に広がる青い波に　銀の光が砕け散る
インドの谷間　見てごらんなさい　吹き寄せる風のもと
霧が流れ　私たちがたっている峰を
孤島のようにしていくのを　峰の中央、周囲を
かこむのは　鬱蒼とした花咲く森
暁のほの暗い空き地　流れを反射する洞窟
そして風に魔法をかけられ漂う霧。（阿部美春試訳）

40　森への散歩中の出来事―人間の完全可能性をめぐるシェリーの話が、メアリに父親ゴドウィンを思い起こさせたかもしれない（モスカル　二五）。クレアは、このエピソードの背景には、次のような会話があったことを記している。汚い村が地上からなくなる日が必ず来るというシェリーに、それはいつのことかとメアリが問うと、千年後という答。クレアとメアリは、貧しい村人に清潔にするよう説得するのさえ難しいのだから、そのような日は来ないと言うのに対して、シェリーは、社会は進歩し完全に向かっているのだから、必ず来るに違いないと答えた。彼の「人間の完全可能性」をめぐる長々しい話で帰りが遅くなり、御者は先に行ってしまった。メアリが笑って、男性というのは、いつも面倒を起こすと言い、それからシェリーは、突然悲しげな表情を見せるメアリに理由を訊ねたところ、彼女は父親が今どうしているかと考えていたと答えた。（『クレアの日記』一八一四年八月一八日）。

41　フランス東部、スイス国境から二〇キロメートルの町。ブザンソンに次いで標高が高い。

スイス

1　クレアは、国境を越えると、小屋も住人も「魔法のごとく」こざっぱりとして親切で、子供は血色がよく女性も若々しいと記している（『クレアの日記』一八一四年八月九日）。

2　プロテスタントとカソリックの対比に関する具体例はないのだが、メアリはおそらく一八一六年十月に読んだトマス・ホルクロフト（Thomas Holcroft, 1745-1809）の『旅行記』（*Travels through Germany, Switzerland, Italy, and Sicily*, 1797）『メアリの日記』第二巻六五二）のことが頭にあったのであろう。ホルクロフトは、（秩序と勤勉の手本の）プロテスタントのオランダ人と、（粗野で愚かで堕落した）カソリックのフランダース人、後のベルギー人を対比した。ホルクロフト『旅行記』第一巻三二頁、一一四頁参照。汚く陰気でみすぼらしく怠惰なドイツ人という世間一般の非難を、メアリが読んでいたかどうかは不明。アン・ラドクリフ（Ann Radcliffe, 1764-1823）『オランダとドイツ西部国境地方をめぐる一七九四年夏の旅』（*A Journey Made in the Summer of 1794, through Holland and the Western Frontier of Germany*, 1795）参照（モスカル）。

3　クレアの日記（一八一四年八月一九日）によれば、アルプスに感動したシェリーが、御者の土地自慢のおしゃべりで感興をそがれ、馬車を離れひとり物思いにふけったのに対して、メアリは御者の表情に「自由と熱気」を見てとり、そこにアルプスの空気の影響を見たという。スイスの美しい自然をめぐって、ピクチャレスクな風景と産出する自然との対比、またシェリーとメアリの関心の違いを伺わせる。

4　鉄の鎖についての記述は、クレアの日記（一八一四年八月一九日）に基づく。

5　クレアは、アルプスを目にしたシェリーが「ぼくの歓喜がどれほど大きいか、若さみなぎる心は熱く燃え、傍らには最愛の女性がいて、堂々と聳える広大無辺なアルプスを目にする—アルプスは、この世界に輝きを見せるもうひとつの世界のようだ、現実というより夢のようだ、神々しい純白だ」と言ったと記した（一八一四年八月一九日）。

6　ヌーシャテルでの宿は、オテル・ド・フォコン。黄色の石作りの格調ある建物は、現在は宿ではない。後にバルザック（Honoré de Balzac, 1799-1850）とハンスカ夫人も出奔中ここに宿泊した（*SC* III, 362）。

7　ルソー『孤独な散歩者の夢想』（*Les Rêveries du promeneur solitaire*, 1783）第五の散歩に、ヌーシャテル近くのビエンヌ湖の描写がある（モスカル）。旅の途上、シェリーはこの本の翻訳をクレアに頼み、クレアの日記にはそのお陰で町を見物できなかったと不満を記したくだりがある（一八一四年八月二〇日）。

8　滞在の理由のひとつは、それまで一二日間の汚れを落とすためだった（モスカル）。ポンタルリエに向かう途上、シェリーが清流で水浴びをしたいと思い、メアリにも土手が目隠しになるからと誘うと、彼女ははじめ淫らだと言って断り、それからタオルがないので体を拭けないといって断った。結局、御者が止まってはくれず、シェリーの望む真っ昼間、戸外での水浴は出来ずじまいだった（『クレアの日記』一八一四年八月二〇日）。

9　クレアの日記（一八一四年八月二〇日）によれば五〇ポンド。シェリーの日記（一八一四年八月四日）によれば、彼は鎖つきの時計をすでに質に入れていた。旅のこの段階で割引利子で為替手形（bills of exchange）を手に入れたとは推測し難く、シェリーがいつも二つ返事で、法外な利子の死後払い債務証書にサインすることからすれば、メアリとクレアを「驚かせほっとさせた」銀貨三八ポンドは、同様な取引の結果だった（マレー、*SC* III, 350 参照）。

10　ゴドウィンの小説『フリートウッド』の啓示的場面の舞台である（モスカル　二九）。

11　クレアは、このスイス人が、シェリーとメアリに、駆落ち者かと訊ね、愛のためにイングランドから逃れてきたという答えを聞いて、戻るように諭したが、ふたりに拒まれた。クレアも愛のために出奔したのかと聞かれたが、間髪を入れずに「いいえ、私はフランス語を話しに来ました」と答えたというエピソードを記している（『クレアの日記』一八一四年八月二一日）。

12　マレーも指摘しているが、「まったく見ず知らずの人々が」三人に関心を寄せ助けてくれたのは、シェリーの顔立ちと物腰が彼らを魅了したためであるとメアリが思った、とクレアは記している（『クレアの日記』八月二〇日）。

13　スイス中部、湖畔の町。

14　ウィリアム・テルが、息子の頭にのせたリンゴを射落した場所として知られている。テルは、一四世紀ハプスブルク家支配下のスイスで、民衆を苦しめる代官ゲスラーを倒したという伝説の英雄。

15　スイスからイタリア、ミラノへ通じる、スイス中南部の峠。一三世紀から、ローマをめざす巡礼たちのアルプス越えの道だった。一八二〇―三〇年に馬車道が、一八八二年には鉄道トンネルが開通しルツェルンとミラノ間を結んだ。夏には雪解け水が氾濫して溺死者がでたことから、ここの橋は「悪魔の橋」として知られた。ターナー（Joseph Mallord William Turner, 1775-1851）はこの峠と橋を『ゴッタルド峠の眺め』（1803,4c.）等の作品に描いた（河村　四二）。

シンプロンとモンスニを通る新道ができる以前は、スイスからイタリアへ行く際にもっとも頻繁に利用された道のひとつである。所用時間は四時間。シュタルケ（Starke）『案内』（*Information*）三五五―六）。シュタルケは標高六七九〇フィートと記している（モスカル）。

16　一八一八年にイタリア行きを決意することになる健康の懸念は、すでに一八一二年に浮上していた（『シェリー書簡集』第一巻三〇五）。一八一五年および一八一七年九月に再度、生命にかかわる症状をはっきりと見せている。「旅行記」編集中、メアリはそのことが頭にあったのかもしれない。だが、断続的な発作をのぞけば、一八一四年パーシーは比較的健康だった。この記述はもっぱら、海外に行くもっともな理由づけのようだ（モスカル）。

17　キャメロンは、これを旅行の表向きの目的と見る。一方、シェリーがロンドンにいる妻ハリエットに合流を促し、その際書類を持ってくるよう依頼した事実があると指摘する（*SC* III, 365）。シェリーがハリエットに宛てた手紙（一八一四年八月一三日、九月一六日、十月五日）によれば、二通の証書（資金調達を担当する弁護士の証書と、財産贈与証書の謄本あるいは抄本）が必要と伝えている。

18　湖めぐりの間、一行はアベ・バルエル（Abbé Augustin Barruel, 1741-1820）の『ジャコバン主義の歴史』（*Mémoires pour servir à l'histoire du jacobinisme*, 1797）を読んだ。（『メアリの日記』第一巻一八頁と注）（モスカル）。

19　『フランケンシュタイン』第三巻第一章に同じ言い伝えが記されている。主人公とともに英国をめざしてライン川を下るヘンリーが、故国スイスの自然の美しさを語る場面。

20　ブルネンでシェリーたちが宿泊したのは、おそらくエグル（『メアリの日記』第一巻一九、*SC* III, 366-68）。ブルネンの景観のすばらしさは、シェリーたちの同時代人サミュエル・ロジャーズ（Samuel Rogers, 1763-1855）の一八一四年九月二一日の日記、ドロシー・ワーズワス（Dorothy Wordsworth, 1771-1855）の一八二〇年八月二〇日の日記や、当時の版画に伺える（*SC* III, 366-68）。ブルネンは、『フリートウッド』七一頁にもあるように、一二九一年自由擁護のために小郡の恒久同連合が締結された場所（モスカル）。

21　礼拝堂は、おそらくウリ湖（ルツェルン湖南の入江）に突き出た岩棚 Tell's Plat にあり、一説によれば、テルが非道な代官を殺害した場所である（マレー）。

ウィリアム・テルの物語は、スイス連邦（Swiss Confederacy）の建国物語として、一九世紀にも広く受け入れられていたが、実は一四世紀初頭ブルネンで作られた。ゲーテ（Johann Wolfgang von Goethe,

1749-1832）は、一七九七年九月から十月にかけてアルトドルフを訪れ、ウィリアム・テル伝説に感動し戯曲化を思い立つが、最終的に戯曲『ヴィルヘルム・テル』（*Wilhelm Tell*, 1804）を書き上げたのは友人のシラー（Friedrich von Schiller, 1759-1805）だった。

22　ウィリアム・テルの抵抗と悪代官ゲスラーの暗殺は、『フリートウッド』でも語られている（七一―七二）（モスカル）。

23　この見解はもちろん一八一六年ジュネーヴを訪れたことが影響しており、一八一三年ナポレオンが小郡に押し付けたものよりさらに旧弊な法律を、一八一五年進んで受け入れたことを示唆しているかもしれないという（モスカル）。

24　タキトゥス（Cornelius Tacitus, c. 56-c. 120）『同時代史』（*Histories*, 105）第五巻、一―一三（マレー）。

25　城（Le Chateau）という名の家については不明。フランスの侵略に対して、愛国的州民が闘った歴史からすれば、フランス語の名称は州民にとって嫌悪すべきものであったはずだ。とはいえ、クレアの日記には、「丘の上の家に移った」、「丘の斜面に立つ家は湖に面し、周りを山に囲まれている。山は、樹木の茂った山あり、禿げ山あり、岩山もある」と記されている（一八一四年八月二五日）。湖に面した丘といえば、ただひとつブルネンの村の南端にあるもので、現在はグランド・ホテル・ブルネンがたっている（*SC* III, 368）。

26　一ギニーは、二一シリング（今の一・〇五ポンド）に相当する英国の昔の金貨。

27　シェリーは手当を受け取ったのであろう（Medwin 135）。『メアリの日記』、第一巻一七参照（モスカル）。

28　この文はパーシーの日記（一八一四年八月二六日）の記述に近いが、サミュエル・ジョンソン（Samuel Johnson, 1709-84）の『ラセラス』（*Rasselas*, 1759）の結びの文をエコーしている。「彼らは何をすべきか、しばし熟考し、洪水がおさまったら、アビシニアに戻ることを決断した」（モスカル）。

29　シェリーがどのようにして水路を知ったのか興味深いところだ。一九世紀初頭スイスの旅行ガイドはどこよりも充実していたが、水路は「下層階級のもの」と考えられており、外国人旅行者の関心を引かなかったため、情報はなかった。ただし以前は一般に使われていた（*SC* III, 361）。

一行の旅から二年後一八一六年には、イギリスから最初の蒸気船「オラニア公」が航行し、「マストも、帆も、櫂もない巨大な船が、途方もないスピードでラインを上ってきた」と『ケルン新聞』が報じたと言う。ナポレオン戦争後、イギリス人旅行者たちは、ラインを描いたバイロンの『チャイルド・ハロルドの巡礼』を持って、ライン「巡礼」をした。また一八一七年には、イギリスの画家ターナーがラインを訪れ、その美さをイギリス人に伝えた（加藤　七三）。

30　ライン川の支流、ルツェルンを流れる全長一五八キロメートルの川。

31　スイス、アルプスに発し、ドイツ、オランダを流れて北海に注ぐ、全長一三二〇キロメートルの川。両岸には城の廃墟が多く点在し、ローレライなど伝説に富む。メアリはラインの船旅を、『フランケンシュタイン』で、主人公と友人ヘンリーがイギリスに向かう旅の舞台として生かした。

32　当時の状況をメアリは日記（一八一四年八月二〇日）に次のように記している。「Sは銀貨のつまった帆布の袋の重みでよろつきながら帰ってきた。彼のみがこの切羽詰まった局面で、深刻な顔をしていた。というのも、フランもエキュー（五フラン銀貨）もルイドール金貨も真昼の白雲のように、あっと言う間に消えてなくなることが彼だけははっきりと分かっていたからだった。」

33　乗客に対する不快の念は、日記の「怪物」、「いやらしい目つき」、「獣」、「罰当たり」という記述より抑制した記述となっている（『メアリの日記』一八一四年八月二八日、『クレアの日記』一八一四年八月二八日参照）。

34　スイス南部アルプスのローヌ氷河に発し、フランス東部に流れ、地中海リヨン湾に注ぐ、全長八一二キロメートルの川。

この箇所については、解釈が分かれる。おそらくライン川の誤りであろう。ただしバイロンの『チャイルド・ハロルドの巡礼』第三巻を読んだことからすると、筆者に「矢のようなローヌ川の青い奔流」（七一連）を思い起こさせたかもしれない（マレー）。一方モスカルによれば、ライン川の誤りではない。というのもメアリは、ここでは、語るかわりに、一八一六年のバイロンとジュネーヴの思い出に思いを馳せているからだ。「ローヌ川はジュネーヴでは青く、その青さは、海水であれ淡水であれ、地中海やエーゲ海以外では、これまで目にしたことがないような深い色合いである」（『チャイルド・ハロルドの巡礼』第三巻七一連）（モスカル）。

35 「広々とした豊かな」小郡、「製造業がさかん」（『フリートウッド』七〇）のエコー（モスカル）。

36 スイス北西部、ライン川畔の都市。

37 ライン川のこと（モスカル）。

ドイツ

1 ライン川の交通の要衝の都市。ドイツ語「街道の街」に由来する。

2 ドイツ南西部、ライン川とネッカー川の合流点に位置する町。

3 ドイツ西部、ライン川とマイン川の合流点近く、古代ローマ時代以来の河川交通と軍事的要衝。要塞都市。

4 一七九二年マインツはフランスの支配下となったが、その後数年、戦闘が繰り広げられた（マレー）。

5 ローレンス・スターン『センチメンタル・ジャーニー』に、'in Paris ... none kiss each other but the men'「パリでは男性以外誰もキスをかわしあうことはない」とある。ウィリアム・ベックフォード（William Beckford, 1760-1844）は、『六週間の旅行記』に次のような冷笑的な反応を記している—「我が国のピクチャレスク旅行者にとって、喫煙・飲酒するドイツ人同乗者より、不快感を催させるものはない。彼らはふんぞり返って歩き、しゃべり、イングランド人の目に耐え難いことに、互いにキスをかわす。東洋趣味のゴシック小説『ヴァセック』(*Vathek*, 1786) の著者ベックフォードは、一七八五年同性愛という風評のため十年間故国を離れざるを得なかった。Louis Crompton, *Byron and Greek Love: Homophobia in Nineteenth-century England* (Berkeley: University of California Press, 1985, 119) 参照(モスカル)。これらの事例は、当時、同性愛が英国でどのように見られていたかを示唆している。

6 おそらく、五五連のあとに置かれた義姉オーガスタへの抒情詩のことであろう。もしそうならば、描写した場所は、ライン川のボン近郊であろう(マレー)。ラインの描写は、バイロン『チャイルド・ハロルドの巡礼』第三巻四六―六一連。

7 土地の女性の美しさについて論評することは、一八世紀後半から一九世紀の旅行記では、ウルストンクラフトの『北欧便り』を含めて、よく見られるという(モスカル)。

8 ドイツ西部、ライン川左岸の都市。ローマ帝国の植民市にはじまる。コロニアは、ラテン語で植民地を意味する。

9 ドイツ西部、オランダ国境まで一四キロメートルの町。

10 メアリの日記(一八一四年九月六日)では、「カタツムリの五倍の鈍さ」に例えられている。

オランダ

1 一八世紀から一九世紀初頭の乗客・郵便物輸送用四輪馬車。

2 オランダ東部、ライン川の分流ワール川沿いのオランダ最古の町。

3 メアリ・ウォトレイ・モンタギュ (Mary Wortley Mongagu, 1689-1762) は、英国の貴族、文筆家。駐トルコ大使の夫と滞在したオスマン帝国および大陸横断の見聞を綴った『トルコ便り』(一七六三) で知られる。トルコに向かう途上ナイメーヘンの印象に触れた一節で、馬や馬車に乗った人々が何百人も通れる規模の跳ね橋がゆっくりと向こう岸に通行人を渡す様子を記している（一七一六年八月一三日、友人サラ・チズウェル宛）。
4　オランダ南西部、河口を干拓した集落が起原、マース川の湾曲点を中心に発展した海港。
5　オランダを訪れた英国人によく見られる反応（モスカル）。
6　ロンドンの東およそ三〇キロメートル、テムズ川下流部南岸の港市。一九世紀前半には保養地、海水浴場としても有名。

キリストの教えについて（"On the Doctrines of Christ"）

制作は一八一七年頃。翻訳にはマレー編を用いた。

訳注

1　この「第二章」は何らかの作品の第二章として使うつもりであった断片である。
2　古代ギリシャの哲学・数学者。紀元前五八二―四九六年。
3　古代ギリシャの哲学者。紀元前四二七―三四七年。
4　古代ギリシャの哲学者。紀元前四一二？―三二三？年。又は、古代ギリシャの自然哲学者。紀元前四六〇年頃。
5　エレアのゼノン。古代ギリシャの自然哲学者。紀元前四九〇？―三〇？年。

『シャーロット王女の死に関して国民に寄せる』(*Address to the People on the Death of Princess Charlotte*)

一八一七年一一月一一日、シェリーは政治パンフレット『シャーロット王女の死に関して国民に寄せる』の執筆に取りかかった。[1] 翌日には書き上げ、出版業者オリアーに宛て、即刻、印刷するよう依頼している。[2] このパンフレットの執筆には、同月九日付の『イグザミナー』紙(*The Examiner* No. 515)[3]で報じられた二つの出来事がきっかけとなっている。一つはシャーロット王女の死であり、[4]もう一つはダービーシャーにおける暴動の指導者三名の処刑である。政治パンフレットとしては同年三月出版の『英国連合王国全域の選挙法改正実施案』に次ぐ二弾目である。これらのパンフレットは「マーローの隠者」(the Hermit of Marlow)という偽名で書かれている。

訳出にあたっては、マレー編を使用した。注釈に関しては、政治・経済的コンテキストの必要から、上記テキストの注、およびジュリアン版を参考にした。

一八一七年一一月六日、イギリス王室のシャーロット王女が出産の際に亡くなった。摂政ジョージ[5]と王妃キャロラインの一人娘であったシャーロットは、一八一六年五月[6]、ドイツ貴族サクス・コバーク・ザーフェルト公家のレオポルド(のちのベルギー王)[7]と結婚し、翌年、世継ぎの誕生が期待されていた。しかし一一月五日午後六時、男児は死産。夜半に王女の容態が急変し、翌未明、二一歳の若さで帰らぬ人となった。国王ジョージ三世は[8]、摂政ジョージの数々の所業に心を痛め、王室の将来を孫のシャーロットに期待していた。王女は国民にとっても社会刷新の希望であっただけに王女の死は惜しまれたのだった。[9]

王女の死の翌日(一一月七日)[10]、イングランドの中部ダービーシャーで起こった暴動の指導者ブランドレス、ターナー、ラドラムの三名の労働者が大逆罪で処刑されるという事件が起こった。彼らは、議会改革を要求する急進主義運動が高まる社会不安の中、革命的行動をとったということで、逮捕され、極刑にされたのだった。王女の死と労働者の処刑が『イグザミナー』で報じられた一一月九日、シェリーと妻メアリはロンドンのメイブルドン・プレイスにリー・ハントを訪ねていた。その場に居合わせたゴドウィンや出版業者のオリアーらとこれらの報道を話題にしたにちがいない。『イグザミナー』は、一面トップで王女の死を報じると共に、不当な流血が起こった日に王女に対して国家的弔辞を捧げることは不適切であると、政府を非難していた。新聞の後続ページには、三名の絞首・斬首の処刑の恐ろしい全容が事細かに記されていた。[11] シャーロット王女の葬儀は、同月一九日、セント・ジョージ礼拝堂で執り行われた。

上記二つの出来事が起こった一八一七年は、ナポレオン戦争終結後の長引く保守反動の時代であった。コベットらの急進主義者が議会改革を求めて労働者たちを政治運動に駆り立てていた。国債の乱発によって経済は破綻していた。従来の大土地所有の貴族に加えて、産業革命により新たに生まれた公債所持の地主貴族が生まれ、民衆は二重の貴族階級を養うために貧困にあえいでいた。失業者が溢れ、民衆の間に不安・不満が募り、社会的深刻さが増すなか、イングランド中部・北部の労働者らが変革を求めて動きだした。民衆は自由な選挙制度を声を大にして求めた。ブランドレスらが関わった六月九日、ダービーシャーで起こった「ペントリッチの反乱」は一連の運動の頂点だった。トーリー党政府はおとり捜査官を雇って彼らを扇動し、反政府運動を暴動に転化させ、弾圧を加えたのだった。一八一七年、人身保護法は停止された。集会は鎮圧され、急進主義者たちは多数投獄された。[12]

シェリーはオリアーにパンフレットの印刷を依頼したとき、手紙には、執筆に当たって内容を慎重に扱ったことが説明されていた。現在、オリアーが出版したと思われるパンフレットは一部も見つかっていない。当時、言論・出版関係者は常に告発される危険があった。慎重なオリアーはシェリーからの出版依頼を断った可能性が強く、トマス・ロッドによるファクシミリ版が出版された一八四三年以前に印刷されたという確証はない。現存するパンフレットのタイトル・ページには出版業者の名はなく、裏ページに「トマス・ロッド復刻版。グレート・ニューポート・ストリート二番地」の文字があるだけである。このロッド版には、「著者シェリーはこのパンフレットを二〇部しか印刷しなかった」というメモが残されていた。この版はロッド本人が印刷したものであるといわれており、彼は身の安全を期して復刻版であると付記し、擬装したのではないか、と考えられている。[13]

このパンフレットは一一の章から構成されており、シェリーは王女の死と労働者の死を対比させ、労働者階級の現実を分析しつつ、愛と死、専制と革命・改革について論を進めている。第一章で、シェリーはシャーロット王女の死に哀悼の意を表し、慎重に筆を起こしているのが分かる。しかし早くも第二章で、王女の死といえども「何千という極貧の人たち」の死と何ら変わるものではないと、シェリーは社会の下層階級の現状に目を向ける。彼らにも家族愛があり、心臓の鼓動も涙もある同じ人間である。にもかかわらず、彼らの死がいかに惨めであるかと締めくくっている。第三章では、国家に貢献した人々を哀悼することは、我々が至上の愛を育む最も適した慣習であり、処刑された三名の不幸な死に対してもそれが当てはまるとシェリーは示唆する。第四章では、「厳粛さ」というのは、普遍的なものであるべきで、王女の死を特別扱いする必要はなく、広く人の死として受け入れるべきだという。第五章では、王女は学識豊かなレディ・ジェーンやエリザベス一世と比較され、王女の政治能力の程が問われ、人の卓越さ、高潔さは、生まれには左右されないという視点が強く押し出されている。

第六章でシェリーは、処刑された三名の家族の苦痛や悲しみに思いを馳せている。いかなる理由であれ、人が人の命を奪うことほど恐ろしいことはなく、処刑、暗殺によって流された血は、復讐、憎しみを生むと、シェリーは政府の暴力的なやり方を批判する。第七章では、政府の弾圧による三名の死は、社会的な不幸である。処刑の残酷さと彼らの死の社会的重大さから、社会全体が嘆くべきものであるという。第八章では、国債の乱発によって引き起こされた経済政策の破綻によって国民は多額の負債に苦しんでいる。これを打開するには議会改革（選挙法の改正）しかありえないとシェリーは語る。

第九章では、二種類の貴族階級のために苦しんでいる労働者階級が、いかに自由な選挙制度を求めているかということ。現実として、民衆の中から立ち上がった有志三名が政府によって弾圧を受けたこと。一八一七年に政府が「人身保護法」を停止させ、「集会禁止法」を議会に通過させたこと。シェリーはこれらを含め、スパイを送りこんで、なりふりかまわず弾圧に乗り出す政府のやり方を批判し、最終的には「我々の選ぶべき道は、専制か、それとも革命・改革か」と切迫した問いで締めくくっている。第十章では、三名が公開処刑された時の地獄の様子がありありと説明されている。死の直前、彼らが痛恨の極みの中で暴露したのは、政府のスパイ、オリバーの所業であった。シェリーは、目的を達成するためには手段を選ばず、流血と苦しみを人に与える政府のスパイ活動を糾弾する。最終章において、シェリーは、王国の未来を担うはずであったシャーロット王女の死を再度、悼むとともに、処刑された三名の死は「イギリスの自由」の死であると捉え、彼らの無念に思いを馳せている。そして彼らの墓からやがて栄光の「自由の霊」('the Spirit of Liberty')が蘇ることを願い、それを、我々の「女王」として賛美しよう述べ、このパンフレットを締めくくっている。

社会改革者シェリーが、このパンフレットにおいて提言しているのは、自由経済が破綻した政府に対し、議会改革の必要性、つまり改革の最善策としての国民を主体とする選挙法の改正であった。選挙法改正を通して国民が自由を獲得し、民主的共和制が打ち立てられることへの希望であり、そこには徹頭徹尾、シェリーの人間解放の思想が流れている。このパンフレットの執筆以降も、急進主義運動に対する政府の弾圧は続き、選挙法改正案が初めて議会を通過したのは、シェリーの死後、一八三二年のことであった。

解題の注

1 『メアリの日記』(一八一七年一一月一一&一二日)参照。

2 一八一七年一二月一一日付のオリアー宛ての手紙参照。

3　『イグザミナー』は一八〇八年、リー・ハントが兄のジョン・ハント （John Hunt, 1775-1848）と創刊した機関紙（日曜紙）。急進的、自由主義的思潮で知られた。一八二六年にオールバニー・フォンブランク（Albany Fonblanque, 1794-1872）に引き継がれ、その後も人々の手を経て一八八一年まで発刊は続いた。

4　Charlotte Augusta（1796-1817）ジョージ四世の長女。シャーロットと夫レオポルドの相思相愛の関係は、のちのヴィクトリア女王と夫君アルバートの関係になぞらえられることが多い。

5　イギリス、ハノーヴァー王家の四代目の国王。王妃キャロラインとは結婚当初から不仲であった。この王室結婚とは別に、多くの女性問題を引き起こし、放蕩・浪費などによって、国王ジョージ三世の心配の種であった。しかし芸術への造詣は深く、絵画を多く収集し、優れた建築物を残したという点での評価は別に必要であろう。

6　Caroline of Brunswick（1768-1821）ドイツ北部ブラウンシュヴァイク公国の公女。同公国に嫁いだジョージ三世の姉オーガスタの次女。

7　Prince Leopold of Saxe-Coburg-Saalfeld（1790-1865）ヴィクトリア女王の母方の叔父。初代ベルギー王レオポルド一世（在位一八三一—六五）となる。

8　George III（1738-1820, King of England from 1760 to1820）イギリス、ハノーヴァー王家の三代目の国王。愛国王として親しまれたが、在位中、精神疾患をたびたび患い、皇太子ジョージが摂政についた。

9　一八二四年、ウィンザーのセント・ジョージ礼拝堂内のアーズウィック礼拝堂にシャーロット王女を追悼する大理石の記念像が建てられた。一般市民一人当たり一シリングの募金で実現した。

10　Jeremiah Brandreth, William Turner, Isaac Ludlam『シャーロット王女の死に関して国民に寄せる』の訳注（14）と（19）参照。

11　ジュリアン版第六巻、三五四―五五頁参照。および、Kenneth Neil Cameron, *Shelley the Golden Years*, 125-27 参照。

12　エドワード・P・トムスン、七一七―九七（第五章）参照。

13　ジュリアン版第六巻、三五四―五五参照。

訳注

1　トーマス・ペインは、マリー・アントワネットを擁護したエドマンド・バーク（Edmund Burke, 1729-97）への反論として、『人間の権利』を書いた。その中の一文、「我々は羽毛を惜しむが、死にゆく鳥のことは忘れる」をシェリーがこのパンフレットの題辞とした。バークは『フランス革命についての省察』（*Reflections on the French Revolution*, 1790）の中で、マリー・アントワネットや貴族階級（'plumage' に相当）には憐みを示したが、一般大衆（'dying bird'）には無関心であった、とペインは指摘したことによる。

2　シェリーはこのパンフレットをロンドンで書いたが、当時、彼はマーローに住んでいた。仮名を使ったのは、シェリーに対する裁判の件も含むこれまでの評価によって改革者としての大義を損なってはいけないという思いがあった、という解釈もある。マーローでのシェリーの生活ぶりは、禁欲的で孤独を愛するものであった。

3　シャーロット王女は一八一七年一一月六日午前二時半過ぎに死去。

4　一一月一九日、シャーロット王女の葬儀は、セント・ジョージ礼拝堂で執り行われた。朝、棺は一般公開され、多くの市民が詰めかけた。葬儀は王室慣例に従い、夜八時半から始まった。両親は理由があって共に欠席。

5　シェリーの妻メアリの母で、女権拡張論者であったメアリ・ウルストンクラフトンは一七九七年、娘メアリを産んだ一一日後、産褥熱のため死亡している。

6 ワーズワスの「霊魂不滅のオード」("Ode: Intimations of Immortality," 1804) 二〇四行目参照。

7 シャーロット王女が一五歳にさしかかった一八一〇年、七二歳の高齢の国王ジョージ三世は再度、病魔に襲われ、執務から退いた。ナポレオン戦争(一八〇〇—一五)は続いていた。

8 『ヴェニスの商人』(*The Merchant of Venice*, 1596) 第三幕第一場のシャイロックの言葉「ユダヤ人に目がないのか」を参照。

9 プラトン (Plato, 427-347 BC) の『メネクセノス、または戦死者のための追悼演説』(*Menexenus*) のシェリー訳を参照。『メアリの日記』(一八一七年二月二三日—四月六日) によれば、シェリーはこの間、プラトンの作品を数編読んでいるのが分かる。

10 『ハムレット』(*The Tragedy of Hamlet, Prince of Denmark*, 1601) 第三幕第一場七九—八〇行の変形。

11 ジョン・ミルトン (John Milton, 1608-74) は革命の失敗と失明を乗り越えて、力強く生きた。「常に善をもって悪に打ち勝ち、一見弱そうに見えるものをもってこの世の強大なものを破る」(『失楽園』(*Paradise Lost*, 1667)) という信仰性に立脚していた。

12 John Horne Tooke (1736-1812) と Thomas Hardy (1752-1832) のこと。共にイギリスの急進主義者。トゥックは聖職についていたが、政治に関心を持ち、アメリカの独立運動やフランス革命を支持したことで逮捕される。一七九二年、靴職人だったハーディは議会改革を推進する「ロンドン通信協会」(London Corresponding Society) を設立。両者は一七九四年、反逆罪で告発されたが、のちに放免されている。

13 一七八九年七月に勃発したフランス革命により、ルイ一六世のブルボン王朝は瓦解した。ナポレオンは勝利し、一八〇四年、皇帝に即位するまでのフランス共和政の期間、国民公会は体系化された憲法をもたないまま、暫定法令によって議会を運営。徐々に元老院によって憲法が修正され、一七九五年に成立した憲法のもと分権構造の総裁政府が樹立した。しかしそれもやがて統領政治に移行していく。

14 Jeremiah Brandreth、Isaac Ludlam、William Turnerの三名は、「ペントリッチの反乱」(the Pentrich Rising)の首謀者たちで、反逆罪で逮捕された。ブランドレスはダービーの靴下製造工でラダイト運動に加わっていた。ラドラムは採石場の共同所有者でありメソジスト派の説教者、ターナーは石工であった。伝記的考察としてエドワード・トムスンの『イングランド労働者階級の形成』六五六—六九頁参照。なお『イグザミナー』で報じられたニュースについては、ジュリアン版第六巻の編者注を参照。

15 シャーロット王女は祖父で国王ジョージ三世の管轄下におかれ帝王教育を施された。

16 エドワード四世の死後、ジェーン・グレイ(Jane Grey, 1537-54)は義父ジョン・ダドリー(John Dudley, 1st Duke of Northumberland, 1502-53)が仕掛けた王位継承クーデターに担ぎ出され、女王として王位宣言をしたが、正当の王位継承者メアリ・チューダー(Mary Tudor, 1516-58)、のちのメアリ一世に敗北。「九日間女王」として知られている。早熟なジェーンは六歳で聖書を読み、ギリシャ語、ラテン語、フランス語、イタリア語に秀でていた。十歳の時、ジェーンはヘンリー八世の六番目の王妃キャサリン・パーの屋敷で四歳年上の才女エリザベス(のちのエリザベス一世)と宮廷作法を学び生活を共にした。

17 シャーロット王女の政治的洞察力と知識についてシェリーの評価は必ずしも公正とはいえないだろうが、王女がトーリーの出版物よりも『モーニング・クロニクル』(*The Morning Chronicle*)や『イグザミナー』を好んでいたという点では、王女の教育はシェリーの意向にかなっている。

18 アイルランドの急進作家ジョージ・アンソール(George Ensor, 1769-1843)は、「王子たちは幼小の頃、考えることや真理から遠ざけられている」と言っている。彼の著書*Defects of the English Laws and Tribunals*(1812)を参照。シェリーの散文にはアンソールとの類似点が多くみられる(マレー)。

19 ダービー裁判にかけられた「ペントリッチの反乱」の被告三五名のうち、若者一二名は釈放され、残り二三名全員が有罪となった。うち六名は禁固刑、三名は流刑一四年、一一名は終身流刑。そしてブランドレスら三名が絞首刑となった。
20　生まれながらに不自然な王室の境遇が強調されている。シャーロット王女は父王ジョージ四世とは敵対関係にあった。王は、王妃キャロラインとの離婚を願い、彼女を王室から遠ざけていたため、シャーロット王女はいつも母から引き離された状態だった。
21　『イグザミナー』（一一月九日付）によれば、「罪人用のそり」（hurdle）は、二本の長い横材の上に板が二、三枚、釘で止められているだけの実に簡素な乗り物。
22　アメリカ独立戦争のこと。北アメリカの一三州がイギリスの重商主義政策に反対して独立しようとした戦争。一七七六年七月四日、トマス・ジェファソン（Thomas Jefferson, 1743-1826）の起草になる独立宣言が公布された。
23　シェリーは、一七八六年の「減債基金」（the Sinking Fund）の制定について触れているのであろう。国債を回収する仕組みを提供したように思えるが、実際は国債を募る言い訳となった。
24　この根本的な欠陥について、シェリーは「改革に関する哲学的考察」において、「選挙権を等しく割り当てることなど、どだい出来ない」ときっぱり述べている。
25　ウィリアム三世（William III, 1650-1702, King of England from 1689 to 1702）の治世に起こった戦争を援助するため、一六九四年、負債を抱えたままイングランド銀行が設立された。負債は増税によって解消されることになっていた。一七九七年、金本位（制）をやめたため、負債はウナギのぼりに膨張した。
26　従来からの大土地所有の貴族と産業革命により新たに生まれた公債所持の貴族のこと。
27　「改革に関する哲学的考察」参照。二種類の貴族を切り離す必要がある、とシェリーは考えている。
28　エドマンド・バークの『フランス革命についての省察』を参照。シェリーの引用はペインの『人間の権利』が典拠であろう。ペインはバークの反革命や貴族支持の偏見を繰り返し批判しており、特にこの比喩が批判の決め手となっている。

29　『イグザミナー』（一八一七年五月九日付）には、短期の公債（'unfunded debt'）が四四六〇万ポンドであると記載されている。シェリーはのちに「改革に関する哲学的考察」においてこの数字とそれを上回る数字を使用している。

30　無秩序と悪政をさす。

31　シェリーが説明しているように、下層階級の人たちを暴力に駆り立て、改革は真に値しないと思わせるのが政府の狙いであった。中産階級は暴力を恐れて目をそむけ、田舎でぶらぶら暮らしている「貴族」（'nobler spirit'）は黙るであろうという狙いがあった。

32　国債（national debt）がうまれると公債（fund）を所持する貴族も生まれる。

33　急進主義者や労働者階級の運動に対する政府の弾圧が厳しくなり、あらゆる抵抗や抗議の方法が封じられると、大衆の運動は地下にもぐり、武力行動を計画するようになった。そこで、政府はスパイを放ち、指導者に近づきこれを欺くことを任務とさせた。

34　この数字は一一月九日の『イグザミナー』で報道された。

35　陰謀に加担したことに対するオリバーの報酬があとで発覚した。裁判の時、オリバーは袖で起訴を目撃していた可能性がある。

36　人身保護令状（Habeas Corpus）のことや、扇動的集会禁止法（the Seditious Meetings Act）のことを指しているのであろう。一八一七年五月、両案は議会で可決された。

37　イギリス北部でスパイ活動をした悪名高い人物。彼のやり方は、各地を歩き回り、中央の革命的な党派の代表者と称して人々を安心させ、改革者のグループに近づいた。そして、巧みに扇動して途方もない事件を起こさせ、その指導者を逮捕させるというものであった。

38　この箇所は、『イグザミナー』から一語一句とられているためイタリック体になっている。

39　死刑囚には死を前に最後の言葉を述べる権利がある。しかし今回、政府がそれを厄介なことだと権利を否定した、と『イグザミナー』は解している。

40　この文脈における'delusion'という言葉の出所は、ペインの『英国財政の衰亡』(*Decline and Fall of the English System of Finance*, 1796)にある。「人の間で、銀行券を金銭に換えることができないとなると、人は変換を求めて銀行に行くであろう。……人はそのとき資金積立システムに対する妄想が誤っていたことに気づくのである。」これはコベットも自著*Paper against Gold*(1817)の中で引用している。コベット自身、このシステムを「致命的な妄想」('the fatal delusion')と呼んでいる。シェリーはギズボーン家宛ての手紙(一八一九年一一月六日)において、「妄想が起きる特殊な状況とは、ごく僅かの人たちを除いて、人は損失の経験をして初めてその不安定なシステムに気づくというものである」と書いている。「妄想」は、紙幣、減債基金、公債といったそれぞれの文脈において起こる。

41　ジョージ四世は、一人娘シャーロット王女も次の世継ぎも亡くしたので、王位は弟のウィリアム四世(在位一八三〇―三七)を経て、姪のヴィクトリア女王(在位一八三七―一九〇一)へと移った。

本解題は、宮北の拙論「P・B・シェリーと政治パンフレット『シャーロット王女の死に関して国民に寄せる』―解題・翻訳・注釈―」(名城大学人文紀要　第一〇四集　二〇一三年)を基に作成した。

形而上学について("Speculations on Metaphysics")

この作品はメアリ・シェリーが一八四〇年に出版した*Essays, Letters from Abroad, etc.*という本の中に最初に登場する。シェリーの書き残した様々な断片を集めてメアリが「形而上学について」と題名を付けてまとめた作品である。制作は、ジュリアン版では一八一五年〜一八一九年となっている。P・M・S・ドーソンは、「I　精神」は一八一九年―一八二一年、「II　形而上学とは。それに関する通常の考察方法における誤り」「Ⅲ　人間の心を分析することの難しさ」「Ⅳ　いかにして分析されるべきか」は一八一七年、「Ⅴ　夢の現象の一覧、眠りと目覚めに関するものとして」は一八一五年頃としている。クラーク編ではこの作品と次の「道徳について」を一つにまとめて、「道徳について」（"A Treatise on Morals"）としている。翻訳にはジュリアン版を用いた。

訳注

1　認識論上の捉え方として、すべての知識の起源を経験におくロック、バークリー（George Berkeley, 1685-1753）、ヒュームによって展開されるイギリス経験論の立場である。本当の知識は理性によって得られるとする合理論に対する考え方。

2　ジョン・ロック『人間悟性論』（*An Essay Concerning Human Understanding*, 1689）第四巻、第九章参照。

3　明証とは、直観的に真実であることが確実であること。

4　近代の心理学が哲学から独立して成立するのは一九世紀後半のことである。

5　John Horne Tooke　イギリスの政治家、言語学者。

6　個々の事実を詳しく観察し吟味することで一般性の高い命題へと徐々に進んでいく方法。帰納法の反対が演繹法。

7　基本的には二つ以上の前提から必然的な結論を導き出す推論の形式。

8　『アラスター』の主人公が小舟で旅をする様とよく似ている。

9　シェリーが理性よりも想像力を重視するようになったことを示している。

10　性的な意味合いのもの（Bieri, 308）参照。

道徳について（"Speculations on Morals"）

　この作品もメアリ・シェリーが一八四〇年に出版した *Essays, Letters from Abroad, etc.* の中に最初に登場する。シェリーの書き残した様々な断片を集めてメアリが「道徳についての考察」と題名を付けた作品である。制作年については、ドーソンは、「Ⅰ　道徳論の計画」は一八二一年、「第一章　美徳の本質について」は一八一七年、「第二章」は一八二一年、「Ⅱ　道徳哲学は人々の類似点ではなく相違点を考察することにある」は一八一七年頃としている。翻訳にはジュリアン版を用いた。

訳注

1　最大多数の最大幸福は、ベンサム（Jeremy Bentham, 1748-1832）の説である。
2　ここでの形而上学は、懐疑主義を指している。
3　イギリス帝国内では、一八〇七年に奴隷貿易が廃止され、一八三三年に奴隷制度が廃止された。
4　古代ローマの伝説的人物。敵に捕らえられたとき、自ら火の中に右手を入れて勇気を示した。
5　紀元前三世紀のローマの軍人で、第一次ポエニエ絵戦争の英雄。カルタゴの捕虜となり、ローマとの講和を求めるカルタゴによってローマに連れていかれたが、講和を破棄させたため、カルタゴに連れ戻され処刑された。
6　暴君として有名な皇帝ネロに対する陰謀に加担したローマの女性。
7　ミルトンの『リシダス』（*Lycidas*, 1637）より（クラーク）。
8　ワーズワスの「ティンタン寺より数マイル上流にて詠める詩」（"Lines written a few miles above Tintern Abbey," 1798）三五―三六行参照。

9　人間精神のこと。
10　詩人は未公認の立法者であると、シェリーは『詩の弁護』の最後で述べている。

来世について（"On a Future State"）

唯物論的な考え方が展開されており、ドルバックの『自然の体系』第一部第一三章「魂の不滅、来世の教義、死の恐怖について」からの影響がみられる。ドーソンは、一八一八年頃の制作としている。翻訳にはジュリアン版を用いた。

訳注

1　「菜食主義について」を参照。

文芸の復興について（"Essay on the Revival of Literature"）

中世のキリスト教批判になっている。ドーソンは、一八一八―二二年頃の制作としている。翻訳にはクラーク編を用いた。

訳注

1　ルネサンスのこと。
2　イタリアの詩人・人文主義者。
3　東ローマ帝国の首都であったコンスタンチノープルが、一四五三年にオスマン・トルコによって陥落させられた。
4　聖書のこと。
5　中世ヨーロッパのスコラ学の一部門で、スコラ学的方法は「学校」での教授と学習のための方法で、講読と討論が特徴である。
6　紀元前三〇〇年頃に建てられ、あらゆる分野の書物が世界中から集められた。紀元前四八―四七年の戦争で焼け落ちたことを指している。

友情について（"An Essay on Friendship"）

制作年については、P・M・S・ドーソンは一八一八年だとしている。ジュリアン版では、ホッグが、シェリーが死ぬ少し前だと述べことを紹介している。翻訳にはジュリアン版を用いた。

訳注

1　イートン校在学中、ホーシャムから来たヘンリー・トレッドクロフトと仲が良かった。

愛について（"Essay on Love"）

メドウィンによって *The Keepsake*（1829）に初めて発表された。その後、*The Athenaeum*（1832）と *The Shelley Papers*（1833）でも少し違う形で発表。メアリがその後に *The Keepsake* からの版を *Essays, Letters from Abroad*（1840）に収録しているが、メドウィンの版が不正確であることを指摘している。シェリーが書いたままの原稿は Bodleian MS 1-9 である。

執筆時期については二説あり、一八一四—一五年というものと（クラーク編）、一八一八年夏七月二〇日から二五日の間であろうというもの（ノートン版）がある。後者の場合は、プラトンの『饗宴』(*Symposium*）の翻訳と、"A Discourse of the Manners of the Ancient Greeks Relative to the Subject of Love" (1818) 執筆の間に書かれたという立場を取っている。

当時シェリーは結婚生活について問題を抱えており、ハリエットを説得するためにこのエッセイを書いたとも考えられる。愛を共感の行為と捉え、自分と似たものを探し求めるという考えは、当時哲学者の間で流行したものであった。例えば、デイヴィッド・ヒューム、トーマス・リード (Thomas Reid, 1711-76)、アダム・スミス (Adam Smith, 1723-90) にその傾向が見られる。なお、翻訳はクラーク編によった。

訳注

1 『アラスター』のベールをかぶった乙女との融合を連想させる（一四九—九一行目）。

2 『アラスター』で主人公が追い求めるのは、自分と同じ感性を持つ、いわばもう一人の自分である（一五三—五七行目）。

3 一八世紀に流行した考えであった（クラーク）。

4 『詩の弁護』の一節、「詩はこの世と見慣れた事物から目に見えないベールを剥がし、まるで見たこともない物にする」（クラーク　二八二）を参照。

5 『エピサイキディオン』(*Epipsychidion*, 1821) というタイトルは、直訳すれば "On the Little Soul" というほどの意味であり、シェリーが愛の対象として謳っているエミリアが、「私」とよく似た不可分の関係であることを考えれば、「小さな魂」は即ち「魂の中の魂」であると解釈できる。

6 アイオロスの風琴からの連想。自然、及び霊感と詩人の関係と通じるイメージ。

7 ヒッチナー宛ての手紙（一八一一年一一月一二日、二四日付）にも、似たような考えが記されている

（クラーク）。

8　クラークは、ドゥーガルド・スチュワート（Dugald Stewart, 1753-1828）の *The Philosophy of the Active and Moral Powers of Man*（1828）からの引用とし、その他の箇所についても影響を述べているが、同著がシェリーの死後の出版であることは、ノートン版で指摘されている。故に、ノートン版ではシェリーの引用がどこからなされたか不明とされているが、ローレンス・スターンの『センチメンタル・ジャーニー』の中の"18. In the Street. Calais"の箇所に次の記述がある。「もし私が砂漠にあったら、何かしら愛を注ぐものを見つけるだろう。他にこれというものがなければ、可愛らしいギンバイカの木でも、もの悲しげなイトスギでも心から愛するに違いない」。これはクラークの発見したスチュワートの箇所とまったく同じであり、スチュワート自身がここから引用したと考えられる。

生について（"Essay on Life"）

執筆時期は不明である。ただ、一八一二―一四年に書かれたとする推測が、クラーク編ではなされている。ノートン版では、「改革に関する哲学的考察」（一八一九年から執筆）の原稿を書いていたノートの後ろの方に書かれていたことから、「改革に関する哲学的考察」と近い時期と考えている。実際、ここに展開されている説は、「改革に関する哲学的考察」の初めの部分から発展したものである。当時シェリーはバークレーの唯心論を支持しており、ロックやヒュームの唯物論と折り合いをつけようとして、この論を書いたものと見られる。

初出版はメドウィンによるもので、一八三二年九月二九日付けの *The Athenaeum*。翌年一八三三年にも、彼は *The Shelley Papers* に再録している。メアリはメドウィンの版が不正確として、*Essays, Letters from Abroad*（1840）で少し違う版を発表している。なお、翻訳はクラーク編によった。

訳注

1 『詩の弁護』、「詩はこの世と見慣れた事物から目に見えないベールを剥がし、まるで見たこともない物にする」オックスフォード版の六八一頁参照。

2 タッソー（Torquato Tasso, 1544-95）のものとされる文句。この引用は、Pierantonio Serassi（1701-91）の *The Life of Torquato Tasso*（1790）からという説と（ノートン版注）、*The Historical Illustrations of the Fourth Canto of Childe Harold*（1818）からという説（クラーク）がある。

3 シェリーはゴドウィンに宛てた手紙（一八一二年七月二九日付）で同じような内容を述べている。

4 同じものを'Sonnet（"Lift not the painted veil"）'では、"painted veil"（1）、『アドネイス』（*Adonais*, 1821）では"many-coloured glass"（462）と表現している。

5 バークリーの哲学に見られる考え方（クラーク）。

6 シェイクスピア『テンペスト』第四幕一場一五六—五八行。

7 ジョン・ロック、デイヴィッド・ヒューム、デイヴィッド・ハートリー（David Hartley, 1705-57）などによる主知哲学のことであろうと、クラークは述べている（クラーク）。

8 シェイクスピア『ハムレット』第四幕四場三七行目参照。「ヒバリへ」（'To a Sky-lark,' 1820）の八六—八七行も参照（ノートン版）。

9 ミルトン『失楽園』第二巻一四八行目参照（ノートン版）。

10 『詩の弁護』には、詩について同じ表現が出てくる。「詩は知識の中心であると同時に円周でもある。」（オックスフォード版、六九六頁）

11 理知主義、知性主義とも。感覚論、神秘主義などと対立し、人間の理性、知性、思考などを重んじる主義。

12 ドラモンド（William Drummond, 1770-1828）の著書、*Academical Questions*（1805）のこと。

13　この翻訳の本文であるクラーク編には、この前後の括弧に相当する記号は何もついていない。しかし、ノートン版にはダッシュが前後についていることからも、論の流れという観点からも、ここは括弧の使用が適当であろうと判断できる。

14　ワーズワスの「霊魂不滅のオード」と比較できる（クラーク）。

15　ヒュームの哲学に見られる考え方。『人間本性論』参照。ゴドウィンに宛てた手紙（一八一二年七月二九日付）も参照（クラーク）。

16　おそらくバークリーの『ハイラスとフィロナスの対話』（*Three Dialogues between Hylas and Philonous*, 1713）の「第三対話」を根拠にしている（クラーク）。

17　バークリーの『ハイラスとフィロナスの対話』参照（クラーク）。

18　ヒュームと同じ考え方。『道徳・政治論集』（*Essays*）参照（クラーク）。

19　ヒュームの『人間知性の研究』（*An Enquiry Concerning the Human Understanding*,1748）参照（クラーク）。

20　ヒュームの『自然宗教に関する対話』（*Dialogue Concerning Natural Religion*, 1779）を参照。シェリーは、同じ内容を「理神論への反論」で述べている。一八一一年六月一一日と二〇日の手紙も参照（クラーク）。

訳者あとがき

本著は、二〇年ほど前に出版した『飛び立つ鷲―シェリー初期散文集』の続編である。前回は一八一一年に出版された『無神論の必然性』から一八一三年出版の『自然食の擁護』までの六作品を翻訳したが、今回は一八一四年出版の『理神論への反論』から、一八一九年頃に書かれた「生について」までの一九作品を翻訳した。中期散文集としているが、特にシェリーの中期に関して明確な定義があるわけではなく、次の後期散文集としての出版を念頭に入れて、便宜上付けたものにすぎない。解題でも説明しているが、作品によっては制作時期について諸説あるため、おおよその分け方としての中期になっている。また、シェリーのすべての散文を訳出する意図はなく、現在の私たち日本人が興味深く読める作品を翻訳するという視点から、作品を選んでいる。

シェリーに関する解説はすでに『飛び立つ鷲』の「訳者はしがき」で述べているので、今回は本書の題名の説明だけに留めたい。鷲のように眼光鋭く人間社会を見つめ、想像力の翼をはばたかせて理想社会の実現を目指していたのが、初期のシェリーの姿であった。しかし、二〇歳を過ぎると、自分の思うようにならない過酷な現実と向き合うことを迫られる。最初の妻、ハリエットとメアリとの板挟みで解決策を見いだせず自殺を図ったり、ファニー・ゴドウィン（メアリの異父姉妹）とハリエットが相次いで自殺したり、実子の養育権をめぐる裁判の結果、無神論者のレッテルを貼られ父親としての養育権を剥奪されたりと、苦悶の日々が続く。一八一八年には、イタリアへ渡ることになるが、帰国することなく生涯を終える。政治や宗教など、様々な問題に関するシェリーの真意はほんの一握りの人にしか理解されなかったため、世間に嫌われる自分を蛇に譬えたり、『アラスター』の中でのように苦悩する自分を毒蛇に胸をかまれ苦しむ鷲に譬えたりした。ところで、蛇は、「アサッシンたち」の中で子供たちと遊ぶところが描かれているように、単なる悪のシンボルではない。アメリカ独立革命時のガズデン旗（Gadsden's flag）には、ベンジャミン・フランクリンがガラガラ蛇をアメリカ植民地のシンボルとしたのを踏まえ、「私を踏みつけるな」という文字と共にガラガラ蛇が描かれていたことをシェリーは知っていた。そのため、蛇が善のシンボルであったり、鷲が独裁者や悪のシンボルであったりと、シェリーは多様な使い方をしている。その例は、『レイオンとシスナ』に多く見ることができる。その鷲と蛇の戦いがシェリー自身の心中で繰り広げられるのが、中期以降であると考え本著の題名とした。

なお、前回は訳者全員がすべての作品の翻訳にかかわったが、今回は作品ごとに担当者を決めて翻訳し、監修者である上野和廣が、文体、訳語、表記などの調整を行った。従って、本訳書の全体を通じての最終的な責任は、上野和廣が負うものとする。

最後に、『飛び立つ鷺』出版の際と同じく、今回も南雲堂の原　信雄氏に大変お世話になった。心からお礼を申し上げます。

訳者紹介

阿部《あべ》 美春《みはる》　同志社大学非常勤講師

上野《うえの》 和廣《かずひろ》　神戸女子短期大学教授

甲元《こうもと》 洋子《ようこ》　同志社女子大学教授

白石《しらいし》 治恵《はるえ》　酪農学園大学准教授

杉野《すぎの》 徹《とおる》　同志社女子大学名誉教授

田久保《たくぼ》 浩《ひろし》　徳島大学教授

新名《にいな》ますみ　慶應義塾大学非常勤講師

宮北《みやきた》 惠子《けいこ》　名城大学教授

鷲と蛇の闘い　シェリー中期散文集

二〇一六年十二月五日　第一刷発行

監修者　上野和廣

訳　者　シェリー研究会

発行者　南雲一範

装幀者　岡　孝治

発行所　株式会社南雲堂

東京都新宿区山吹町三六一　郵便番号一六二-〇八〇一

電話東京　(〇三)　三二六八-二三八四　(営業部)

　　　　　(〇三)　三二六八-二三八七　(編集部)

振替口座　〇〇一六〇-〇-四六八六三

ファクシミリ　(〇三)　三二六〇-五四二五

印刷所　株式会社啓文堂

製本所　長山製本所

〈IB-328〉〈検印省略〉

Printed in Japan

ISBN978-4-523-29328-6 C3098

好評発売中！

シェイクスピアのソネット集

吉田秀生訳

400年後のいまも、燦然と輝く世界最高とうたわれる恋愛詩。

定価（本体2000円＋税）

孤独の遠近法

シェイクスピア・ロマン派・女

野島秀勝

シェイクスピアから現代にいたるテクストを精緻に読み解き、近代の本質を探究する。

定価（本体8738円＋税）

フォーク・ソングのアメリカ

ゆで玉子を産むニワトリ

ウェルズ恵子

ナンセンスとユーモア、愛と残酷。アメリカ大衆社会の欲望や感傷が見えてくる。

定価（本体2800円＋税）

南雲堂